큰 글
한국문학선집

김진섭 수필선집

생활인의 철학

목 차

산보와 산보술

사람이란 간헐적으로 자기가 가지고 있는 직업의 중압과 가정의 번잡으로부터 자기를 일단 해방시킴이 절대적으로 필요한 듯하다. 그러기에 더러는 혼자도 있어 보고 싶은 욕망이 머리를 들 때가 있다. 그러기에 더러는 이 고달픈 현실을 떠나 어딘지 남 모르는 곳에 도망가고도 싶은 생각이 가슴을 들 때가 있다.

그러나 우리는 물론 우리가 어느 곳에 피신함으로써 우리의 열렬한 정조의식을 확보할 수 있을까를 알지 못한다. 하여간 이 모든 세력 범위를 떠나서 우리는 한번 가보았으면 할 따름이다. 먼 곳에 그리운 산수가 빛나고 있고 웅장한 삼림이 손짓하고 있음을 우리는 아는 까닭이다.

그러나 녹음 속에 그늘을 더듬는 단 두어 날의 나그네가 되기에도 우리는 다음 날의 의무에 목매여 있는 자기를 반성치 않을 수 없는 몸이다. 참으로 여행이란 될수록 속히, 될수록 멀리 일상생활에서 해방될 수 있는 의미에서 인생 쾌락의 중대한 요소가 되어 있다. 그러나 여행이란 본시 그렇게 용이하게는 도모할 수 없는 물건이다. 여기 우리는 스스로 묻지 않을 수 없게 된다.

혹시 하루 일을 마치고 소가(少暇)[1]에 간단히 머리를 식힐 수 있는 조그만 여행은 없는가? 하고, 이리하여 특히 도회인이 자기와 자기의 생활을 떠나려 하는 마음의 간절한 요구에서 기회 있을 적마다 의식, 무의식적으로 실행하고 있는 조그만 여행 형식이 우리의 저 사랑하여 마지않는 산보인 것이야 다시 말할 필요가 없다.

흔히 생활은 우리의 머리 위에 하나의 무거운 철

---

1) 얼마 안 되는 짧은 겨를.

추를 휘두르고 있다. 조금인들 꿈꿀 여유는 없는 것이다. 그러나 온종일 일을 하고 저녁이라고 먹고 나면 어쩐지 그대로 자기가 억울하다. 이대로 자서 내일의 노동에 직접 연락되기보다는 이러한 생활로부터 한번은 해방되어 그 사이 하나의 거리를 지켜보았으면 한다. 만족에서든 불만족에서든 우리는 스틱을 잡고 집 문을 나서보는 것이다.

도회의 상모(相貌)는 다채하고 보도의 굴곡은 다기하다. 발 돌아가는 대로 어디를 거닐든 이때만은 그 사람의 자유다. 산보자는 일 담박한 관찰자로서, 그러나 호기에 찬 젊은 개의 탄력을 가지고 모든 움직임을 살피면서, 이제까지의 '심장수축'의 과정을 버리고 활달한 '심장신장'의 섭리 밑에 몸을 맡기는 것이다.

이때 생활을 떠나고 이해를 초월한 산보자에게 자기와는 관계없는 만물과 인생의 생활을 안한(安閒)히 봄에서 유래하는 하나의 쾌활한 순간이 찾아올 것은 두말할 것도 없다. 어떠한 지리적 비약이 없이 모든 여행의 조건을 구비하고 있는 이 산보는 참으로 도회인이 가지는 일단의 경쾌한 시가 아니면 아니 된다.

말하자면 거니는 것이 휴식이 되는 상태가 산보다. 그러므로 산보의 휴식을 구하는 자는 문자 그대로 기분을 전환시켜 최고 정도로 자기해방의 도를 성수하기만 하면 좋은 것이다.

소위 가족 산보라는 것이 있다. 가족과 같이 산보하는 것을 말한다. 또한 벗과 더불어 길을 거닐다가 노변의 다점에서 목을 축이는 산보도 나쁘지 않다. 연애의 완전을 위하여 애인에게 봉사를 주안으로 하는 연애 산보도 화려한 종류의 산책에 속할 수 있겠지만, 무어라 하여도 산보의 정도(正道)는 혼자서 하는 데 있다.

산보에는 간단(間斷)없이 옮겨 놓는 발짝의 절주가 필요함은, 물론 그것은 그리하여 한결같이 진행하는 몽상의 좋은 주자가 되는 까닭이다. 왜 우리는 산보에 있어서까지 몽상의 방해자를 동반할 필요가 있는가? 우리는 우리가 이때까지 종사하고 있는 모든 사무를 배후에 남기고 발 가는 대로 이 골목 저

골목을 두 다리가 피곤을 깨달을 때까지 헤매야 하는 것이다. 만일에 누가 우리의 이름을 묻는다면, 우리는 그제야 비로소 우리 자신의 이름을 생각해 내지 않으면 아니 되도록, 혹은 진지한 문제 혹은 우스운 문제에 대하여 몰두하는 것이다.

이러한 일종의 도취상태는 동반자가 있으면 도저히 얻을 수 없는 방황함으로 하여, 우리는 일속의 풍부한 몽상과 표일(飄逸)2)한 발견을 조금도 손상함이 없이 그대로 우리의 가난한 집에 가져올 수 있는 것이다.

우리가 만일에 산보를 갔다가 소 콜럼버스, 혹은 조그만 바스코 다가마로서 돌아오지 않는다면 즉, 아무 인상, 아무 발견이 없이 몸에 피로만 만재하고 온다면 차라리 집에 머물러 있는 것이 현명한 일일 것이다.-대체 나는 몇 시간을 밖에서 거닐었나? 두 시간 내지 세 시간이다. 단 두세 시간의 산보임에도 불구하고, 그러나 그것은 먼 여행인 것 같아 보인

---

2) 인품이나 기상 따위가 훌륭함.

다. 물론 우리는 이제 어떤 데를 어떻게 거닐었는지 알지 못한다. 산보는 우리의 사랑하는 대여행인 까닭이다.

거리와 거리를 정처 없이 헤매는 것도 좋지만 지금은 6월이다. 풀 위에 드러누워 하루 종일 저 높고 넓은 하늘이나 쳐다보았으면 한다. 우리의 화원이 흔히 책상에 있고, 공원 속에 갇혀 있다는 것은 얼마나 슬픈 일이냐! 우리는 두려두려 말라붙은 가로수의 외피를 만지면서 도회의 건강을 우려치 않을 수 없다.

요즈음 우리는 교외에 놀고 싶은 유혹이 큼을 느낀다. 교외란 도회도 아니요, 그렇다고 시골도 아닌 하나의 독특한 지형과 생활을 가지고 많은 도회인의 산보자가 되지만, 서울은 불행히 그 또한 좋은 교외를 가지고 있지 않은 것 같다.

(1934년 6월 18일)

문학에 나타난 연애

―특히 중세기의 연애를 중심으로 하여―

시인이란 원래 무(無)로부터 하나의 온전한 세계를 창조하는 자이다. 그러나 그가 창조한 세계는 물론 이 세상에는 있지 않은 세계, 즉 가상의 세계는 아니다.

우리는 흔히 문호들의 작품 앞에 놀아나면서 그들의 주인공과 마찬가지로 웃고, 울고, 미워하며, 사랑하는 것이다. 그들의 세계가 이와 같이 참된 생명을 가지려면 반드시 그 배후에 보다 확호한 동형의 현실생활이 있어야 할 것이다. 그러므로 여기 인생생활의 한 현상인 연애가 문학적으로 나타남에 있어서도 이 감미한 연애의 종종상은 두말할 것도 없이 현실 그것에 그 기반을 구치 않을 수 없다. 말하자면 연애는 인생의 꽃이다. 참으로 여자는 우리의 태양이다. 이리하여 문학이 보다 많이 연애의 비호(庇護)에 그 몸을 의지하는 것은 너무도 당연한 일이 아니면 안 된다.

고금의 생활과 문학을 통해 연애가 보이지 않는 시대는 없다. 문학에 나타난 연애를 우리가 여기 고찰함에 있어 순서상으로 우리는 고대로부터 현대에 이르기까지의 연애의 진화상을 더듬음이 지당할 것이다. 그러나 나는 지수(紙數)에 제한을 받고 있다. 어찌 총괄적으로 이를 서술할 수 있으랴!

그나마 어떤 의미에 있어서 거의 모든 문예작품은 정규적으로 하나 이상의 연애를 가지고 있다. 그러므로 우리는 성을 주제로 한 유명한 작품으로 고대 그리스에 이스킬러스의 『오레스테스』와 유리피데스의 『바칸츠』가 있는 외에, 태고시대에 있어서는 남자와 여자에 대한 정신적 연애 같은 것은 아직 알려져 있지 않았음에도 불구하고 우리가 오늘날 저 유명한 플라토닉 러브란 말에 의해 알 수 있는 것같이 플라톤은 그의 대화편 『심포지움』과 『피드로스』

에서 '비루하고 타락된 연애'와 '신성의 연애'와를 대조시켰던 사실을 여기 기록함과 아울러, 근대에 있어서도 근대적인 많은 기억할만한 연애인 괴테의 『베르테르의 슬픔』이라든가, 아르투이 파세브의 『사닌』이라든가, 스탕달의 『적과 흑』이라든가, 베데킨트[1]의 『사춘(思春)』이라든가, 톨스토이의 『부활』이라든가, 트루게네프의 『루단』이라든가, 슈니츨러[2]의 『아나톨』, 슈테른의 『연애참모본부』, 데코브라[3]의 『연애주식회사』 등, 열거하면 그지없는 너무도 번쇄(煩鎖)로운 연애풍경을 제목만 기록함에 그치고, 우리는 전 시대가 통틀어 그에 종사하던 황홀하기 비할 데 없는 연애를 탐방하여 중세기의 문을 두드리지 않을 수 없다. 현대의 연애작가도 대개는 참된 연애를 얻기 위해서는 중세기에 그 제재를 구하

---

1) 프랑크 베데킨트(Frank Wedekind, 1864~1918). 독일의 극작가. 표현주의 문학의 선구자로 주요 저서에 『판도라의 상자』, 『깨어나는 봄』 등.
2) 아르투어 슈니츨러(Arthur Schnitzler, 1862~1931). 오스트리아의 극작가. 애욕의 세계를 정신 분석의 수법으로 묘사. 작품으로 희곡 『초록 앵무새』, 장편 소설 『테레제, 어떤 여자의 일생』 등.
3) 모리스 데코브라(Maurice Dekobra, 1885~1973). 프랑스의 소설가. 시나리오 작가이자 감독으로 활동.

고 있는 이상, 우리도 우리의 『로미오와 줄리엣』을 중세기에 구하여 보자.

개인화된 사랑은 고대의 전연 이해할 수 없는 바였음은 두말할 것도 없고, 종래로 부처(夫妻) 관계의 기초가 되어 있는 성욕과는 전연 정반대인 하나의 새로운 감정, 즉 정신적 사랑의 감정이 나타나 부인에 대한 형이상적 존숭(尊崇)이 절정에 달한 것은 참으로 중세기였다.

기사 기질(騎士氣質)의 사상, 초인적 개념의 소산, 예를 들면 총성배(塚聖杯)와 같은 사상, 모든 이러한 새로운 창조의 근원은 신기하고 로맨틱한 무엇, 이제까지 알 수 없었던 어느 것에 대한 당시의 불가사의한 요구에 존재하고 있었던 것이다. 일시에 인류가 일찍이 경험치 못한 전례 없는 무엇이 안전(眼前)에 나타났다. 즉 성욕과는 공통점이 없을 뿐만 아니라 차라리 그와는 서로 용납할 수없는 사랑이, 다시 말하면 하나의 영으로부터 효출(曉出)하여 다른 영(공상적 인격)으로부터 흘러 나가는 사랑이 일어난 것이다.

고대의 근본적 원동력은 육감과 금욕이었고, 중세기의 요소는 추상적 사고와 역사적 신앙이었던 것이 이제는 정서가 주 인자(主因子)로 된 것이다. 종래의 명상적 생활의 증여적 이상과 대치하여 하나의 새로운 이상, 즉 궁정생활의 이상이 주장되어 종교상의 신성은 기사적 명예와 대조되게 되었다. 당대의 훌륭한 남자의 열정과 사랑의 추적(樞的)이 된 것은 부인의 미(美)였다. 부인을 위해서는 죽기까지 이를 탄미(嘆美)하는 기사적 정신을 현대에서 찾을 수 없음과 같이, 그러므로 또한 중세기인에게 볼 수 있는 그 같은 열애를 우리가 이곳에 찾을 수 없음은 물론이다.

　이 신문명의 요람은 물론 프로방스의 처녀지에 있었다. 생활에 대한 요구는 힘차게 만인의 마음을 움직였다. 사람은 미와 자발성과 또 일찍이 없었던 로맨틱한 열정적 생활을 동경하였다. 이는 특히 북방인 프랑스와 독일에 일어난 현상으로서, 그 중에도 상상력이 치열하고 천분(天分)이 풍부한 켈트인의 국토 웨일스에 있어 우심(尤甚)하였다. 시대의 동경을 명백히 표현한 중세기의 위대한 전통이 비로소 수집된 것은 실로 이곳에서였다.

초기의 중세시대는 서정시를 낳았지만 그것은 성전의 사항을 취급한 것이나 혹은 영웅의 행적을 노래한 것으로, 예를 들면 힐데브란트의 독일시가와 같은, 혹은 샬레만 제(帝)와 제생(帝甥) 롤랑의 전기에서 일사(逸事)를 취한 프랑스어의 「영웅행속가」 같은 것이었다. 풍려(豊麗)하고 시적인 켈트의 전통으로부터 용출(湧出)⁴⁾한 참된 서사시는 11세기경 프랑스의 북방에 나타나자 즉시로 현란풍려(絢爛豊麗)의 극에 달하였다. 몽상적인 켈트족이 낳은 영웅의 전통 아더 왕과 그의 마술사 멀린, 성배의 기사 등은 프랑스를 횡단하여 유럽 문명 제 국민의 공유물이 되고, 만인의 마음에 동경과 공상적인 꿈을 채워주었다. 시인 크레티안 디트로바는 그 일화에서 기사의 훈공(勳功)과 부인의 방조를 찬미하였다. 이러한 모험담은 일세기 간 전 세계를 황홀케 한 것이

---

4) 물이 솟아나옴.

다. 『돈키호테』가 나옴으로 의해 그 근저가 파괴된 듯 믿는 것은 틀린 생각이다. 오늘도 오히려 우리가 오직 기사의 용맹과 부인의 미태와 그 사이에 있는 불요불멸(不撓不滅)의 사랑만을 읽기에 열중하는 것은 중세기의 연애가 참으로 너무도 우리의 생활에 비해 공전절후(空前絶後)[5]하게 로맨틱한 까닭이다.

이와 같은 위대한 영웅적 제목뿐 아니라 또 이보다는 좀 열등하나 그보다는 더 인간적인 흔히 센티멘털한 일화가 특히 부인(婦人) 간에 환영되었다. 말을 타고 나아간 왕후(王侯)는 나이 젊은 처를 저택에 남겨두고 규방에 감금 시켜두는 것이었다. 때로는 자기의 소유라는 목표(目標)로서 처는 그 몸에 낙인을 찍히는 것이다. 영어(囹圄)[6] 중의 수인 즉, 그녀의 공상의 미치는 곳은 그녀가 넓은 영토의 주인인 까닭으로 이와 결혼하여 다시 부유한 신부가 나타나기만 하면 언제든지 그 처를 그 부모에게 보낼지도 모르는 사랑 없는 남편이 아니고, 그 주인이

---

5) 이전에도 이후에도 없음.
6) 감옥.

며 그 낭군인 서방을 떨어져 그네 때문에는 자진해 생명을 버릴만한 정열을 가지고 있는 애인, 즉 미지의 기사에 대해서였다.

악인(樂人)이 궁정생활의 이야기를 흔히 가지고 온다. 그곳에는 오직 사랑만이 유일한 통치자이다. 그곳에는 비통함을 느끼고 곤고(困苦)를 겪음으로써 애인을 만족시킬 수만 있으면, 그것을 참는 것쯤은 아무렇게도 여기지 않는 기사가 있다. 그곳에는 어여쁜 파랑새로 화신(化身)하여 정인의 팔에 안기려고 밤과 밤에 닫힌 창으로 숨어 들어가는 애인이 있다. 그러나 질투에 사로잡힌 남편은 새벽 아침에 튀어 나가려는 애인을 잡아 슬픔에 혼도(昏倒)되어 있는 정인의 눈앞에 앉혀 그를 농살(弄殺)하는 것이다. 악인의 이야기에는 또 한 번 곁눈으로 보았을 뿐인 어여쁜 처녀에 대해 열렬한 연애에 빠진 기사의 일화도 있다. 기사는 몇 달을 두고 지하에 갱도를 뚫었다. 매일 밤 그는 조금씩 애인의 침실에 가까이 갔다. 여자도 땅을 파는 무거운 음향을 분명히 들을 수 있게 되며 최후에 남자는 땅 밑에서 나와 여자를 두 팔로 안았다. 그 외에 이에 유사한 일화가 다 켈트인으로부터 나온 것은 의심할 수 없는 사실로 그것은 당시의 많은 부녀자의 눈물을 흘리게 하고, 그 정처 없는 동경에 형체를 준 것이었다. 남자는 물론이요, 애인도 매일 밤 그의 파랑새가 되어서는 안 될 이유는 없다.

이러한 단순한 시가 일화는 있을 수 있는 모든 정욕을 완성시켰다. 남방에서는 사실로서 제공된 것이 북방에서는 상상으로서 공급되었다. 재미있는 일화에 의해 오늘의 우리에게도 전하여 있는 이 시대의 작가 마리 더 프랑스는 유럽 최초의 여류소설가(12세기말)로서 그네는 사랑과 로맨스에 대한 여자의 기구, 즉 여자의 모험을 처음으로 노래한 시인이었다. 흥취가 진진(津津)한 『인동(忍冬) 일화』라는 그네의 작품에는 당시에도 하나의 전설이던 트리스탄과 이졸데, 랜슬롯과 기네비어, 폴더와 브란플터 등, 이러한 인물이 찬미되어 마지않는 신비적 애인으로서 시인문객의 기꺼이 노래하고 몽상하던 대상이었다. 세계에 그들의 모험을 모르는 사람이란 없었다. 전 세계는 그들의 정사를 몇 번이고 특히 존중해서 같은 말을 쓰고, 그러나 무의식 중에 이를 개조해 가면서 되풀이 하는 것이었다.

당시 트로바토레[7]파 시인들이 극력으로 연애를 찬앙(讚仰)한 시가를 여기 일일이 소개하는 항을 피하거니와; 동경은 참으로 이때에 전 세계에 편만(遍滿)한 감이 없지 않았다. 그것은 기적을 믿는 굳은 신념을 자극하고 모험을 의욕 하는 용감한 욕망을 고무하는 어느 사람도 이를 저지할 수는 없는 성질의 동경이었다. 50리 앞의 국상(國狀)은 무엇 하나 정확히 알 수 없는 시대였다. 여인(旅人)은 기막히게도 기이한 사건에 조우(遭遇)할 준비를 하고 있지 않으면 안 된다. 녹음이 깊은 산과 산의 저쪽에는 과연 어떠한 운명이 자기를 기다리고 있을지 그것을 아는 사람은 한 사람도 없었다. 처음으로 헤치고 들어서는 황홀한 삼림 속에는 사람이 혹은 우연히 아름다운 희군(姬君)이 헐벗은 채 샘 옆에 울고 있

---

7) 트로바토레(Trovatore). 11세기부터 12세기에 걸쳐 이탈리아에서 활약한 음유 시인을 총칭.

는 것에 봉착할 수도 있는 것이다.

멀고 먼 동쪽 카멜롯 아더왕의 국토에 전개되었던 생활은 참으로 미와 일광에 충만하여 있었다. 아더왕의 전설은 세인의 상상심을 자극함이 극히도 많았다. 그 전설은 어떠한 수도원을 물론하고 애독되는 상태였다. 가령 무더운 여름날의 오후에 교사가 학식 많은 강의를 하고 있는 사이 제자들은 하나하나 졸음에 떨어진다. 그러면 교사는 얼른 강의를 그치고 잠시 쉰 후, "자 이제부터 아더왕의 이야기를 할 터인데" 하고 말한다. 그러면 잠은 대체 어디로 갔는지 제자들의 모든 눈은 빛나기 시작하고 미칠 듯이 그들은 이야기에 귀를 기울이는 것이다. 아시시의 성자 프란시스는 그 제자의 한사람을 지목해서 '원탁의 일(一)기사'라 불렀다 한다. 그 후 300년이 지난 후에도 돈키호테는 이와 같은 전설을 탐독하여 이성을 잃었을 만한 지경이었고, 현대예술의 최대 걸작에 드는 바그너의 『로엔그린』, 『트리스탄과 이졸데』, 『파르시팔』 같은 것도 그 제재는 켈트족의 서사시적 일화의 무진장한 보고로부터 취한 것이다.

경험과 연애와 모험에 대한 동경과 기구의 염(念)은 극단히도 상상력에 의지하였다. 기이한 모험담의 통독만으로는 벌써 이 시대인은 만족할 수가 없게 되니, 자연 자기 스스로 이러한 모험에 참가함을 생각하게 되어, 연소한 교양 있는 기사는 자호(自好)하여 미지의 세계에 신비한 성배와 미녀의 애를 심방하는 것이었다.

연애가 어느 때 어느 곳에 있어서 인생 최대의 서정시가 아니려면 부인의 미를 찾는 중세기의 기사, 기사의 숭배에 포옹되는 중세기의 여성―이 사이에 불붙는 불멸의 절대애(絶對愛)에 미칠 수 있는 자 과연 어디 있을까? 이와 같은 열렬한 연애에 있어서는 두말할 것도 없이 사랑받는 사람, 즉 여자의 사회계급이 사랑하는 사람의 계급보다도 상위에 있는 것을 상례로 한다. 다시 말하면 남자는 여자의 충실하고 선량한 노예가 되는 것이다. 단테의 베아트리체에 대한 숭배는 유명한 사실이지만, 단테는 그의 작 『신생』에 있어서 베아트리체를 "모든 악의 파괴

자이고 모든 덕의 여왕이라." 말한 것 같이 연애가 남자를 완전히 하는 자원인 것은 일반적으로 승인되어 있지만, 이러한 정신적 연애시대에 있어서도 여자가 역시 연애 그것에 의해서 완전하게 되는 것이라 주장한 일은 별로 보이지 않는다.

여하간 이 중세시대에 있어서와 같이 연애가 전적으로 순진함, 그 절대함, 그 고귀함을 가지고 있었을 때는 없다. 이 로맨틱하기 짝이 없는 시대의 남녀상애(男女相愛)의 양태를 가령 우리가 현대의 경쾌한 연애유희에 대조시켜 본다면, 이 사이의 연애의 차이는 생활상으로나 문학상으로나 너무나 큰 것이 있음을 간과할 수 없다.

유감이지만 약속한 지수(紙數)도 찼으니 다음 기회를 엿보기로 하고 여기에는 다만 중세기 연애의 회상에 만족할 수밖에 없다.

결혼은 연애의 분묘(墳墓)인가?

: 문학에 나타난 결혼

우리의 위대한 세계적 동화 작가 야곱 그림은 연애와 결혼의 성질에 대해서 일찍이 다음과 같이 말한 일이 있다. 그리하여 그것은 우리가 여기 문학에 나타난 결혼을 생각함에 있어서 누구의 어떠한 말보다도 암시 깊은 말임을 알 수 있다. 그러면 대체 그는 무엇이라고 말하였는가?

여기 그가 말한 바를 약간 인용하여 보면 "발전과정에 있어서"라고 그는 말하기 시작한다. "발전과정에 있어서 보다 높은 단계에 대한 진보가. 지나온 단계가 가지고 있는 개개의 특징을 잃어버림이 없이는 도달될 수 없다는 주장이 만일에 정당한 근거를 가지고 있다면, 우리는 자유롭고 속박 없는 연애 속에 숨어있는 인생의 시와 정열의 시가 연애의 진전됨을 따라 차차로 협소(狹少)되다가, 결혼이라 하는 보다 높고 보다 고귀한 목적 앞에서는 드디어 소멸하고야 마는 사실을 인정하여도 좋을 것이다. 오늘에도 오히려 신부의 우미(優美)함이 결혼이라 하는 산문과 같이, 그리고 세월이 지나자 곧 없어지는 것은 두말할 것도 없지만, 이것을 가령 우리의 문학사상에 비추어 보더라도 그 증좌는 명확하다. 즉, 많은 연애시(詩) 속에 표현된 가장 섬세한 연애감정은 항상 결혼 이외의 관계를 전제로 하고 그 속에서 배태되어 있다." 운운.

이 인용문 그대로는 좀 알기 어려우니 이를 쉽게 환언(換言)하면 연애와 결혼은 자체에 있어서 개별의 단계에 속하는 두 개의 물건이다. 그러므로 연애는 그것이 가지고 있는 시를 지닌 채 결혼에까지 진전하는 것이 아니고, 연애와는 전연 다른 목적을 가지고 있는 결혼은 자기의 목적을 수행키 위해서는 연애의 아름다운 성질까지를 흔히 거부한다. 그것은 어린아이가 나이를 먹을수록 천진난만한 성질을 잃고 분별을 가지게 됨과 같다. 그리하여 확실히 천진난만한 성질은 하나의 시이고, 분별이란 일개 산문(一個散文)에 불과하지만, 성인의 분별력이 항상 천진난만한 성질을 포함할 수는 없는 것이다. 이리하여 결혼이 시를 가지지 못한다는 것은 현명한 사람의 적지 않은 비애가 되는 것이지만, 그것은 또한 부득이한 사세(事勢)이다.

연애가 극히 낭만적이고 정열적이고 시적인 것임에 대해서 결혼이 결국 유용하나, 그러나 건조무미(乾燥無味)한 것으로 세인의 눈에 간주되는 것은 만인이 한번은 경험치 않을 수 없는 결혼의 너무도 비속한 현실성에서 유래한다. 사람이 흔히 결혼을 연애의 분묘라고까지 극언(極言)하는 것은 결혼이 연애의 아름다운 연장임에도 불구하고 연애의 증오할 집달사(執達史)인 까닭이다. 이리하여 일찍이 결혼을 노래하려하는 사람은 없었다.

여기 만일 결혼 속에 시를 감히 찾으려하는 사람이 있다면 참으로 그보다도 대담한 사람은 드물다고 할 수 있을 것이다. 문학사 상 연애시가 한없이 풍부함에 대해 결혼의 시화(詩化)가 거의 의도되지 않았음은 현실 생활에 있어서 연애가 지극히도 낭만적임에 대해 결혼 생활이 너무도 산문적인 사실과 조금도 다를 것이 없다.

그러나 시 아닌 결혼 속에서 시를 찾으려는 대담한 시인이 이 때까지 전연 없었다고는 할 수 없다. 우리는 이제로부터 이른바 대담한 시를 탐구하려 하는 것이지만, 문학이란 것이 인생이 가질 수 있는 가장 절실한 생활독본이요, 그러므로 문학이란 것은 헛된 공상에서만 이끌려가는 것이 아니라는 중대한 사실을 우리가 믿는다면, 세상의 많은 남편, 많은 문학자 가운데는 결혼이 당시 가지고 있는 너무도 법률적이고 너무도 무취미한 성질을 문학적으로 부정하기에 노력한 사람이 어찌 존재치 아니하랴!

즉, 결혼이라는 회색의 제도를 쾌활한 색채로 쓰려 애쓴 시인은 그 수에 있어서 실로 적지만 여하간 있기는 있는 것이다. 인생생활의 한 현상으로써의 결혼이 대단히 필요하기는 하나 너무도 행복하지 않은 결혼을 그대로 묘사한 문학은 물론 세계문학

사상 그 예가 적지 아니하니, 문학적 소재로서 너무도 산문적인 이 결혼 속에 시와 행복을 구하려한 참된 결혼 문학은 불란서에서 그 최초의 예를 볼 수 있다. 이리하여 적어도 나의 아는 바에 의하면 결혼이라 하는 회색의 제도 속에 인생의 시를 탐구한 최초의 작가는 프랑스의 소설가이며, 풍자가인 앙트완 구스타프 드로(1832~95)이다. 그는 그의 대표작 『신사·숙녀·아기』(1866)란 소설 속에서 결혼의 시화(詩化)를 부르짖고, 세상의 많은 남편에게 결혼생활을 그렇게까지 진지하게, 또 그렇게까지 엄숙하게 경영할 것이 아님은 설파한 후, 그러기보다는 차라리 남편은 항상 마누라의 애인이 되도록 노력하여 여자에게 비밀한 사상의 욕망과 환락을 공급하기를 주장한 것이다.

결혼생활에 있어서의 이와 같은 시적 태도가 문학 가운데 보다 명확하게 나타나기는 역시 프랑스의 저널리스트이며, 희곡가이며, 또 잡문가인 오렐리안 쇼(1833~1902)의 저작을 기다려 비로소 가능하였다. 그에게는 『불르바르의 정신』 기타의 결혼에서

취제(取題)한 작품이 수삼(數三) 있지만, 그 중에서도 결혼 문학의 서(書)로서 극히 유명한 것은 『그의 부인의 정인』(1890년)이 그것이다. 처와 통정하고 있는 정인을 현장에서 사살한 한 남편이 여기서 어찌할 바를 모르고 있는 것으로서 이 극은 시작된다. 자기 처를 이 자리에서 마저 죽여버릴까? 그러나 그는 처를 죽일 만큼 그렇게 그에게 대해 노해 있지는 않다. 그러면 이 여자를 쫓아버릴까? 그러나 애처를 이대로 영원히 잃어버리기는 아깝다. 그러면 대체 이러한 버릇 궂은 마누라를 용서한단 말이냐? 그러나 처의 비행을 용서한다면, 이 여자는 또 이삼 주 내에 다른 어떤 남자와 함께 자기를 속일 것이다.

이런 일이 더 계속되면 더욱 그것이 불유쾌할 것은 두말할 것도 없다. "당신이 만일 내 처지에 있다면 어떻게 하겠소." 하고 그는 생각다 못해 어떤 여자 동무에게 묻는다. "내가 당신 처지면 나는 물론 용서해 주지요." 하고 여자는 대답한다. "용서하되, 그러나 쾌활하고 인정 있게 하지, 흔히 연극에서 하듯이 일장훈시(一場訓示)를 기다랗게 한 뒤에 용서

하는 태도를 취하지 않을 터이지요. 대체 당신도 한번 생각해보시구려. 당신 마나님이 애인을 만들었기로서니 그것이 마나님 잘못이 될 것이 어디 있나요. 결국은 당신 잘못일 뿐이지. 그렇잖아요, 왜 당신이 대체 당신 마나님의 정인이 못되었단 말이요?"-"옳은 말이외다. 이것이 다 내가 처를 너무 존경한 탓이지요."-"존경하는 습관을 버리시고 당신 자신이 당신 부인의 정인이 되시오. 그러면 부인은 가정밖에 애인을 구할 필요가 없어질 것입니다."

이것이 이 극의 간단한 경개(梗概)[1]이지만, 이 극에 나타난 대담한 사상은 기후화려(其後華麗)하여야 될 모든 결혼 생활의 일대원리(一大原理)가 된 것이다. 이제 다시 이 사상을 요약하여 보면 즉, 그 주지는 여자의 남편이 되는 사람은 적어도 매력 있는 제3자가 그네를 범치 못하도록 먼저 처의 정인이 되어 그네와 결혼 관계 이외의 '하나의 어떠한 관계를 맺지 아니하면 안 된다'는 데 있다. 그리하여 결혼

---

1) 전체 내용을 정리한 간단한 줄거리.

이란 요컨대 그들에게 있어서는 오직 우연히 부윤 시장(府尹市長)에게 구출된 하나의 연애 관계와 같은 관(觀)을 정(呈)하여야 된다는 것이다. 조야하게 말하여 버리면 이것은 '결혼 속에 음탕을 유도하는 것'이라 말할 수 있다.

확실히 이를 결혼 예술가가 극구 주장하는 사상은 결혼의 신성을 모독하는 것인지는 모르나, 이러한 방법은 사람의 쓸쓸한 가정을 밝게 할 수 있는 자극이기도 하다. 결혼이라 하는 회색의 제도에 자족할 수 있는 도덕가는 그만 두고, 연애 속에 사랑을 구하듯이 결혼 속에서도 사랑을 잃고자 않는 사람은 어느 정도까지 결혼 속에 음탕을 유도함은 절대로 필요한 것이다. 그럼으로써 결혼은 연애의 분묘가 되지 않고 그들의 서로 애무하는 손과 손 위에는 저 저주할 결혼도 말할 수 없이 아리따운 꽃이 맺힐 수 있을 것이다.[2]

이탈리아의 극작가 로베르토 프라크는 『연애의

---

2) 원문에는 '아릿다운꽃을 맺이울수있을것이다'.

최후』 기타의 작(作)에 의하여 연애를 노래한 작가로서 유명하지만, 결혼을 노래한 작가로서는 더욱이 세계에 이채를 발하였으니, 그의 3막 희극 『부정(不貞)』은 실로 누구의 것보다도 보다 시적이며 보다 찬란한 작품이다. 『클라라 산조르지 백작 부인』은 정숙한 한 부인이 되기에 전연 무관심한 여자였다. 그럴 뿐 아니라 백작부인 자신, 자기가 정숙한 부인이 아님을 시인하고 있다. 부인은 자기의 의무는 조금도 돌아보지 아니 하고, 자기의 감정에만 복종한다. 그러므로 백작부인은 그네의 남편 실비오에게 "나는 당신을 사랑하는 까닭으로 당신과 결혼하였을 뿐이며, 당신을 사랑하는 까닭으로 당신께 충실함에 불과하다."고 말한다.

그네는 자기의 감정이 움직이는 대로 행동하는 여자이니, 부인이 어느 날에 남편을 벌써 사랑할 수 없이 되는 일이 있을 수 있을 때, 그때에 그네는 그에 대해 정조를 지키지 않을 것은 물론이다. 즉, 일생을 두고 남편에게 인종함을 부인은 자기의 의무로 여기지는 않는 것이다. 아니다. 그것은 의무가 아님은 물론이요, 반대로 남편이야말로 항상 여자의 사랑을 구하여야 될 것이라 한다. 즉, 다시 말하면 남자는 결혼에 의하여 여자의 애정을 계약적으로 획득할 수는 없는 일이다. 여자야말로 자기의 기분 여하에 의하여 남편에게 애정을 보증하여도 주고, 혹은 어느 때에는 애정을 거절하기도 하여야 한다고 하는 것이다. 이리하여 백작부인은 의무로서 남편에게 접문(接吻)하기를 절대로 수긍치 않는 것이다.

그러므로 남편 실비오는 좀 노기를 품은 구조(口調)로 말한다. "당신은 자기 뜻대로 가고 싶은 곳에 가고, 돌아오고 싶으면 돌아오고, 하고 싶은 것은 아니하는 것이 없다. 나는 남편임에도 불구하고 당신 옆에 거의 있을 수가 없으니 이것이 말이 되오? 당신 방은 소위 부호자질의 집회소다. 당신은 밤낮으로 이들 거만한 얼굴을 하고 자랑스러운 돈 환 격(格)을 연(演)하고 있는 갈라 붙인 청년들 접대에 눈코를 뜨지 못하고 있다. 당신 살롱이 그럴 뿐 아니라 극장의 당신 자리에서도 그와 같다. 당신은 그들과 날마다 산보를 한다. 그들은 당신께 편지질 하고, 당신은 그들에게 답장을 쓴다. 하루에도 네 번씩이나 만나 이야기 하면서도 원 무엇이 부족해서 편지질까지 하는 건지 참말 알 수가 없구려. 그들은 당신 주위를 빈틈없이 둘러싸고 열광적 시선을 가지고 들이마실 듯이 위아래로 머리로부터 발끝까지 발끝으로부터 머리까지 훑어본다. 그리고 그들은 친절하게 당신을 '클라라 백작부인'이라고 부른다. 심하면 자기 마누라를 부르듯이 그저 '클라라, 클라라' 하고 막 부르니 이것이 대체 웬 될 말이오?"

백작부인의 이와 같은 숭배자의 한 사람에 기노 리카르디라는 신사가 있어 그들의 관계는 일견 위험한 단계로 진행한다. 왜 그러냐 하면 이 신사는 부인의 애정을 자극하는 천부(天賦)를 가지고 있기 때문이다. 사람이 염문을 날리기에는 사실 미모든, 지혜든, 또는 용기 같은 것이 그다지 필요치는 않은 것이다. 백작부인은 오직 자기가 여자로서 얼마나 센 여자인가를 보이기 위해서 신사의 자력(磁力)에 끌린 것에 불과하다. 쾌활한 백작부인은 드디어 신사의 요구에 의해 용감한 그의 거소(居所)에까지 가게 된다. 여기 하나의 완곡한 장면이 전개될 것은 두말할 것도 없다. 기노는 만반의 준비를 신중히 한 것이다. 백작부인은 처음에는 약간 불안과 위구(危懼)의 염(念)을 품는다. 그러나 그것이 과연 무엇인 것을 사람은 안다.

기노는 부인을 해부대 상에 올리기 위해서는 어떠한 과정을 밟아야 할까를 아는 까닭으로, 그녀에게 음악을 듣게 하고, 시를 공급하고, 기분을 진흥시킨다. 그때 부인은 나서서 말한다, "자, 나를 유혹하세요!" 이 말에는 암만 연애의 대가라도 주장낭패(周章狼狽)치 않을 수 없다. 그는 감상을 가장하면서 이 말을 물리치려 한다. "나는 유감이지만 유혹자올시다. 클라라, 그러나 내가 당신을 사랑하는 것을 당신은 알았을 것입니다." 그렇지만 그녀는 조금도 양보치 않는다. "들어보오, 사랑하는 리카르디, 나는 당신께 유혹되기 위해서 여기 온 것이니까 당신이 나를 유혹할 뜻이 없다면 나는 가요." 이때 다행히 남편이 등장하게 되어 그의 어색한 장면은 구제된다.

그러면 이런 장면에 직면한 남편은 어떠할까? 남

녀가 다 각기 노하는 것이다. 즉 남편은 처의 정조를 의심하며, 부인은 자기의 순결이 의심됨을 불쾌하게 생각하는 것이다. 이때 모든 남성은 남자의 심사에 동감하며 천하의 여성은 부인의 정의에 가담할 것은 물론이지만, 그러나 우리는 허심탄회(虛心坦懷)로 부인의 말을 들어볼 필요가 있다. 부인은 남편에게 무엇을 요구 하였는가. "당신은 애초에 질투심이 없어 보이는 그것이 내 마음에 들지 않아요. 그렇지만 당신이 질투를 하지 않는다는 것은 필요한 일이기도 해요. 우리의 일치결합(一致結合)은 형식에 있어서 뿐 아니라 내용으로서도 성립하지 않으면 안 되니까요. 즉, 나는 당신께 충실하고 당신은 또 그것을 믿어주고—."

가만히 우리가 반성하여 보면, 사실 남자가 여자의 정조를 믿는 습관을 양성하기란 참으로 어려운 일이다. 이 여자의 정조를 믿어주는 어려운 습관을 모든 남자가 가질 수 있을 때에 보다 자유롭고 보다 애정적 형식인 결혼의 우미하기 비할 곳 없는 시는 비로소 무성하기 시작할 것이다. 결혼에 있어서는 더욱이 남녀의 상호신뢰는 그 근간을 짓고 있는 까닭이다. 최후에 남편 실비오는 부인의 용서를 빌고 막이 내리는데, 세상에 참으로 의심하는 것같이 부부의 애정을 베어내는 것은 없다.

　나는 이상에서 세계 문학사상 그 예가 적은 결혼 문학을 소개하고, 그들이 과연 어떠한 방법에 의해서 이 소막(素漠)한 결혼을 살리려 하였는가를 간단히 보아왔지만, 이것이 또한 어떠한 결혼에 이용해서도 유용한 태도라도 말함을 나는 주저치 않을 수 없다. 결혼은 어떠한 곳에서도 참으로 행복할 수 없었던 까닭이다. 독점적이고 영속적인 상호애의 약속에 의해 결혼의 개념같이 신성화된 것은 없음에도 불구하고, 또 이와 같이도 큰 환멸과 비참과 기만 속에 빠지고만 인생의 사실도 없다. 이리하여 우리는 비단 상술한 문학서에만 한하지 않고, 사상 방면에 있어서도 엘렌 케이[3]라든가, B. B. 린제이라든가, 해브로크 엘리스라든가, 콜론타이[4]라든가 기

---

3) 엘렌 케이(Ellen Karolina Sofia Key, 1849~1926). 스웨덴의 여성 사상가. 사회적 자유주의와 개인의 해방, 여성과 아동의 해방을 주장.

타 헤아릴 수없이 많은 결혼의 지도자가 연애와 결혼의 철학을 설교하고 있는 것을 보지만, 소위 자유 연애 결합이라 한들 시험 결혼이라 한들 또는 연애 결혼이라 한들, 그것이 하나의 성적 계약인 이상, 결혼이 가지고 있는 선천적 산문성을 면할 수 없음에 있어서는 별로 다를 바가 없다.

여기 나와 같은 무경험자가 이에 용훼(容喙)5)할 권리는 없지만 우리의 결혼이 흔히 불행한 것은 우리가 결혼이란 남녀결합을 너무도 이상적으로, 너무도 낭만적으로 생각하는 데서 오는 것은 아닌가 하고 나는 생각한다. 연애와 결혼은 항상 병행할 수 있는 두 개의 동일한 사실이 아니고, 그것은 전연히 별개의 계단에 속하는 두 개의 상이한 현상이다. 그러므로 우리는 처음부터 '행복한 결혼', '불행한 결혼'과 같은 일종의 낭만적 개념을 배척함이 필요하다.

결혼이란 연애의 진화된 것, 연애의 진화가 아닌

---

4) 콜론타이(Aleksandra Mikhailovna Kollontai, 1872~1952). 러시아의 여성 정치가. 여성 해방에 관한 많은 저서를 남김.
5) 간섭하여 말참견을 함.

경우에라도 그것은 여하간 성적 결합 이상의 것을 의미한다. 그리하여 결혼은 카이저링크 백작이 말하는 것같이 두 사람의 대등한 독립된 인격이 결합해서 그 상호 관계에 의해 각자가 혼자서는 성취할 수 없는 자기 발전을 이루려 노력하는 것으로 이 과정은 기쁨과 한가지로 괴로움을 가져오는 것이다. 애인 남녀는 결혼함으로써 그들의 관계가 처음에 시작된 것같이 계속될 것을 기대할 수 없음은 물론이요, 그것을 기대함은 어리석은 일일 뿐 아니라 또 바랄만한 일도 아니다. 왜 그러냐 하면 부부가 너무 애정에만 열중해서 사회생활의 보다 유익한 목적에 적합할 수 없는 상태같이 불유쾌한 사실도 없는 까닭이다. 그들은 항상 피차간의 성의(誠意)와 신뢰에 의한 성애(性愛)의 교정(交情)을 기르고 친교를 창조하면 좋은 것이다. 이러한 친교는 부정(不貞)을 가장 잘 방지하는 것이지만, 이것은 혹은 생길지도 알 수 없는 부정의 통고(痛苦)를 필요에 의해 제거할 수 있을 만큼 힘세기도 한 것이다.

(1936년 『중앙』)

번역과 문화

생활의 국제성(國際性)

번역과 번역 행동의 문화사(文化史)적 의의를 추구하기 전에, 잠깐 생활의 국제화란 활발한 사상을 일고(一考)하기로 한다. 그러나 우리가 생활의 국제화라는 한 개의 엄연한 생활 사실을 생각하려 할 때 무엇보다도 먼저 상기됨과 같이 자연히 경의를 표하지 않을 수 없는 것은, 저 제네바의 인류의 전당, 국제연맹에 틀림없다. 인류의 아름다운 이상이 지지(遲遲)[1]하지만 이곳에서 착착 구체화 되고, 이리

---

1) 느리고 더딤.

하여 구체화된 이상을 각박한 지상에 실현하기를 약간 도모하고 있는 것은 나날이 신문이 충실히 보도하고 있는 바이지만, 적어도 오늘날에 있어서 국제연맹의 존재를 허망하다 생각할 사람은 없을 것이다.

우리는 물론 이러한 국제주의에 도저히 정열적으로 심취할 수는 없다 하더라도, 이 위대한 인류의 정치사상이 언젠가 반드시 우리에게까지 축복을 가져오기 시작할 것을 믿고자하는 사람이다. 당연히 이제 존재하고 있는바 모든 것이 일찍이 존재하는 까닭에는[2] 그곳에 신성한 역사적 필연이 있었을 것은[3] 두 말할 것도 없지만, 국제연맹이라 할지라도 물론 그것은 일조일석(一朝一夕)에 된 바 격월(激越)[4]한 인류 감정의 소산은 아니니, 일찍이 승려 세인트 피에르가 '인류 연방'이란 낭만적 정신에 심취한 것은 벌써 언제였더냐?

---

2) 원문에는 '존재하려기 때문에는'.
3) 원문에는 '없지 아니치 못하였을 것은'.
4) 목소리 따위가 격하고 높음.

철학자 디드로가 이제로부터 200년 전의 옛날인 1740년에 '유럽 연방'이란 말을 인류애에 떠는 마음으로 조각한 이래, 실로 이 말은 항상 모든 나라의 문인과 논객의 흉중을 통하여 한없이 많이 저작(咀嚼)된 결과, 이제는 실로 다기(多岐) 다단(多端)한 변천을 보기에 이른 것이다.

이 사상은 두말할 것도 없이 정신생활에 있어서는 나라와 나라는 어떠한 국경도 가질 수 없다는 단순한 인식에서 온 것이다. 참으로 미(美)와 지(智)는 그것이 설령 어느 곳에서 발생되었던 간에 인류 공유의 재산이 되는 까닭이다.

이는 물질생활에 있어서도 문제는 동일한 것이다. 모든 나라의 문인과 사상가가 수천년래로 그들의 사상과 문화를 상호 교환함으로써 피차에 증보를 구한 것 같이, 산업은 또한 수천년래로 민족 간의 물질적 관계를 나날이 깊게 하여 오늘에 벌써 우리는 상품의 국제적 교역이 없이는 하루라도 만족히 살 수 없는 형편에 놓여 있는 것이다.

우리가 아무리 간이(簡易)한 생활을 하고 있다 하

더라도 이제 우리를 둘러싸고 있는 모든 것은 -한 조각의 빵, 한 개의 권련으로부터, 전기, 전화, 라디오에 이르기까지 세계무역의 큰 은고(恩顧)를 느끼게 하지 않는 것이 없고, 우리의 상상력을 원방(遠方)에 달리게 하지 않는 것이 없다.

우리가 흔히 마시는 커피가 자바산(産)이고 우리가 흔히 마시는 차가 중국산임은 이제 너무도 평범한 사실이다. 부르군드산의 양주, 멕시코산의 담배, 미국산의 빵, 이탈리아산의 오렌지-우리에게 만일 식욕과 금전만 있다면 이를 공급하는 상점은 저자에 무수히 산재하여 있는 것이다. 더 말할 것이 없이 내가 한쪽 손에 쥐고 있는 이 원고를 초(草)하고 있는 흑단의 필축(筆軸)5)은 모르켄산의 나무로부터 된 것이요, 다른 손에 쥔 아라비아 고무는 코르도판에서 나는 아카시아 나무로 제조한 것이라면 그만이다.

우리는 참으로 이와 같이 일상생활에 있어서도 다

---

5) 붓대.

른 나라의 채무자(債務者)가 됨을 면할 수 없는 것이니, 인류는 상호간에 그들이 얼마나 먼 거리를 두고 살고 있으며 또 그들이 얼마나 이질의 발육 시기에 처하고 있다 하더라도 그것이 인류의 문명과 문화에 은밀히 기여하는바가 지극히 많음을 생각할 때, 우리는 과연 무엇에 감사하여야 할까를 알 수가 없다.

우리가 입고 있는 양복, 또는 우리가 그것을 쓸 수 있는 금전, 또는 수없이 많이 수입되어 오는 약품, 그리하여 우리의 병을 구하여 주는 많은 의료기 – 이 모든 것은 두말할 것이 없이 모든 민족이 일단(一團)이 됨을 전제하고, 이해와 노력의 일치에 대한 암묵의 동의(同意)와 동감(同感)을 예정하고 비로소 발명될 수 있는 것이다. 이 점에 있어서 사실 모든 이 세상의 국민은 의식적으로 또는 무의식적으로 생활을 될수록 편하게 하는 사실에 서로 기여하고 있는 것이다.

문화의 교환

물질적 방면에 있어서 이미 생활의 국제성은 그와 같이도 긴밀히 국가와 국가, 국민과 국민을 긴박하고 있거든, 하물며 하등의 관세를 필요로 하지 않는 정신적 생활에 있어서의 인류문화의 교환에서이랴!

벌써 멀고 먼 옛날부터 언어학적, 문헌학적 연구는 한 나라의 예술가 내지 사상가가 다른 나라의 예술가 내지 사상가의 지적 발전과 정신적 방향에 얼마나 많은 기여를 하고 얼마나 힘센 영향을 끼치고 있는가를 증명하기에 노력하고 있는 것이지만, 사실 우리로 말하면 여기 대하여는 하등의 가설을 세울 필요가 없이 자기 자신의 내부생활을 일별함으로써 문제는 이미 족할까 한다.

적어도 오늘날에 앉아 누가 과연 이 세계문명, 이 인류문화의 절대한 은고(恩顧)를 부정하고 감히 "나는 내 스스로 된 자이며 나는 내 자신의 힘으로 이같이 발육한 자이라." 호언할 수 있는가?

인류가 갖는바 한 개의 큰 자랑은 실로 '서책의

산'을 범상(机上)에 둘 수 있지만, 수천 년이라는 긴 세월을 사이에 두고 자고지금(自古至今)의 땀과 힘으로 된 인간지식의 총화에 대한 기록물인 이 '서책의 산'으로 말하더라도, 그것은 참으로 그곳에 신비하기 비할 데 없는 인류 상호의 교환적 관련이 없이는 될 수 있었던 것이 아님은 물론이다. 일찍이 한 권의 책을 지은 어떠한 사람도 그가 그인 바에 의하여 된 일은 없다. 모든 사람은 한번 이상은 다 선구자의 등에 업히는 광영을 갖는 것이다.

우리가 있기 이전에 된 모든 것은 여러 가지 점에 있어서 우리의 창조에 보조가 되는 것이며, 그리하여 우리의 정신적 노작이 또한 어떤 점에 있어서 우리의 뒤를 잇는 후대의 문화생활에 반드시 기여하는 바가 있다. 이와 같은 부단한 계승방법으로서 인류의 찬란한 문화는 끊임없이 진전하여 가는 것이다.

참으로 인류의 모든 문화는 누구나 소유할 수 있는 신성한 공동재산이다. 그러므로 전 세계가 곧 머리를 기울여 논의치 않고, 그리하여 그것의 보육에 관심치 않는다면 '신사조'란 이 세상에 있을 수 없는 것이니, 가령 독일에서 처음 어떠한 사상, 어떠한 논제가 대두하였다 하더라도 그것은 독일인의 보호 밑에서만 성장하여 가지는 않고, 이것은 곧 국경을 넘어 프랑스로, 영국으로 내지는 전 세계에까지 날아가서 곳곳에 새로운 충동을 일으키는 것이다. 그리하여 이 새로운 사상 감정이 제국(諸國)을 편력하여 고국으로 귀향하였을 때에는 실로 얼마나 많은 변화를 경험하였을지 그것은 상상만 하여도 넉넉히 짐작할 수가 있다.

　세계문화의 본질적 관계에 대한 이상의 자그마한 관찰은 무엇보다도 이 세상의 모든 민족은 피차에 존재함이 없이는 도저히 잘 살수 없다는 확신에 박차를 가할 뿐 아니라, 현재의 민족 간에 놓여 있는 수 없이 많은 오해도 드디어는 차차로 일소될 수 있다는 신념에까지 희망을 부어넣는 것이다. 또 전 인류의 행복을 위하여 참된 국제연맹을 세워 공동작업적으로 이로운 것은 만들고, 해로운 것은 물리치려는 현대 각국 정치가들의 위대한 목적에도 상부(相副)하는 바 있다.

하지만 이와 같이 서로 밀접히 연관하고 있는 문화 형태 중에도 특히 세계문학은 개념에 있어서나 실제에 있어서나 세계 연관의 필연을 벌써 먼 옛날부터 암묵 간에 주장하였으니, 오늘날에 있어서는 어떠한 예술, 어떠한 문학도 세계 예술 조류와 분리하여서는 절대로 존재할 수 없는, 그러한 연환상태(連環狀態)에 있음을 보기는 극히 용이하다. 현대의 예술과 문학은 세계 인류를 의식에 두고, 그리하여 외국인의 정신생활에 영향을 끼치고 감흥을 일으킨 무엇을 가진 것이라야만 진정으로 생명을 유지할 수 있는 지경에까지 이른 것이다.

과학과 예술에 국경이 없음은 이제 너무도 자명한 일이다. 독일의 과학자 뢴트겐씨가 X광선을 발명하기가 무섭게, 금시(今時)에 전 세계는 그 혜택에 참여하기를 결코 주저치 않는다. 마르코니씨 기계 때문에 세계 각국의 기선은, 무서운 폭우에 제(際)하여서도 대양 위를 안심하고 항행(航行)할 수 있는 것이며, 아르코 씨가 그것을 발명한 덕택으로 서양에서 하는 연설을 같은 순간에 동양에 앉아 들을 수 있는 것이다.

 과학자의 귀중한 발명이 세계를 풍미하여 삽시간(乍時間)⁶⁾으로 인류의 이용에까지 제공됨과 같이 예술과 문학의 창조가 또한 그러하니, 세계적 발견이라는 말에 대하여 우리가 예술 부문 내에 있어서 세계적 걸작이라 지칭하는 것은 어떠한 한 개의 예술작품이 전 인류의 명성을 박(博)한 것을 의미한다. 즉 그것은 항상 무엇보다도 절실히 세계를 무대로 하며 인류를 대상으로 삼는 것이니, 흔히 그것은 또 볼 수도 있는 일이지만, 하나의 작가가 세계적 명성을 박(博)하였다는 것은 실로 전 세계 전 인류가 그의 사상과 그의 꿈, 그의 희망과 그의 요구에 진심으로 감격하였다는 것을 의미한다. 여기 참으로 예술가의 세계 인류에 대한 중대한 의의와 사명은 놓여 있는 것이지만, 인류는 예술가의 예술작품을 통하여서만 자기 자신을 인식할 수 있는 것이며 그들의 서로 다른 감각과 감정을 이해할 수 있는 것이다.

---

6) 원문에는 '乍時間으로'.

예술가만이 홀로 인간을 접근시킬 수 있는 자(者)임은 물론이요, 모든 진리 중에도 시적 진리가 가장 놀라운 자(者)이고 가장 활동적이고 또 가장 유세한 것임은 두말할 것이 없다. 음악적 재능의 인류최고의 노작으로서 통용되는 베토벤의 제9 심포니로 말하면 사해동포성(四海同胞性)에 대한 절대한 환희가 음악으로 화하여 표현된 것이지만, 그것이 인류의 귀에 의하여 한없이 존숭되는 것은 이곳에 표현된 범신론적 사상이 모든 사람 위에 힘세게 작용하여 음악을 사랑하는 사람의 마음에까지 동일한 환희를 일으키는 까닭이다. 누가 여기서 감히 국민성에 대하여 일언(一言)인들 말할 수 있으랴! 여기서는 마치 세계심(世界心)이 자유로운 비상을 꾀하고 있는 것도 같으며, 여기서는 마치 이 세상의 모든 인간이 서로 손목을 잡고 보다 고상한 것, 보다 선한 것, 보다 아름다운 것을 창조하고 있는 것도 같다. 이 세계심의 정신이야 말로 우리가 항상 예술과 문학 속에서 남착(擒捉)하려 하는 대상에 틀림없는 것이지만, 사실에 있어서 또한 모든 종류의 좋은 예술작품은 인류가 다 같이 이 세계심을 가지고 있고, 또 그것에 충만하고 있는 것을 의식적으로 또는 무의식적으로 제시하고 있는 것을 우리는 볼 수 있다.

한편의 동일한 시가 인류의 마음속에 살고 있다는 것은 무엇을 말하는가? 실로 모든 민족은 서로 서로 그들이 품고 있는 사상, 그들이 지니고 있는 정신에 대하여 변해(辨解)[7]하기에 노력하고 있다. 우리들이 오늘날 우리 자신의 사상 감정을 알 수 있음과 같이 에스키모의 생활과 행동을 알고 미국 토인의 성질을 알 수 있음은, 오로지 정신문화 교환의 은택이 아니면 안 된다. 프랑스라면 파리의 시인이 그의 고요한 서재에서 꿈꾸며 쓴 시작(詩作)이 불과 수주(數週)에 벌써 브라질에서, 시베리아에서, 중국에서, 조선에서 읽혀짐이 오늘에는 결코 이상치 않은 것이며, 한 흑인이 한 곡절(曲節)의 재즈를 작곡한지 불과 수주(數週)를 경과하여 전 세계의 주린 청각이 이에 집중됨이 오늘에는 결코 이상치 않다.

---

7) 말로 풀어 자세히 밝힘.

모든 문화 영역에 있어서도 또한 이와 같은 국제적 교환은 민활(敏活)히 실행되어 국제 사정을 이해할 기회를 제공하고 있음은 두말할 것도 없지만, 그중에도 특히 예술문화는 민족적 교정(交情)에 있어서 공헌하는바 지극히 민감하고 미묘한 것이 있으니, 가령 스트린드베리8)를 읽고 셀마 라겔뢰프9)를 읽는 사람은 그가 스웨덴에 가서 한동안 있었기보다도 더 잘 이 나라에 대하여 알 수가 있다. 왜냐하면 우리는 우리의 어리석은 눈을 가지고 직접으로 이 나라를 볼 수는 없다 하더라도, 간접으로 우리는 이 위대하고 치밀한 관찰자의 눈을 통하여 이 국토의 인정풍속을 더욱 잘 볼 수 있는 까닭이다.

포를 읽고, 에머슨을 읽고, 소로우를 읽고, 싱클레어를 읽고, 린저를 읽은 사람은 미국의 위대함을 알 뿐 아니라 그곳의 윤리적, 철학적, 사회적 동향을

---

8) 아우구스트 스트린드베리(August Strindberg, 1948~1912). 스웨덴의 극작가이자 소설가. 『하녀의 아들』, 『아버지』 등의 소설과 희곡이 있음. (네이버 지식백과 참조.)
9) 셀마 라겔뢰프(Selma Ottiliana Lovisa LagerrlÖf, 1958~1940). 스웨덴의 여성 소설가. 여성 최초 노벨 문학상 수상자. 대표작으로는 『예스타베를링 이야기』, 『닐스의 모험』 등이 있음. (두산백과 참조.)

알 수가 있는 것이다. 상술한 바에 의하여 대강 문화의 국제적 교환은 인류의 세계심이란 감정 밑에 나무나 당연한 사실이 되었다. 참으로, 문화 영역에 있어서는 이 세계는 한 개의 완전하고 이상적인 공산주의의 지배하에 놓였으니, 내 것은 네 것이요, 네 것은 내 것이며 그리하여 모든 것은 모든 사람에 속하면서 그것은 어떠한 사람의 것도 아닌 관(觀)을 정(呈)하고 있다.

세계문학의 개념

나는 이상에서 현대생활의 활발한 국제성을 말하고 인류의 친근한 문화적 교환을 지적하여 한 개의 '세계문화의 개념'을 규정하려 하였다. 그러나 세계문화란 한 개의 개념, 그 형체는 우리 눈에 명확하면서도 그 범위가 너무도 광막하여 이를 규정키 곤란하므로 감수성이 예민한 예술 문학 방면에 우리가 그 좋은 예를 구하여, 어떤 나라에서 오늘 쓰인 하나의 작품은 불과 수주(數週)면 벌써 다른 민족에게 읽혀지는 구체적 사실을 봄으로써 세계문학의 개념에 언급하려 하였다.

적어도 오늘에 있어서는 너무도 자명한 이 세계문학의 개념을 부정하려는 사람은 한 사람도 없겠지만, 이 개념은 순전히 현대의 산물은 아니고 그것은 백여 년 전의 옛날인 1827년에 이미 괴테의 명제에 의하여 규정되기 시작하였다. 그는 당시 파리의 프랑스 좌에 상연되어 세평의 적이 된 듀발의 사극 '타스'와 자작의 희곡 '타소'가 프랑스 문단에서 비교 논평된 모양을 소개한 끝에 첨(添)하여 부언한, "……내가 제군의 주의를 환기코자 하는 것은 여기 한 개의 일반적 세계문학이 형성되어가고 있음을 내가 확신하고 있다는 것이다. 운운"의 수언(數言) 속에 확실히 보인다.

괴테가 일반적 세계문학이라 말하였을 때, 물론 그것은 단순히 세계 각국에 있어서의 문학, 다시 말하면 문학의 잡연(雜然)한 집합을 의미시킨 것은 아니니, 그것은 실로 인류 전반의 통일적 생활이라 하는 이상을 전제로 하고 보다 큰 통일과 조화의 원리에 의하여 결합되고 집합된 일속(一束)의 다채한 문학을 의미한다. 게오르그 짐멜이 말한 것같이 심미적·도의적 통일을 갖는 점에 있어서 전 인류는 오직 한 사람에 불과한 사실을 우리가 지정할 것 같으면, 간단히 말해 '사람이란 결국 다 같다.'는 사상을 이해할 수 있을 것 같으면, 우리는 각국 민족이 풍토와 기후와 언어와 전통, 기타의 여러 가지 생활 조건을 서로 달리하고 있음에도 불구하고 현재에 우리가 그렇게 움직이고 있음과 같이 전체로서는 모든 사람이 인류 공통의 원리에 의하여 인류 공동의 문화를 위해 노력하고 있는 사실을 이해하기 용이할 것이다.

그리하여 사실에 있어서 문학은 오직 세계문학으로서만 존재할 수 있고 문화는 오직 세계문화로서만 존재할 수 있는 것이니, 가령 영국문학하면 이것은 영국인의 문학을 의미하는 것이지만, 그것은 결코 영국인만의 소유가 아니고 전 세계가 이를 이해할 수 있고 이를 향유할 수 있는 점에 있어서, 그리하여 이 속에 표현된 생활과 사상과 감정과 제재와 형식이 다른 민족들에게 섭취되고 흡수되는 점에 있어서, 그리하여 그것이 각 민족 상호간의 인식과 이해를 깊게 하는 점에 있어서 세계문학이 안 되고 세계문화가 안 되려야 안 될 수 없는 것이다.

일국의 문학이 타국에 있어서 탄미자(嘆美者)를 획득하여 세계적 명성을 박(博)할 때, 그것이 세계 문단에 있어서 움직일 수 없는 확호(確乎)10)한 지보(地步)11)를 점한다는 것은 전술한 바와 같다. 그러므로 오늘에 있어서는 우리가 단테를 말하고 양식을 말한다면 그것은 이탈리아 문학상의 단테, 영문학 상의 양식을 생각하기 보다는 국경을 초월한 세계 문학상의 단테이며, 양식을 자연 생각하게 된다. 이제는 르네상스, 고딕, 바로크 등으로 불리는 양식이며, 또는 고전주의, 낭만주의, 상징주의 등으로 명칭 되는 유파를 보더라도 그 하나하나는 물론 어떤 일정한 국민의 정신생활 내부에서 우선 탄생되

---

10) 아주 굳세고 든든한.
11) 자기가 처해 있는 지위, 입장, 위치를 통틀어 이르는 말.

었던 것이지만, 그것은 결코 그 국민 속에서만 생존치 않고 참으로 전 세계에 그 완성과 실현과 지배와 보호를 구하고 있는 것이다.

그러므로 R. G. 몰튼이 일찍이 그의 저(著) 『세계문학』의 서설에서 "우리가 철학 연구라 할 때 우리가 마음에 품는 생각은 그리스어의 연구에 흥미를 갖는 사람들이 그리스어로 쓰인 철학 서류를 읽는다든가, 독일어 연구에 흥미를 갖는 사람들이 독일의 철학 문헌을 읽는다든가 하는 그런 생각이 아니다. 모든 이런 생각에서 떠나 우리는 한 개의 독립된 흥미와 그 자신의 역사를 가진 철학이 있다는 것, 부분의 총화와는 전연히 다른 어떠한 전체적인 것을 인식하고 말하는 것이다. 환언하면 통일을 인식하는 것이다. 그와 같이 우리는 역사의 통일, 예술의 통일을 세계적 연관에 있어서 인식하는 것이다. 그리하여 이와 마찬가지로 언어가 얼마나 다르다 하더라도 문학을 하나의 통일체로서 보고, 그 용어의 발생지에 의하여 면모를 달리 하는 각 문학을 부분으로 한 전체로서의 문학이 곧 세계문학이다"

라고 말한 것은 지당하다.

번역의 문화사적 역할

내가 이상 생활의 국제성, 문화의 교환, 세계문학의 개념, 3항에 궁(亘)하여 너무도 명백한 현대적 생활사실을 누누(縷縷)히 진변하기에[12] 힘쓴 것은 독자 제군도 수제(首揭)의 제목을 보고 곧 이해할 수 있을 것과 같다.

전 인류가 이제 마치 한 나라 속에 살고 있음과 같은 긴밀한 문화적 관계에 있어서 세계를 체험할 수 있기 때문에는 실로 번역이라는 하나의 문화적 활동이 얼마나 큰 역할을 그 속에서 연(演)하였으며 또 연(演)하고 있는가를 말하고자 함에 있었다. 번역이라는 것은 언어 대용에 의한 사상의 이식과 전달에서 그 사명을 발견하는 정신적 활동으로, 그것

---

12) 원문에는 '縷縷 陳辯하기에'.

이 가령 A의 국어를 B의 국어에 전치하고 B의 국어를 C의 국어에 또는 D의 국어에 환언하면-이와 같이 세계가 가지고 있는 나라의 수와 같이 상이한 언어를 통일체로서의 세계문화를 전달하려는 입장에서 국어화하는 노력을 의미함은 전연히 많은 말을 필요로 하지 않는다.

참으로 번역가와 그들의 번역 행동은 민족적 교환이 없이는 도저히 성립할 수 없는 일환으로서의 세계문화사에 예로부터 공헌한바 극히 큰 것이 있으니, 그것은 한 국민의 문화적 전통과 타민족의 문화적 전통이 서로 접촉하는 기회를 제공할 뿐 아니라, 소개자이며 매개체로서의 번역은 서로 다른 나라와 민족 속에 문화의 전생(轉生)을 도모함으로써 보다 넓고 보다 높은 세계를 가장 직접적으로 국민화하고 자기화하는 문화적 행동이며 또한 그러한 세계를 원활하게 연결하는 심적 교량이다.

우리는 앞에서 현대생활의 국제적 관계를 논하여 문화의 영역에 있어서 이 세계는 한 개의 완전하고 이상적인 공산주의의 지배하에 놓였으니, 네 것은 내 것이요, 내 것은 네 것이며 그리하여 모든 사람에 속하면서 그것은 어떠한 사람의 것도 아닌 관(觀)을 정(呈)하고 있다고 하였지만, 이러한 찬탄은 물론 현재의 활발한 번역 행동이 그러함과 같이 우리가 이해할 수 없는 수없이 많은 국어의 옷 속에 숨어 있는 각국 문화를 우리가 해득할 수 있는 모어(母語) 내지 타국어에 민활히 전치시켜 주는 사실을 가정치 않고는 도저히 입을 뚫고 나올 수 없는 것이다. 만일에 여기 번역이라는, 말하자면 타국인의 다변 다능을 무언(無言)으로 소개하는 하나의 거대한 문화적 활동이 없다면, 모든 나라의 문화의 꽃은 외국의 관람객을 잃고 서로 고립하여 지식의 섭취, 사상조의 수입, 문화의 교환은 가공의 사실로 돌아가고, 이리하여 인류생활의 공존공영은 도저히 기할 수 없는 것이 되고야 말 것은 명백하다.

이때에 당연히 세계 인류의 공유재산이 되어야 할 정신문화는 흔히 우리가 향유할 수 없는바 무관계한 물건이 되고, 모든 민족은 오직 자기의 협애한 문화 속에서만 나는 맹목을 슬퍼하지 않으면 안 될 것이다. 우리가 정신문화라 할 때 그것은 대부분이 책에 의하여 된 인간지식의 총화를 의미함은 두말할 것도 없지만, 이러한 거대한 서책문화가 찬연하리만치 형성되어 오늘날 모든 사람의 자유로운 선택에 의하여 그것이 어떻게든지 문호를 개방할 수 있기 때문에는 세계의 다채한 문화를 모어화(母語化)하려는 각 민족의 언어학적 노력이 간단없이 그 기저를 관개(灌漑)함이 없이는 될 수 없었던 것이다.

이제[13] 인류가 번역을 잃음은 실로 모든 것을 잃는 것이라고까지 단언할 수 있도록 그것은 국제적 문화교환의 제 일보가 되어 있는 것이다. 상인의 무역행위에 의하여 우리가 외국 타지의 소산품을 임의로 획득할 수 있음과 같이 문화의 소개자인 번역가의 번역 행동에 의하여 비로소 우리는 외국문화의 섭취에 서로 참여할 수 있는 것이니, 여기 만일 어떠한 나라에 번역 문화라는 것이 아직 행동화되지 않았다면, 사람은 어떠한 길에 의하여 과연 사회

---

13) 원문에는 '이제에 있어서는'.

사상사에 중대한 시기를 획(劃)한 마르크스의 유물사관을 원서 그대로 미독(味讀)할 수 있으며 세계문학에 있어서의 모든 걸작품을 그 이름인들 알 수 있으랴? 가령 우리 조선에는 이제까지 번역 문화라할 만한 것이 없지만, 우리는 행인지 불행인지 우리의 대다수가 획득하는 일본어를 통하여 번역의 혜택에 욕(浴)할 수 있음으로써, 세계에 대하여 무엇인가를 말할 수 있는 지식을 가지게 된 것은 두말할것이 없다. 참으로 번역의 문화사적 역할은 지리적교통과 문화의 교환이 시작된 날부터 인류의 내적요구에서 연출되었으니, 그 중대한 의미는 물론 그것이 각 민족의 언어의 상이라는 대난국을 완전히배제하여 주는 데 있는 것이다.

번역의 가치

"세계는 이제 오직 하나의 문명어를 가지려 하고있다"고 일찍이 메이어는 말하였다. 그러나 그는 이 말이 끝나기가 무섭게 곧 부언치 않을 수 없었으니, "그러면서 각국에서는 국어 순정에의 요구도 활발하다."는 것이었다.

사실에 있어서 이 이율배반은 이상하게도 '조화롭게' 이 세계를 지배하고 있는 것이니, 문화의 긴밀한 국제적 교통이 전자의 진리임을 증명하는데 대하여, 오늘에 있어서도 오히려 의연히 정치적 국경이 언어적 국경이 되는 사실은 후자의 진리임을 역시 증명하고 있는 까닭이다. 이상하게도 조화롭게라고 나는 말하였지만, 언어학적 이율배반을 원만히 조종하여 가는 자가 문화의 전달자이며 소개자인 번역임은 노노(呶呶)[14]할 필요가 없다. 적어도 외국의 문화에 접하는 기회를 가지려는 하나의 요구에 당면하여 우리가 봉착치 않을 수 없는 최대 난관은 실로 언어의 문제이니, 인간 교정(交情)의 기본적 요소가 되는 언어를 해득치 못하고서는 이 좋은 기회를 영원히 놓치고 말 것은 너무나 당연한 일

---

14) 왁자지껄하게 떠듦.

이다.

그러나 이러한 난관에 직면한 결과로부터 이를 돌파하고 배제하기 위하여 우리가 새삼스레 외국어 학습에 뜻을 둔다는 것은 실로 좋기는 하나 그 역시 곤란한 일이기도 하니, 확실히 언어학자 가벨렌츠[15])가 말한 것 같이 "하나의 외국어의 학습은 우리가 알 수 없었던 한 세계의 계시를 가지고 옴"에는 틀림없지만 원래 외국어의 학습이란 어느 사람에게나 성공될 수 있는 일이고 간혹 기허성상(幾許星霜)의 결과로서 소수인의 기억 속에 왔다 하더라도 그것에 소비된 한없는 정력을 한번 다른 보다 좋은 사업에 경주(傾注)될 것으로서 환산하여 볼 때, 외국어 학습에 대한 저주는 통절히 우리의 가슴에서 우러나오고야 말 것은 물론이요, 또한 이때에 우리가 겸하여 통탄치 않을 수 없는 것은 우리의 학습하여야 할 외국어는 실로 일이(一二)에 그치지 않고,

---

15) 한스 가벨렌츠(Hans Conon von der Gabelentz, 1807~1874). 19세기 독일의 언어학자이자 민속학자. 말레이 폴리네시아계 언어와 우랄알타이계 언어를 주로 연구했다.

중요한 문화국만 택한다 하여도 열 손가락을 훨씬 넘을 뿐 아니라, 이와 같이 열 손가락을 넘는 나라 나라가 제 각기 동일한 국어를 사용하는 범위 내에서도 시대의 상위(相違)를 따라 능히 이해할 수 없을 만큼 그 의미를 서로 달리하고 있다는 사실이다.

여기에서 우리는 필연 인간 자체의 유한한 정력에 비하여는 너무도 장구한 세월, 너무도 과도한 노력, 너무도 특이한 재능을 요구하는 외국어 학습의 길을 밟지 않고서도 넉넉히 전 세계가 가지고 있는, 있을 수 있는 모든 풍부한 문화의 여택(餘澤)에 참여할 수 있는 하나의 안이한 상태를 될 수만 있다면 곧 상망(想望)16)치 않을 수 없다. 두말할 것 없이 실로 이곳에 언어 상이의 국제적 장애를 배제하고 발무(撥無)하여 줌으로써 항상 나라와 나라 사이에 문화적 중개의 역할을 하여주고, 또 세계가 완연 일군의 치하에 있는 듯한 관(觀)을 정(呈)하게 하여 주는 중간적 존재에 번역의 의의와 가치가 놓여 있다.

---

16) 일이 이루어지기를 기대함.

문명은 이제 교통기관의 거미줄과 같은 완비를 한 없이 자랑하고 있는 것이지만, 세계문화는 오늘날 번역의 민활한 전달적 기능을 더욱 예찬치 않으면 안 될 터이니, 우리가 뜻하는 바 있어 기차, 기선, 비행기에 몸을 싣기만 하면 세계 어느 나라이고 못 갈 곳이 없는 것보다도 더 훨씬 용이하게 번역의 문화적 기능은 우리로 하여금 우리의 방에 앉은 채 세계문화의 각 양상을 원전 그대로 볼 수 있게 하여 주는 까닭이다.

　　이와 같은 생활의 국제화, 문화적 관계에 있어서 이미 된 것은 말할 것도 없고, 모든 새로이 되어 있는 것도 드디어는 곧 우리의 소유로 오고, 우리의 말에 있어서 오는 것이니, "세계가 이제 오직 하나의 문명어를 가지라."는 인류의 절실한 요구는 번역이라는 문화적 교량에 의하여 우리의 모어를 잃음이 없이, 어려운 외국어를 배움이 없이 충분히 만족되어 가고 있는 것을 아니 볼 수 없다.

　　이제는 벌써 세계 각국어로 번역되지 아니한 인류의 모든 종류의 성전을 발견하기가 곤란한 것이니,

만일에 한권의 책이란 것이 문화의 중개에 중대한 의의와 사명을 갖는 것이라면 이 서책을 국어화 시키는 번역의 가치가 얼마나 중대한 것인가를 부정치 못할 것이다. 사실에 있어서 문화의 국제적 교환은 사람이 하기보다는 책이 하고, 책 중에도 번역서가 그 대부분을 부담하는 것이니, 예로부터 오늘에 이르기까지 우리가 인류 상호의 국제적 영향을 한결같이 볼 수 있는 한, 실로 번역이 문화교환의 기조가 되었던 것을 또한 우리는 부정할 수 없다.

문화의 복사적(幅射的) 영향

예로부터 국제적 교통이 있는 곳에 문화의 교환이 있었고, 그리하여 문화의 교환이 있었던 곳엔 반드시 어떤 형식으로서의 번역적 표현이 있었던 것은 이제 조금도 의심할 여지가 없는 일이다. 적어도 한권의 세계문화사를 읽은 사람이면 나라와 나라, 종족과 종족 사이의 문화적 요소의 결합을 즉좌에 인식치 않을 수 없을 것이니, 가령 서양에서 예를 구하면 서양의 문화는 그리스적인 것과 헤브라이적인 것 이 두 요소의 결합으로서 발달된 것이다. 문학은 두말할 것 없고, 정치, 법률, 철학, 경제 과학의 모든 문화 부문에 있어서 그것은 전부가 다 그리스 정신에 단을 발하고 헤브라이 정신의 영화(靈化)를 받아 성장치 않은 것이 없다.

문화가 국제적으로 영향한 형적(形跡)을 수다한 종족간의 서로 다른 언어 영역에서 추구하여 볼 것 같으면, 이들 여러 민족이 그들이 사용하고 있던 언어 속에서 얼마나 많은 변경과 수정과 번역막(飜譯模)과 주(做)를 꾀하였던가에 의하여 더욱 명백하게 된다.

언어라는 것이 인간 정신을 표현하는 최초의 것인 동시에 또 최후의 것이 되는 점에 있어서 언어를 달리하는 민족 간의 물질적 내지 정신적 교통은 반드시 언어에 대한 이해를 전제로 하고 비로소 될 수 있는 것이니, 인간 교통의 원리가 되는 이 번역 형태는 예로부터 연면히 존재하여 참으로 인류와 같이 옛 되고 인류와 같이 영원한 것이다. 이제 번역에[17] 한 개의 산 사실로서 우리의 뇌리에 기억될 만한 문화적 역할을 감행한 비교적 현저한 예증을 재삼,[18] 역사에 구하면, 중세기의 기독교적 문화가 성서 번역에 대한 열광으로부터 시작된 것, 또는 19세기 후반기의 독일 문단이 사옹(沙翁)과 단테 알리기에리의 번역 연구에 의하여 신생면(新生面)을 연 것도, 또는 그 당시 토마스 칼라일이 괴테 번역에 의하여 스스로 영·독 문화의 교량이 되었을 뿐 아니라 그의 명저 『영웅과 영웅 숭배』[19]와 『의상철학』은 실로 역(譯)을 기록으로 하고 창조되었던 것, 또는 프랑스 문단이 프레보[20]와 테느[21]를 통하여 영국 문학을 수입하고 리에블과 본느비유를 통하여 독일 문학을 수입함으로써 문학적 시야를 넓힌 것—

---

17) 원문에는 '飜譯이 이제도 오히려'.
18) 원문에는 '二三'.
19) 원문에는 '英雄及 英雄崇拜'.
20) 프레보 데그질(1697~1763). 프랑스의 소설가. 『어느 귀인의 회상록』 등의 작품과 다수의 영국 문학 번역 작품이 있다.
21) 이폴리트 테느(Hippolyte Taine, 1828~1893). 실증주의에 입각한 프랑스의 철학자, 문학사가.

또는 한 사람의 세계적 천재를 놓고 보더라도, 각국에서는 반드시 이에 대한 번역가가 출현함으로써 자국 문화에 큰 공헌을 하였던 것이니, 가령 입센을 보면 영국의 아쳐, 덴마크[22]의 프란테스, 독일의 파사르주 등은 적지 않은 공로를 번역적 소개에 의한 것이 그것이다.

이와 같이 문화의 국제적 영향이라는 한 개의 명확한 생활 사실을 우리가 부정할 수 없는 한, 모든 종류의 생활과 학문 연구의 배후에는 실로 번역이라 하는 이입 관계 전달 형식이 음으로 양으로 숨어 한 나라의 문화에 대한 비료 공급의 역할을 하고 있었던 것을 우리는 긍인(肯認)치 않을 수 없는 것이지만, 참으로 오늘날에 있어서는 더욱이 세계를 통하여 문화의 정도가 상당히 격절한 민족 간에도 번역은 서로 교환치 않을 수 없는바, 발신과 수신 사이에 개재하여 눈에 보이지 않는 어학 교사의 임무를 성수(成遂)하고 있는 것이다.

---

22) 원문에는 '丁抹'.

번역에 의하여 모든 문화는 일점(一點)에 집중될 수 있고, 번역에 의하여 이제 모든 언어는 이국적일 수 없다. 여기 인간의 어떠한 정신적 소산도 고립적일 수 없는 예로부터의 사실은 오늘에 있어서는 벌써 어떠한 사람의 주의도 끌 수 없을 만큼 자명화하여 세계는 하나의 원활한 연결 속에 그 거구를 누이고 있으니, 어떠한 사람이 주목할 만한 한 개의 연구적 성과를 발표하면 이것은 곧 민감한 번역자의 활동에 의하여 수개(數個) 국어로 번역되고, 소개되고, 비평되어 그 귀착될 바를 전 인류에게 묻는 것이다.

어학에 대한 지식은 현대인의 교양에 속한다 하더라도, 민첩한 번역가의 행동은 흔히 이를 무시하여 만인의 안이(安易)에 봉사함이 많은 것이다. 이리하여 오늘의 문화는 항상 언제든지 세계를 일관하여 힘센 복사적(輻射的) 영향 밑에 발전되고 있는 것이니, 마르크스주의는 이제 벌써 낡다. 파쇼는 이탈리아를 벗어난 지 오래고, 히틀러의 연설은 오늘 저녁에도 전 세계에 감격을 일으킬 것이다. 조이스의 국제적 유행, 지드 전향의 사상적 파동-모든 것은 흔히 그 같이도 속히 번역에서 오는 것이다.

문화의 일대 집성

"외국어 학습이란 실로 하나의 저주할 노력에 속한다. 이 점에 있어서 프랑스인은 참으로 행복한 민족이라 아니할 수 없다."고 일찍이 니체는 말한 일이 있다. 참으로 지언(至言)이라 아니할 수 없다.

그러나 외국어 학습이 저주할 노력에 속한다 하더라도 이 방법에 의함이 없이는 외국 문화에 대한 접촉의 기회를 놓치고야 만다면 어떠할까? 이때 우리는 여하한 희생을 공(供)하여 가면서도 이 저주할 노력을 피할 수는 없을 뿐 아니라, 또 피하여서 안 될 것은 두말할 것이 없다. 이리하여 외국어에 대한 지식이 많은 민족에 있어서 현대적 교양의 하나로써 헤아려지게 된 것은 너무도 당연한 일이지만, 그러나 현대적 양육이 흔히 학교의 문을 나서자 무엇보다도 빨리 우리의 머리로부터 도주하여 버리는 것은 뭐라 해도 하나의 슬픈 사실이 아니면 안 된다. 그러나 여기 다행히 번역가라는, 문화의 중간적 존재가 있어 한 민족(一民族)의 저주할 노력을 항상 홀로 부담(負擔)하고 있으니, 이제 건조무미한 모든 어학 사전은 우리 앞에서 멀리멀리 사라져 버림이 좋다고까지 호언하여도 나쁠 것이 없는 상태에 우리는 현존하고 있는 것이다.

우리는 전항(前項)에서 문화의 복사적(幅射的) 영향을 논하여, 가령 볼셰비즘은 아시아에만 머물러 있지 않고 이제는 전 세계에 생활을 구하고 있으며, 국가 사회주의는 독일에 배태된 지 수순(數旬)에 벌써 인류의 인지를 얻음과 같은 그러한 사상 감정의 국제적 유행은 흔히 번역과 소개의 민활한 활동에 의하여 실현되는 것이라 하였다. 그러나 사실에 있어서 오늘에는 외국어를 아는 소수인(少數人)만이 그것을 이해할 수 있을 뿐에 그치지 않고, 모든 사람은 그 누구임을 물론하고 번역적 형식을 통하여 이 명예로운 유행에 잠깐 몸을 맡길 수 있는 까닭이다.

여기서 우리는 번역의 놀라운 힘에 의하여 세계문화의 일대 집성이 각기 민족에 상응토록 국민화 된 사실을 드는 것에는 만족할 수 없고, 한걸음 더 나아가 우리 각자가 세계문화의 일대집성을 자기 자신의 언어로 가질 수 있음으로써 문화운동의 방향을 인류 공력적(人類共力的)으로 첨예화(尖銳化)할 수 있는 사실을 고조치 않을 수 없으니, 외국어 학습에 대한 하나의 저주할 노력은 필연 이 방향에 있어서 경주(傾注)되지 않으면 안 될 것은 명백한 일이다. 이리하여 우리가 번역으로 말미암아 세계문화의 일대집성을 비할 수 없이 용이하게 우리의 좋은 기초로 삼고 우리의 좋은 발단으로 할 수 있음으로써만, 오직 세계가 진보라 칭하는 길에 모든 사람이 새로운 기여를 할 수 있음은 두말할 것도 없다.

　　"우리는 불의 뜨거움을 두려워하기 위하여 우선 불에 데어볼 필요는 조금도 없는 것이며, 이것에 의하여 우리를 후세의 청년은 자기 스스로 많은 불경제한 경험을 함이 없이 노인이 하다가 둔 곳에서부터 착수하기 시작할 수 있는 까닭으로, 한 나라의 문화 내지 세계의 문화는 장족의 진보를 성수(成遂)할 수 있다."는 것은 스트린드베리의 유명한 말이다. 여기 "많은 불경제의 경험"이라 할 때, 그것은 세계문화의 일대집성이 전부 포함하고 있음은 물론이요, 그러므로 누가 가령 인류의 가장 낡은 경험에 속하는 '불의 뜨거움'을 과거의 역사에서 인식하는 안이한 길을 밟으려 하지 않고 마치 그것은 새로운 발견인 것처럼 세계 인류를 향하여 '불은 뜨거운 것이다.' 하고 고함친다면, 또는 여기 누가 가령 프루스트를 읽지 않고 설령 그가 프루스트적인 것을 창조하였다 하더라도 그것은 조금도 그의 독창에는 속할 수 없는 것이니, 참으로 이와 같이도 어리석은 수작(酬酌)은 오늘의 문명 세계에서는 적어도 있기 드문 일이다.

이로써 세계문화의 일대집성은 실로 모든 민족의 마음속에 활발히 살고 있음을 볼 수 있으니, 파게가 현명하게도 일찍이 말한 것같이 "나는 2층에 동거하는 이웃인 목사보다도 그리스의 고대 철학자 키케로에게 더욱 친애의 정을 느끼는 사실이 인류의 사이에 무수히 존재함은 물론이요, 우리가 날이면 날마다 주고받는 평범한 말을 듣고 보아도 그 근원을 캐고 보면 그러한 내용의 말을 일찍이 누가 하였던가를 알 수 없을만한 상호적 영향 속에 살고 있는 것이다. 모든 종류의 과학 연구, 모든 종류의 사상 생활이 현재를 극점으로 하고 출현할 수 있음에서 비로소 진보를 약속함은 두말할 것도 없지만, 전 인류는 이 문화의 극한에 설 수 있음으로써 유일의 진보적 방향을 목표로 삼는 것이니, 번역은 실로 외국어를 잘 구사하는 사람 앞에까지도 문화의 극한을 보다 용이하게 보이는 사람이다.

번역가의 문화사적 사명

나는 전항(前項)에서 우리는 번역으로 말미암아 세계문화의 일대 집성을 우리들 각자의 언어로 용이하게 가질 수 있음으로써 많은 불경제한 경험이 없이도23) 문화의 극점에서 동일한 문화적 방면을 목표로 삼고 보조를 같이 할 수 있는 사실을 지적하였다. 그러나 좀 더 냉정히 생각하여 보면 이것은 결국 하나의 이상론에 지나지 않는 것이니, 사실에 있어서 모든 민족이 이와 같은 세계문화의 일대집성을 이미 모어화(母語化)하였고, 그리하여 그들이 세계문화 진전의 지도적 세력에 함께 참여할 수 있는 광영을 갖느냐하면, 그것은 전연 그러한 상태에 있지는 않다.

세계 각국의 정치적, 경제적, 사회적 사정은 서로 떨어질 수 없는 밀접한 관계를 가지고 있고, 자연과학적 문명은 날을 좇아 더욱 긴밀히 생활의 국제화를 실현시켜 주고 있으며, 교통기관의 세계적 완비는 문화교통의 길을 더욱 신속하게 열어주어, 석일(昔日)에는 실로 한 세대를 요하던 문화적 영향도 오늘에는 불과 수삭(數朔)을 넘지 않고 파급되는 사실을 우리는 도저히 부정할 수 없다 하더라도, 이제 세계문화는 국경을 초월한 하나의 통일체로서 동일

---

23) 원문에는 '經驗을 함이 없이도'.

한 수평선상을 걷고 있는 것은 결코 아니니, '문화의 민족적 평등'이란 한 개의 환상에 불과한 감이 없지 않다.

과거는 그만두고 현재 세계문화의 중심세력을 형성하고 있는 문화국은 뭐라 하여도 첫째 잉글랜드,24) 독일, 프랑스, 이탈리아의 네 나라를 들지 않을 수 없고, 다음으로 미국, 러시아, 기타의 수 개국(數個國)을 들 수 있음에 그칠 뿐이요, 이여(爾餘)25)의 많은 국가는 이들 대 문화국(大文化國)이 맺어놓은 신선한 과실을 간간히 따먹음으로써 세계문화의 진전에 새로운 기여를 하기보다는 차라리 문화적 영양에 대한 자가 섭취의 도(道)를 강구함에 급한 경향이 농후하다. 소위 인류 공통의 문화가 일견하기엔 지극히도 긴밀한 관계를 가지고 있는 듯이 보이지만 사실 모든 국가, 모든 민족이 그 종류에 있어서나 또는 그 정도에 있어서나 한 사람의 건강 내지 교양과 같이 실로 복잡한 차이와 계단을 가지고

---

24) 원문에는 '英吉利'.
25) 그 나머지.

있는바, 현실적 정세는 나라와 나라, 민족과 민족, 문화와 문화, 언어와 언어 사이에 있어 외국적인 귀중한 경험을 국내에 중개하며, 유입하는 처지에 사는 이른바 문화의 전생업자(轉生業者)인 번역가들의 문화사적 사명을 규정치 않을 수 없다.

문화의 찬란함을 자랑하고, 동시에 자랑할 만한 이 찬란한 문화들 앞으로, 위로 활발히 운전시켜 가고 있는 사회 사이에서 번역가의 임무는 항상 주목할 만한 문화적 공헌이 출현할 때마다 그것을 민활하게, 또 충실하게 자기가 사는 사회에 혹은 다른 사회에 번역함에 그칠 뿐이다. 하지만 무엇보다도 많이 문화적 영양과 그 섭취에 대하여 생각하지 않을 수 없는, 비교적으로 문화의 정도가 낮으면 낮을수록 번역가의 문화사적 사명은 실로 말할 수 없이 중대하고 다면적인 성질을 대동치 않을 수 없는 것이니, 그러므로 물론 이곳에서는 한 편의 번역, 한 편의 소개는 헛되이 한 편의 번역이며 한 편의 소개일 뿐임에 그쳐서는 안 되고, 이것은 항상 어떤 의미에서든지 자국문화의 향상에 대하여 살이 되고

피가 될 수 있는 어떤 형성적 효과를 가져오는 이국의 칼로리가 아니어서는 안 된다.

　너무도 많은 것이 결핍된 곳에 너무도 필요치 않은 것이 운반된다는 것은 오직 그곳의 결핍이 얼마나 큰 것인가를 통감시킴에 유용할 뿐인 까닭이다. 이러한 결핍 속에서 과연 무엇이 가장 필요한가를 간파할 수 있는 능력에서 유래한 것이 오직 정력의 헛된 소비가 아닌 생산성을 한 나라의 문화 성장에 대하여 약속할 수 있는 것이니, 그러므로 현명한 번역가는 외국을 이해함에 급하기 전에 먼저 자기와 자기에 대한 정당한 인식을 구하여야 되고, 그리하여 D. G. 로제티[26]의 이른바 '한 번역자로서의 자기부정의 사업'에 착수하기 전에 먼저 한없이 굳센 자기긍정의 정열로부터 무엇인가를 판단할 수 있는 사람이어야 할 것은 두말할 것이 없다. 그것은 참으로 흔히 곤란한 사실임에는 틀림없지만, 번역가가

---

26) 단테 가브리엘 로제티(Dante Gabriel Rossetti, 1828~1882). 영국의 화가 겸 시인. '라파엘 전파'를 결성하여 신화, 성서, 문학 작품의 소재로 서정적 작품을 제작.

동시에 지도자적 지위를 잘 겸섭(兼攝)27)할 수 있을 때 그의 문화사적 사명은 능히 성수될 수 있는 것이라 하겠다.

번역의 한계

우리는 여기서 번역의 가능적 한계에 대하여 또한 일언(一言)이 없지 못할 것을 느끼지 않을 수 없는 것이니, 번역이란 말에 의하여 우리가 보통 이해하는 것을 앞서도 누차 말한 것같이 상이한 국어를 전치의 수단에 의하여 사람의 이해 앞에 공(供)하려는 언어학적 실현이다. A의 국어를 R의 국어로 옮겨놓고, R의 국어를 G의 국어로 바꾸어놓는 이러한 언어전이(言語轉移)의 행동이 외국어 이해의 원리적 전제를 떠나서 얼마나 큰 곤란과 장애를 포함하고 있는가를 짐작하기는 극히 용이한 일이다.

---

27) 맡은 직분 외의 다른 업무를 돌아봄.

외국어를 능히 구사할 수 있고, 또 외국서(外國書)를 독파할 수 있는 능력만 가지면 거기서 곧 번역이 성립될 수 있다는 사상은 너무도 단순하고 무경험한 독단임을 면할 수 없는 것이니, 참으로 그것은 한 국민의 국어가 그 국민 전체의 정신적 표현이라는 사실을 무시함에서 유래하는 필연한 결과라 아니할 수 없다. 가령 동서양과 같이 계통이 전연 다른 언어 사이에 이러한 곤란과 장애가 더욱 많음은 두말할 것이 없다. 물론 어계(語系)를 서로 달리하는 민족 간에 있어서도 감정보다는 이성을 표현하는 과학적 언어, 정치, 경제적 기사 내지 역사적 사적(事蹟)을 서술하는 보고적 언어 같은 것은 일종의 국제성을 띠고 있는 것으로서 거의 절대에 가까운 정확성을 잃음이 없이 사실을 사실 그대로 전달할 수 있으니 별로 문제는 안 되지만, 무엇보다도 특히 문학적 언어에 있어서는 문학이란 원래 표현의 생명을 글이라는 양식에 두는 까닭으로 사정이 일변하는 것을 간과치 않을 수 없다.

한 문학작품의 완전한 미득(味得)은 원래 양식 그

대로를 가지고 하는 이외에 도(道)가 없음은 문학을 이해하는 사람이 항상 하는 말이다. 여기서 우리가 문학의 대부분을 설령 잃어버리지는 않는다 하더라도 원작자의 양식을 손상시킴 없이 언어의 전이를 꾀하는 번역이 원작자의 생명을 전달할 수 없음을 생각할 때, 번역의 한계, 특히 문학작품 번역의 한계에 대한 문제는 자연히 대두(擡頭)치 않을 수 없는 것이다.

"글은 사람이다"라는 뷔퐁28)의 말은 너무도 이제 유명한 말에 속하고, "표현은 문학예술의 방법이다."라는 것은 K. G. 몰튼의 말이다. 사실에 있어 이 글이라는 양식같이도 인격적인 것은 없으며 또 이 글이라는 양식같이 자국어의 관용적 표현법에 엄격한 규정을 받는 것도 없는 것이니, 그것은 확실히 문학의 전부라고는 할 수 없으나 문학의 근본적 성분이 되는 자(者)이다. 여기서 우리는 문학적 양

---

28) 조르주 루이 르클레르 뷔퐁(Georges Louis Leclerc de Buffon, 1707~1788). 프랑스의 철학자이자 박물학자. 뉴턴의 저서를 프랑스에 소개하였으며, '유기분자설'을 수립함.

식의 비국제성을 지적할 수 있음은 물론이요, 번역의 수단을 통하여서는 어떠한 명 번역가의 손에 의하여서도 그것만은 전달될 수 없는 점에 있어서 적어도 문장의 양식이 외국 영향을 주고받은 예가 희소함도 사세의 당연함이라 하지 않을 수 없다. 그러나 이것은 물론 엄밀한 의미에서 한 개의 가역(價譯)은 원작자의 양식을 전하기보다 번역자 자신의 양식을 폭로시키는 위험을 흔히 가지는데서 귀납된 관찰이지, 외국문학의 영향이 양식에 대하여 전연 작용하지 않는 것이라고도 단언할 수 없는 것이니, 우리는 우리 조선 내에서도 서양적 표현양식이 적어도 조선적이 아닌 표현양식이 날로 증가하여 가는 것을 인정치 않을 수 없는 사실에 비추어 보아도 알 수가 있다.

"번역이란 이해의 죽음을 의미한다."고 일찍이 카우에르는 번역에 절망한 끝에 말하였다. 이해한 사상 감정을 살릴 수는 없고, 반대로 이것을 죽이지 않을 수 없는 것이 곧 번역이라고 한 것이다. 그러나 결국 번역이란 무엇인가? 전연 다른 생활을 갖는 말을 전연 다른 생활을 가진 말로 옮겨 놓는 것을 의미하고, 그리하여 그러함에도 불구하고 다른 생활에 대한 인지(認知)가 요망됨으로써, 번역이란 사실이 여기서 행동화할 때 그만한 거리는 이미 예정되었던 지리적 사실에 속하는 것일 것이다. 문제는 오직 그것을 얼마나 잘 이해할 수 있었느냐에 놓여 있을 것이다. 그러므로 우리가 만일에 말과 이념의 사이에는 불가리(不可離)의 밀접한 관계가 있다는 사실을 긍정할 수 있을 것 같으면, 원작자가 한 표현을 그 근본에 있어, 또 그 전체에 있어 이해함으로써 이해된 감정을 번역자가 자국어로 어느 정도까지 표현하지 못한다고 할 수는 없을 것이다.

번역문학론

전술한 바와 같이 문학적 작품의 내용은 거의 완전히 이를 전달할 수 있음으로 문제가 되지 않거니와, 문학적 작품의 표현형식에 이르러 이를 정확하게 타국어로 포장하는 것이 얼마나 곤란한 것인가는 실지로 번역의 업에 종사하여보지 않은 사람일지라도 넉넉히 추측할 수 있을 것이다. 그러나 이러한 곤란으로 말하면 언어와 풍속을 달리하는 인류 상호가 스스로 사이에 두지 않을 수 없는바, 현격을 도저히 발무(撥無)할 수 없는 운명에서 유래하는 것이지, 그것이 문학적 사상의 중개를 도모하는 번역의 고유한 가치 자체를 멸손(滅損)하는 암초가 아님은 두말할 것이 없다.

이해한 어떤 것을 살리지 못하고 도리어 이것을 죽이고 만다는 것은 번역의 곤란을 하소연하는 이상으로 역자(譯者)인 그가 원래 외국작품을 잘 이해치 못하였던 것을 자백하는 것이니, 번역자는 번역의 불가능을 믿기보다는 조금이라도 더 외국작품에 숨은 표현 정신을 파악함으로써 언어의 곤란을 초월하는 길밖에 다른 길이 없음을 이해해야 할 것이다.

앞서도 말한 것같이 번역이란 하나의 전생을 의미하는 것이니, 그것은 외국에 일찍이 살고 있었던 정신을 자국에 재생케 하는바 언어변개(言語變改)의 수단이다. 그러므로 여기 무엇보다도 필요한 것이 역자의 보다 높은 이해이며, 창조력일 것은 노노(呶呶)할 것이 없다. 설령 번역에 의하여 약간의 것을 잃어버리는 염려가 없지 않다 하더라도 모든 것을 이 때문에 희생할 수는 없는 것이니, 적어도 경제학을 이해하는 사람이면 번역이 많은 곤란을 포함하고 있음에도 불구하고 한 나라의 문학의 참된 성장에 기여하는 많은 사실을 부인치 못할 것이다.

번역문학의 이러한 공과에 대하여서는 우리는 누구보다도 R. G. 몰튼에서 좋은 대변자를 발견하는 것이니, 나는 이하에서 그의 말을 차용하는 현명을 잃지 않고자한다. "전체로서의 문학 연구가 번역의 자유로운 사용이 없이는 불가능한 것은 명백하다. 그럼에도 불구하고 번역문학을 읽는다는 것은 일시적이고 간접적인 폐(弊)를 갖는다는 기맥(氣脈)이 많이 보인다. 그러나 요컨대 이 같은 사상은 합리적인 검토에는 도저히 견디지 못할 것이다. 만일에 어떤 사람이 호머를 그리스어로 읽는 대신 영어로 읽는다면 그는 두말할 것 없이 어떠한 것을 상실하였다.

그러나 여기 하나의 의문이 일어나지 않을 수 없으니, 그것은 그가 상실한 것이 문학이냐? 라는 것이다. 확실히 문학을 구성하고 있는 대부분의 것은 잃어버릴 수 없었다, 즉 고대생활의 표시, 서사시적 설화의 움직임, 영웅적 성격과 소작의 의상(意想), 사건 구성의 교묘, 시적 형상화 등 모든 이러한 호머 문학의 요소는 번역 작품의 독자 앞에 열려 있는 것이다. 그러나 언어 그 자체가 문학의 주요성분의 하나라고는 말할 수 있을 것이다. 그것은 분명히 그렇다 하더라도 기억되지 않으면 안 될 것은 언어라는 말이 두개의 서로 다른 것을 덮고 있다는 것이다.

　　언어학적 현상의 거의 대부분은 관계된 두 언어에 공통된 무엇을 가짐으로써 그것을 일방으로 타방(他方)에 이식되는 가능성을 가지고 있다. 언어의 또 하나의 다른 요소는 특수한 어풍(語風)을 띠고 고정되어 있다는 것이다. 이리하여 영어로 호머를 읽는 독자가 잃어버린 것은 언어가 아니고 실로 그리스어에 불과하다. 그렇다고 그가 그리스어의 전체를 잃어버렸는가하면 결코 그렇지도 않은 것이니, 숙련한 번역자는 특수한 어풍을 가진 그리스어의 정신의 약간량(若干量)조차를 그 역문(譯文) 속에서 전달할 수가 있는 것이다.

그것은 물론 영국적인 영어는 아니라하되, 그러나 정당한 영어임에는 틀림없는 영어를 사용함으로써이다. 그러나 여기 허다한 삭제가 실행되어 있음을 볼 때 번역 작품의 독자는 적지 않은 손해를 무릅쓸 것이고, 또한 고전학자라 하더라도 그 손실이 얼마나 큰 것인가를 알고 있다. 그러나 논점은 결국 문학과 언어의 비교가치에 있는 것은 아니요, 통일체로서 이 문학을 실현하는 것의 가능성에 놓여있는 것이다." 이리하여 번역은 문학을 이해할 수 없는 사람에게 될 수 있는 정도까지 완전한 '통일체로서의 문학'을 제공하기만 하면 그 사명은 완성되는 것이다. 그 이상 이것을 번역과 그 역자에게 요구하는 것은 두말할 것도 없이 요구하여서는 안 될 것을 요구함을 의미할밖에 없다.

번역술

상술한 번역의 곤란은 또한 필연 번역기술의 다기다단(多技多端)을 초래치 않을 수 없으니, 혹은 여기 직역설(直譯說)이 있는가 하면, 혹은 저기 의역주의(意譯主義)가 있고, 혹은 저기 등량주의(等量主義)를 신봉하는 이가 있는가 하면, 혹은 여기 요약설(要約說)을 채용하는 역자가 있고, 혹은 여기 수용적 태도를 취하는 자가 있는가하면 혹은 저기 적합적 태도를 취하는 사람이 있는 등, 실로 그 번역법은 구구(區區)하여 이곳에서는 일일이 그 호오(好惡)와 공과를 비판키 도저히 어려울 뿐 아니라, '번역과 문화'란 제목 밑에서는 또 그것을 비판할 필요도 없는 것이다.

그러나 편선상(便宣上) 특히 일항(一項)을 벌여 번역술을 간단히 시인과 비평가와 번역자의 3인의 대표자에게 듣는데 그치려 한다. 그러므로 나는 여기서는 오직 번역의 제1조건은 무엇보다도 충실이고, 그리하여 원작에 가장 가까운 것을 만들 수 있는 역자가 최상의 번역자라는 것이 세계의 통설이 되어 있다는 것만을 말하여 둔다.

시인 왈(曰)

번역이라는 것이 최고의 시적 정신에 의하여 파문을 당하지 않을 수 없을 때, 그것은 반드시 변형된 번역에 속한다. 그것은 참으로 용이하게도 개작의 길에 빠지는 것이니 억양에 있어서 부르게르의 호머 번역이 그러하고, 포프의 호머 번역이 그러하니, 호머의 프랑스어 역(譯)이 그러하고, 호머의 프랑스어 역 기타 모든 것이 그러하다. 참된 종류의 번역가란 사실에 있어서 무엇보다도 그 자신이 예술가이어야만 하는 것이니, 그러한 자격 밑에서 비로소 그는 그 자신과 시인 자신의 사상을 동시에 언설시킬 수 있는 것이다. 인류에 대하되 천재와 각 개인과의 관계가 역시 그러하다. (노발리스)

비평가 왈

축자적 재현을 그것은 결코 용서치 않고 우리로 하여금 우리의 전 사상을 개주(改鑄)[29]시키어 그것을 하나의 다른 형식 속에 부어 넣게 하는 이와 같은 고전어와 근대어 보다도, 고전어는 비할 수 없이 많은 정신의 형성을 우리의 마음속에 성수시켜 준다. 혹은 나에게 화학적 비유를 허여(許與)하여 준다면, 근대어 동류간의 번역이 번역하며 있는 한 구절 한 구절을 그에 가장 가까운 요소 속에 분석(分析)하여, 그리하여 이로부터 재작곡(再作曲)을 꾀함으로써 문제는 족함에 대하여 우리말을 라틴어로[30] 번역할 때는 하나의 분석은 가장 멀고 가장 뒤진 요소 내지는 순수한 사상 내용에까지 이르러, 이리하여서 그것은 전연 다른 하나의 형식 속에 쇄신되지 않으면 안 되는 상태에 빠지게 된다.

이러한 결과로부터 가령 그곳에서는 명사로 표현

---

29) 활자나 주물 따위를 다시 고쳐 주조함.
30) 원문에는 '羅典語로'.

되었던 것이 이곳에서는 동사로 표현되지 않으면 안 되고, 또는 그 반대 기타의 제 현상(諸現象)은 실로 무수히 야기되지 않을 수 없다. 이와 동일한 과정이 고전어를 근대어로 번역할 때도 역시 반복됨은 두말할 것이 없다. 이로써 우리가 간과할 수 없는 사실은 이와 같은 번역에 의하여서는 도저히 고전의 원작자와 친교를 맺을 수 없다는 것이다. (쇼펜하우어)

번역자 왈

나는 그것(성서)을 명확한 독일어로 번역하기에 열중하였다. 그리하여 단 두어마디 말을 찾기에도 2주간, 아니 3주간, 4주간이 걸리면서 어느 때는 그것조차 발견할 수 없는 경우에 부딪쳤다. 욥기에[31] 있어서는 우리들, 즉 M.필립스와 아우로갈루스와

---

31) 원문에는 '히옵전(HIOB 驛傳)'에.

나의 세 사람은 어느 때는 나흘 동안에 불과 세 줄을 못 마치고 마는 수까지도 있었다. 그것을 이와 같이 독일어로 애써 번역한 다음, '옳지, 이제는 되었다. 이만하면 어떤 사람이라도 읽고 외울 수 있을 것이다.' 하고 한 사람이 3-4매를 목독하여보면 과연 처음에는 별로 이렇다고 걸리는 곳은 없다. 그러나 사실을 알고 보면, 그는 위에 깔린 판자를 딛고 거구(渠溝)를 넘어가듯이 그 표면을 독과(讀過)하였을 뿐이므로 그 속에는 얼마나 위험한 화성암과 관목이 감추어 있었던가를 몰랐던 것이다.

이리하여 우리는 모든 사람이 그 길을 완전하게 통행할 수 있도록 모든 화성암과 관목을 길에서 치우기 전에는 땀을 흘리지 않을 수 없었고, 또 불안을 품지 않을 수 없었다. 밭이 상당히 다듬어진 뒤에야 비로소 쟁기질을 할 수 있을 것임은 두말할 것이 없는 까닭이다. 그러나 삼림과 관목을 뿌리 채 파내고 밭을 다듬어 내기라니. (루터)

조선과 번역문화

이상에서 누누이 진술한바 모든 우언 치어(寓言痴語)는 적지 않게 지난한 감회와도 서로 협력하여 이제 맹렬한 기세로 나에게 한 개의 결정적 논단을 강요하는 듯 보이니, 그것은 두말할 것도 없이 예의 번역과 문화의 관계−그 관계가 상술한 바와 같이 과연 그와 같이도 긴밀하다면, 대체 우리 조선에 대하여는 어떻게 이것을 적용시켜야 되겠느냐 하는 문제와 다름없다.

그러나 문제가 이와 같이 문득 추상을 떠나 구체성을 띄워오고, 따라서 우리가 조선의 명확한 현실을 두 눈으로 의시(疑視)치 않을 수 없게 될 때는 우리가 불행히도 하나의 비관론자임을 도저히 거부할 수 없는 것이니, 사실 이 땅에는 번역과 문화의 그와 같이도 밀접한 관계를 여실히 증명할 만큼 활발한 번역 내지 문화 행동은 일찍이도 거의 없었고, 이제인들 또한 거의 없었다.[32] 그러나 그렇다고 물론 우리는 조선이 번역 그 자체의 문화적 은택에 욕

(浴)한 바 없었다는 것은 전연 아니니, 그것이 우리 자신이 가져야 할 번역 문화를 위하여서는 복이 되었든가 혹은 화가 되었든가는 잠깐 불문에 부치기로 하자. 그것은 또한 기이한 일이기도 하면서 사실은 당연한 일이기도 하지만, 확실히 우리는 우리가 '아이우에오'어 속에 교양을 구하였을 때, 한 가지 '아이우에오'어로 된 번역물을 통하여서도 그 말을 이해할 수 있고, 또 우리의 요구가 충족될 수 있는 정도까지는 외국 문화 섭취에 대한 노력을 게을리하지 않았음이 사실인 까닭이다.

이런 의미의 이질적 번역 문화밖에 없었던 이와 같은 형편에 처하고 있는 조선적 사실을 번연 알면서 나는 오직 사세(事勢)와 논조의 필연에 끌려 '조선과 번역문화'란 넉넉히 주목할 가치가 있는 한 항목을 참월(僭越)[33]하게도 설비하기는 한 것이다. 참으로 여기서는 하여야 할 말이 많은 듯하면서도, 할 말은 의외에 적은 경우에 흔히 침통한 표정이 오직

---

32) 원문에는 '없음므로 서이다'.
33) 참람함, 분수에 넘쳐 지나침.

모든 것을 대변하여 주는 하나의 애달픈 가슴을 나는 가질 뿐이라 할밖에 없다.

나는 앞서 '번역가의 문화사적 사명'이란 항목에서 "모든 국가, 모든 민족이 그 종류에 있어서나 또는 그 정도에 있어서나 한 사람 한 사람의 건강 내지 교양과 같이 실로 복잡한 차이와 계단을 가지고 있는바, 현실적 정세는 나라와 나라, 민족과 민족, 문화와 문화, 언어와 언어 사이에 있어 외국적인 귀중한 경험을 내국에 소개하며, 중개하며, 수입하는 처지에 있는, 이른바 문화의 전생업자인 '번역가'들의 문화사적 사명을 규정치 않을 수 없다."고 하여 "무엇보다도 많이 문화적 영양과 그 섭취에 대하여 생각하지 않을 수 없는, 비교적으로 문화의 정도가 낮은 사회에 있어서 그 정도가 낮으면 낮을수록 번역가의 문화사적 사명은 실로 말할 수 없이 중대하고 다면적인 성질을 대동치 않을 수 없는 것이니, 그러므로 물론 이곳에서는 한 편의 번역, 한 편의 소개는 헛되이 한 편의 번역이며, 또 한 편의 소개일 뿐임에 그쳐서는 안 되고, 이것은 항상 어떤 의미에 있어서든지 자국문화의 향상에 대하여 살이 되고, 피가 될 수 있는 어떤 형성적 효과를 가져 오는 이국의 칼로리가 아니어서는 안 된다."고 말한 바 있었지만, 사실에 있어서 조선은 참으로 번역보다는 번역가를, 번역가가 아니라 번역가 보다는 특이한 종류의 주역가를, 어느 다른 사회보다도 더욱 진실한 마음으로 요구하고 있는 것 같이 관취(觀取)되는 것이다.

왜 그러냐 하면, 여기 가령 한 사람의 번역가가 있어 그가 곧 번역 행동에 나아가기 위하여 만반의 준비를 마쳤다할 때 그의 태도를 규정치 않을 수 없는 조선적 표준은 전술한 조선 문화의 현실적 정세에만은 멈추지 않고, 그와 같이 일단 규정된 번역가로서의 그 앞에는 또 하나의 다른 이질적 문화세력이 당면한 문제로서 해결을 구하여 결박(詰迫)하여 오는 까닭이다. 여기 말하는 이질적 문화 세력이란 두 말할 것도 없이 우리의 교양과는 상당히 밀접한 관계에 있는 '아이우에오'어의 번역문화를 의미하는 것이니, 우리가 적어도 번역가로서 나가려는 이상에는 이것을 대체 어떻게 처리하여야 될 것인가는 문화적 정세에 대한 고려에 못지않게 중대한 반성을 요하는 문제라 아니할 수 없다.

원래 문화란 인류의 공유재산을 의미하는 것으로서 누가 이것을 자기의 소유로 하건 간에 그것은 물론 모든 사람의 자유의지에 속하는 것이지만, 조선의 경우에는 공유재산으로서의 외국문화, 특히 '아이우에오'어의 문화에 대한 관계가 실로 기묘한 상태에 놓여 있으니, 조선에 있어서의 후자의 보편적 침투 노력은 내용에 있어서는 과연 어떠한 것을 우리 민족 속에 형성시켜가고 있는지 알 수 없지만, 현하 외면에 나타난 현상을 가지고 판단하여 보면, 그것이 우리에게 부단히 문화적 영양을 제공하여 주고 있음에도 불구하고, 우리 자신의 독자적 문화는 점점 퇴색하여 가는 사실인 까닭이다. 너무도 이용되기 쉬운 다른 문화 때문에 우리 자신의 문화는 이제 안색을 잃고 침상에 누워 있다고나 할까, 외래적인 것을 수용함으로 의하여 내재적인 것을 잃기 쉬움은 실로 정신의 문제에 있어서는 흔히 있을 수 있는 일인 까닭이다.

문제가 조선의 번역문화이니 논점을 이에 한정하고 생각하면, 조선의 번역문화를 위하여 무엇보다도 중대한 것은 일본의 번역문화를 어떻게 처리하겠느냐는 문제이다. 10년 전에 이미 그곳에 번역된 것을 이제 번역하면 무엇 하느냐 하는 세간의 가치판단은 확실히 언어에 대한 이해를 계기로 하고, 저곳의 번역문화와 이곳의 번역문화와의 사이에 너무도 당연한 관련이 있는 것을 주장하고 있는 듯이 보인다.

사실에 있어서 이러한 문화적 관련은 조선 독자의 요구로서 상당히 강렬한 근거를 가지고 있는 것이지만, 그 근거가 또한 얼마나 필연성을 가지고 있느냐 하면 그것 역시 문제이다. 그러나 그 이용가치의 절대한 편익에만 심취하여 그들의 번역문화를 우리 자신의 번역문화인 것 같이 토대로 하고, 기초로 하고, 또 발단으로 하여 그들과 같은 수평선상에서 출발을 꾀하지 않으면 안 된다는 것은 모든 다른 문화 부문에 있어서도 그러한 것과 같이, 적어도 현재에 처한 번역가의 능력과 기회를 정당히 평가한 것이라고는 할 수 없다. 번역뿐만이 아니라 모든 것은 10년 전의 현상일지도 모르지 않는가?

민족적 발전의 문제로서 이 관련을 생각하여 보더라도 돌연히 그들의 번역문화와 평행된 그것은 실로 하나의 만화에 불과하다. 여기 하나의 번역가는 어느 곳에서도 번역되지 않은 저작의 최초의 정조를 자기의 소유로 하기는 용이한 일이다. 그러나 또한 이것만이 조선의 문화 성장에 영양이 되는 것이라고도 할 수 없는 것이니, 너무나 많은 것이 결핍된 이곳에서는 오직 흔히 너무나 조선적인 것처럼도 보인다.

조선사회에 적절한 외국물의 번역만을 열정적으로 요구하는 것이지만, 그것이 외국종인 한 선천적으로 조선적인 부합을 포함하는 것이란 거의 없다고 하여도 과언이 아닌 것이다. 실로 이와 같은 조선의 양면적 정세 속에서 약간의 번역, 약간의 소개가 배고픈 우리의 가난한 식탁을 간혹 장식할 때가 있다 하더라도, 그것은 놓이기가 무섭게 우리의 식욕과는 너무도 소원한 것으로서 배척되는 것이니, 번역이 그 문화적 가치를 발휘치 못함이 조선과 같은 곳은 없다 하여도 과언이 아닐까 한다. 이리하여 여기서 우리가 조금 대담히 생각하지 않을 수 없는 문제는 조선은 과연 번역가를 통절히 요구하고 있느냐는 것이며, 요구한다면 또 그것은 어떤 종류의 번역가라야 되느냐는 문제가 아니면 안 된다.

그러나 상술한바 조선의 정세에 의하여 추단(推斷)[34]하여 보면 조선이 막연히 문자적 의미의 번역가를 요구하고 있지 않는 것만은 명백하니, 나의 생각 같아서는 조선은 이제 하나의 번역가에게 요구하되, 항상 번역가 이상의 것을 창조하기를 절망하고 있는 듯이 보인다. 다시 말하면 이곳에서 요망되는 문화의 중개자는 너무나 직업적인 번역가는 결코 아니고, 그는 실로 그 자신이 외국문화를 조선적으로 소화한 창조적 문화 자체가 아니면 안 되는 듯 보인다는 것이다. 범범(凡凡)이 자기부정의 번역 행

---

34) 미루어 판단함.

동에 의하여서가 아니고, 자기 긍정의 전생적(轉生的) 의지에 의하여 세계와 우리 사이에 놓인 넘기 어려운 강을 연락하는 교량의 역할을 그는 수행하여서, 한 개의 새로운 세계를 계시하는 동시에 세계문화의 수준에 대한 거리를 단축시켜야 된다는 것이다.

현하(現下) 조선에 있어서 번역가의 문화사적 사명이 이곳에서만 비로소 발견될 수 있다는 것은 과연 나의 독단에 속할까? 그러나 이 외에 달리는 우리의 길은 적어도 현재에는 없지 않은가? 요사이 문단 유식(有識)의 사(士)가 걸핏하면 그들이 마치 모든 해외문화의 수입을 홀로 청부하였다는 것이나 같이 피칭(彼稱) 해외문학파의 무위를 통론(痛論)35) 함을 듣는다. 그러나 이것은 실로 문화 개념에 대한 상식의 전무(全無)를 폭로함에 그칠 뿐이니, 조선에서는 펜을 잡는데 있어서 모든 사람이 형제가 되는 문필의 인(人)은 그가 설령 누구이든 간에 당연히

---

35) 맹렬하게 논함.

해외문학파에 속하는 광영을 가져야 할 것이다.

　외국문화 속에 영향을 구하여 이를 조선적으로 살리는데 있어 모든 문필업자의 의무는 적어도 이곳에서는 일치하는 까닭이다. 조선에 있어서는 참으로 어떤 책을 번역하여야 될까하는 문제는 어떤 책을 저술하여야 할까하는 문제와 같이, 혹은 그 이상으로 중대하고 곤란한 것이니 장차 창조될 모든 조선의 문화는 실로 모든 사람 앞에 놓인 하나의 과제에 속한다.

(1935년 4월 『조선중앙일보』)

소설의 도

1. 나르키소스의 연애

그리스 신화에 의하면— 에코는 오레아트 산의 아름다운 선녀로서 아르테미스 여신의 총애를 받았었으나, 너무 다변(多辯)한 때문에 헤라 여신의 미움을 받아 오직 대답을 할 수 있는 이외의 모든 말을 빼앗겼다. 그런데 이 선녀는 하신(河神) 케피소스의 아들 나르키소스에 사랑을 느꼈으나, 원체 말을 빼앗긴 까닭에 스스로 생각하는 바를 말할 수 없어, 다만 손짓으로 그 뜻을 통달시킬 뿐이므로 마음대로 그 뜻이 통할 리 없었다. 어느 때 둘이는 산중에서 만나 에코가 나르키소스의 목에 손을 걸어 그를 포옹하려 한즉, 나르키소스는 이를 뿌리치고 도망가 버렸다. 에코는 이에 한없는 치욕을 느껴 크게 낙담한 결과, 그 후로는 산중 동혈(山中洞穴)과 계곡 암간(溪谷嵒間)에 숨어 그 몸은 차차로 위축하여 버리고 오직 음성뿐인 존재가 된 것이었으나, 에코는 아직도 오히려 그 무정한 연인에게 붙어 다님을 잊지 않았다.

에코란 즉, 두말할 것도 없이 반향을 의미하는 까닭이다. 나르키소스의 한없이 높은 자존 자부(自尊自負)의 마음은 물론 선녀 에코에 한할 뿐 아니라 어떠한 모든 다른 선녀의 미(美)도 족(足)하지 않다 생각하였던 것이다. 드디어 복수의 신은 미모의 소유자 나르키소스에게도 그에 못지않은 미모의 연인을 주었으니, 그가 어느 날 곱게 맑은 하변(河邊)에 와서 물을 마시려고 몸을 굽혔을 때, 그는 틀림없이 물속에 절세의 미녀를 보았던 것이다.

그러나 그는 불행히도 그것이 자기의 미모가 물속에 투영된 것이라고는 꿈에도 생각치 않았으니, 여기서 실로 그의 희망과 절망은 시작되었다. 그는 이 알 수 없는 여자의 한없이 큰 마력을 관찰하기에 피로를 느끼지 않았을 뿐이 아니라 스스로 백가지 천가지 많은 몸짓 손짓을 하여 물속의 영상을 낚아 올리기에 노력하였던 것이다. 이러함에서 그는 자기를 향락하였고, 또 이러함에서 실로 그의 연애감은 점화되었다. 그러나 결국 그 영상이 그의 포옹에 응하지 아니하고 전율하는 수경(水鏡)이 무정하게도 그의 두 팔을 물리칠 때, 그의 실망은 점점 커갔다. 이리하여 그는 자기의 그림자와 싸우면서 철없이 죽어 버렸다 한다.

이 한 개의 평범한 신화에서 나르키소스를 위하여 역시 우리가 통탄하여야 할 것이 있다면 그것은 그의 몰각하여 버릴 수 없는 하나의 큰 결점이니, 즉 그 결점이란 두말할 것도 없이 왜 그가 물속으로 뛰어 들어 가지 않았던가? 하는 것에 다름없다. 그는 오직 피상적 연애를 하였음에 불과하며 그는 그의 감각적 유열(愉悅)을 사랑하였음에 불과하다. 그가 참으로 사랑하려던 것을 사랑하였다면, 그는 사랑하는 형상을 망연히 바라봄에 그치지 않고 일보를 맹렬히 나아가 그네의 운명에 대하여 숙고할 필요를 갖지 않으면 안 되었을 것이다. 그리하였을 때 비로소 그는 애인을 찾을 수 있었을 것이고, 또 자기를 인식할 수 있었을 것은 물론이요, 이리하여 물에서 나온 그는 드디어 일개의 진정한 인간이 될 수 있었을 것이다. 그렇게 현명치 못하였던 그는 그러나 신화가 조롱하는 바와 같이 우리 앞에 영원히 나이 어린 청춘으로서 서는 것이니, 우리는 그의 졸렬한 연애를 슬퍼하지 않을 수 없다.

그러나 우리가 만일에 이것을 한 편의 신화로서 단순히 생각하지 않고, 이를 우리들 현대인에 대한 비유로서 생각하여볼 때 문제는 그렇게 간단치는 않음을 우리는 본다. 특히 현대문학이라는 것을 앞에 두고 근래의 인류 대중을 생각하여볼 때, 그것은 참으로 저 나르키소스와 적지 않은 유사점을 가지고 있음을 간과할 수 없으니, 오늘의 신문잡지와 문서류를 통람(通覽)하는 사람이면 누구나 다 요새 사람같이 오로지 자기 자신에만 몰두하는 사람은 없다는 것을 확인할 것이다.

현대인이란 혹은 자랑스럽게, 혹은 소박하게 우리가 자기 자신을 부른 대명사이지만, 현대인은 결국 나르키소스가 그러하였던 것과 같이 하나의 미용술사의 노예에 그칠 뿐이 아닌가? 자기가 본 그림자를 내적 형상에까지 발전시킬 정열과 의지가 처음부터 없음은 두말할 것이 없고, 현대인은 자기의 별로 아름답지도 못한 외관에 천만번 놀라고 있는 동안에 그들 자신의 통찰적 정신을 잃어버리고만 것이다. 그리하여 현대인은 너무나 능변일 뿐이다. 그들은 오직 어풍(語風)과 표현방법에만 살지, 한 개의 명확한 형상으로서는 살고 있지 않는 것이다.

2. 문학의 거부

　그러면 이 나르키소스의 비유는 문학에 대하여, 특히 소설에 대하여 무엇을 의미하지 않으면 안 되는가? 레르몬토프[1])의 작품에 『현대의·영웅』이란 제목을 가진 소설이 있는 것은 누구나 다 아는 바이지만,

이 비유는 실로 현대의 모든 종류의 소설이 그것을 묘사하려하고 형성하려 노력하고 있음에도 불구하고 '현대의 영웅'은 드디어 나타날 수 없다는 것을 의미한다. 현대의 모든 소설은 사실에 있어서 주인공이라 할 만한 것을 가지고 있지 않는 것이다. 나르키소스가 물속에 투영된 자기를 자기인 줄 인식치 못하고 헛되이 그의 영상에 노심초사한 것같이 현대인은 자기의 부분적 음예(陰翳)²⁾를, 그리고 이를 영웅이라 부르며 주인공이라 말하고 있음에 불과하다.

묘사하려하고 형성하려 함에도 불구하고, 현대 소설의 모든 주인공이 시대적 의의를 획득치 못하는 것은 결국 작가 주관의 나르키소스적 자기도취에 그 책과(責過)를 돌릴 수밖에 없다.

가령 괴테의 유명한 베르테르에서 예를 구하면, 이것이 또한 젊은 감상주의자의 운명을 단순히 묘사하였음에 불과하며, 형성하였음에 불과한 것으로

---

1) 미하일 레르몬토프(Mikhail Yur'evich Lermontov, 1814~1841). 러시아의 시인이자 소설가. 1839~1840년에 발표한 연작소설 『현대의 영웅』은 푸시킨의 『오네긴』과 더불어 19세기 러시아 문학의 고전으로 평가됨.
2) 어두운 그늘.

서, 그 당시에는 공중에 떠서 아직은 지상에 발을 대지 않은 성격이었고, 또는 스탕달의 작품에 은현(隱現)[3]하는 주인공의 무리를 보더라도 그것이 확실히 비자연주의적일 뿐 아니라 말하자면 도발된 형상임이 분명하지만, 베르테르라 하나, 줄리앙 소렐이라 하나 이들 주인공은 적어도 작자의 헛된 상상에서 산출된 것은 결코 아니다.

그들은 반드시 시대에 뿌리를 박고 나온 자니, 이로써 우리가 여기서 말하고 싶은 것은 일대 소설작가가 그의 주인공에 한 개의 길을 제시할 수 있기 위해서는 동시대의 인간에 대한 어떤 일정한 개념이 있지 않으면 안 된다는 것이다. 세계대전 이전에는 많은 점에 있어서 세상은 새로운 인간의 내적 형상에 대한 강렬한 동경을 가지고 있었던 듯이 보인다. 이러한 동경에서 유래한 문학적 산물을 우리는 『데미안』이라든가, 알퐁스 파게의 명작 『친구 플레밍』 등에서 볼 수가 있는 것이다.

---

3) 숨었다 나타났다 함.

대전 직후의 독일 소설도 확실히 현대인이란 인간 개념을 한동안 탐색하였던 사실을 우리는 부정할 수 없지만, 이제 저 '새로운 인간 전형'에 대한 억제할 수 없는 논의는 대체 어디로 갔는가? 그 뒤에 결과한 것이 기록적인 전쟁문학이며, 보고문학이었던 것은 우리의 너무도 잘 알고 있는 바다. 여기서 또한 주의할만한 수확이 없었다고는 할 수 없으나, 그것이 요컨대 정서적 성질에 있어서 현대인의 합법적 형상이 아님은 물론이다. 이와 같은 문학의 돌여(突如)한 거부에는 두말할 것 없이 좋은 근거가 없는바 아니다.

라인홀트 슈나이더4)가 일찍이 소설에 큰 기대를 두지 못할 것을 논하여서, 여기 방대한 발전 소설이 있을 수 있기 위해서는 하나의 안전한 사회가 전제로서 있지 않으면 안 되고, 그로써 이 사회체가 만일에 무너져 가는 잔허(殘墟) 위에 누워 있을 때에 이 문학적 의지는 반드시 다른 형식을 빌어 표현될

---

4) 라인홀트 슈나이더(Reinhold Schneider, 1903~1953). 독일의 시인이자 수필가. 주요 작품으로 『라스 카자스와 카를 5세』 등.

수밖에 없다고 한 것은 지당하다. 스페인의 조지 오르테가 이 가세트가 또한 이에 유사한 의견을 발표하였으니, 그는 그의 저서 『현대의 과제』에서 말하되 "소설은 참으로 이제 하나의 위기에 직면하고 있다. 왜 그러냐하면 그것은 그 소재의 세계가 가능한 모든 대상이, 그리고 또 성격과 형상의 화랑이 이미 이용될 대로 이용된 까닭이다. 즉 단순히 말하여 버리면, 이 위에 어떠한 새로운 것을 제공할 수는 도저히 없는 까닭이다. 이리하여 소설의 미래는 재래의 모든 형식을 결연히 단념하고, 일찍이 리하르트 바그너가 음악 작품에서 노력한 것과 같은 방향을 취하여 '교향악적 예술작품'을 짓는 데서, 즉 인생과 사회와 세계의 대요(大要)를 그곳에서 볼 수 있는 작품을 지음으로써 더욱 많이 빛날 수 있다."고 한 것이다. 사실에 있어서 이 철학자의 예언을 시인(是認)치 않을 수 없는 소설은 현재에 우리를 경탄시키고 있으니, 무질의 대 작품, 지드의 『화폐위조자(貨幣僞造者)』, 조이스의 『율리시스』 같은 것은 정(正)히 이에 속하여야 할 자(者)이다.

3. 주인공의 재획득(再獲得)

물론 우리가 그들에 대하여 일시는 그렇게도 탄미의 정을 금할 수 없었다 하더라도 이들의 작품이 필연 결합된 영화(靈化)에의 경향, 유령학(幽靈學)에의 경향은 세계 문단에 한 개의 강렬한 반동을 야기 시키지 않을 수 없었으니, 참으로 소설 내부에서도 그것은 인체의 내부에서 볼 수 있는 것과 마찬가지로 전염병균과 해독제는 교호(交互)5) 상투(相鬪)하여 드디어 사람이 건강이라 칭하는 결과를 획득하려 노력하고 있다는 것은 더욱 놀라운 일이다. 이리하여 저 소위 심리소설의 편중에서부터 필연의 세(勢)로 하나의 반항운동은 유도되어 세계문단의 추세가 이제 보다 큰 가치를 인물의 풍일(豊溢)과 형상의 묘사에 두려고 하는 것은 또한 너무나 당연한 일이라 할 수 있다.

프랑스 문단의 행동주의, 또는 그를 모창(模唱)한

---

5) 서로 어긋매낌.

듯한 일본 문단의 능동정신(能動精神) 기타(其他)가 과연 무엇을 의미하는가를 여기 언설할 필요는 없으나, 그것 역시 대국(大局)을 무시한 수법적 기교화로부터 소설의 참된 직능을 찾으려는 요구에서 절규되고 있는 것만은 확언할 수 있다. 그러나 사람은 이상에 말한 둘 중의 어떠한 하나의 것에서만 구제의 길을 찾으려 하여서는 안 된다. 이에 대해서 다행히도 노르웨이의 노작가 크누트 함순과 영국의 참으로 프로메테우스적인 소설가 D. H. 로렌스는 양자를 잘 포섭하여 이를 조화롭게 병행시키고 있음을 볼 수 있으니, 그들의 작품이야말로 투철(透徹)하고, 노교(老巧)[6]한 심리를 오히려 잃지 않으면서, 또한 거대한 형상을 능히 창조하고 있는 호개(好個)의 예라 할 수 있다. 이리하여 희망의 서광은 드디어 우리를 비출 수 있게 되었으며, 그러므로 철학자 오르테가의 예단(豫斷)도 그것이 이제로부터 7년 전에는 정당하였었다 하더라도, 오늘에는 벌써 문학

---

6) 오랜 경험으로 일의 처리 능력이 노련하고 교묘함.

적 발전 방향의 명확한 절주(節奏)7)에 의하여 얼마쯤 모호하게 된 감이 없지 않다.

　여하간 세계의 모든 중대한 소설이 이제 서서히 다시 이 시대의 전형적 인물을 그려 보이려 노력하고 있는 것만은 확실한 듯 보인다. 그리하여 『주인공 없는 소설(Novels without Hero)』의 시대가 차차로 결국에 이르러가는 듯이 보이는 것은 참으로 경하할 만한 일이다. 일례를 들면 전술한 D. H. 로렌스의 작품이 그것인데, 그의 몰각할 수 없는 일대 공적(一大功績)은 무엇보다도 그가 이 시대의 영웅을 적어도 여성을 위하여 참으로 현대적인 많은 인물을 창조하기에 주저치 않았다는 것에 있다. 이와 동일한 의미에 있어서 우리는 또 한 사람의 영국 작가 찰스 모건(1894년생)의 공적을 무시할 수 없으니, 그의 명작 『샘(泉)』(1932)은 한사람의 새로운 극히 현대적인 소위 '움직이는 정밀'을 가진 인간 전형을 그린 것으로써, 그것은 현대 소설의 행방에

---

7) 음의 장단이나 강약이 반복될 때의 그 규칙적인 흐름.

한 개의 큰 암시를 주는 자(者)라 아니할 수 없다.

이와 같은 세계문단의 정세 속에서 그러면 현대 독일의 소설은 어떠한가. 우리는 이에 대하여서는 이때까지 침묵을 지켜왔지만, 일반적으로 상술한 추단(推斷)은 이곳에서도 통용됨을 볼 수가 있다. 대표적 인간 전형의 형성자로서 최후에 우리가 열거한 두 작가는 물론 영국인에는 속한다 하더라도, 이상한 일로는 두 사람 다 독일과 떨어질 수 없는 관계를 가지고 있으니, 그 한 사람인 로렌스는 그의 생애를 두고 몇 번이나 독일을 심방하여 그의 몇 개의 작품까지 발표하였다는 것이요, 또 한 사람은 그의 걸작인 『샘』을 독일 개념소설의 절대한 영향 밑에 썼다는 것이다.

독일 민족은 참으로 20년 이래 기구한 운명의 시련 밑에 놓인바 되었으니, 그 사이 이 민족이 어떠한 대표적 인물을 그들의 시작(詩作) 속에 나타내지 못하였다면, 그것은 그들이 이러한 험악한 운명 속에서 다른 나라 사람보다도 보다 완강한 성격을 스스로 배육(培育)시키지 않으면 안 될 필요 속에 살고 있었던 까닭이다. 그리하여 사실에 있어서 특기할만한 소설을 최근의 독일문단에서는 찾을 수 없는 것이니, 우리는 이러한 중간기에 처한 독일의 특이한 생활이 빚어낼 수 있었던 몰각할 수 없는 새로운 몇 개의 주인공을 구태여 구하라면 구할 수 있음에 불과한 감이 없지 않다.

4. 함순과 J. 폰텐

독일문단 작금의 희귀한 수확을 소개하기 전에 우리는 잠깐 북구의 도스토옙스키라 지칭되는 네덜란드의 크누트 함순의 근업(近業)을 간과할 수 없으니, 우리가 적어도 소설의 도(道)에 대하여 논하는 이상, 현대가 가지고 있는 세계 최대의 소설가에 범(範)을 구함은 또한 사리의 너무도 당연한 것인 까닭이다. 그럴 뿐 아니라 일찍이 『기아(飢餓)』, 『목신(牧神』, 『신비(神祕)』 등의 저작에 의하여 널리 세계에 독자를 가지고 있는 그는 독일 문단과의 사이에는 더욱이나 긴밀한 척분(戚分)[8]을 가지고 있음을 부정할 수 없으니, 실로 그가 묘사한 세계는 흔히 독일 예술사조의 출발점이 되고 비교지대가 되는 명예를 확보하고 있었던 까닭이다.

그러나 그의 근작 『만 1년 후』는 뭐라 하여도 그의 면목을 새로이 한 것이라고는 도저히 할 수 없으니, 이것은 그의 종래의 소설에 하나의 결말을 짓는 것이라고까지 할 수 있음은 물론이요, 더군다나 이 소설이 담고 있는 제겔포스 어장의 사기적(詐欺的) 기구에서 배태되는 분위기는 여러 가지 점에 있어서 전작에 나타난 사건과 투쟁의 교우점을 의미한다 하더라도 독자에게 그것은 전작을 읽음에서 맛볼 수 있었던 축복을 주는 이외에 또한 저주까지를 가지고 옴을 물리칠 수는 없는 까닭이다. 그러나 역시 우리의 위대한 작가 함순은 또다시 장엄하게도 '그러나 인생은 산다(Men Livnet Liver)'에 의하여 한 개의 세계를 지어 올려 이것을 통치하는 주권을

---

8) 성이 다르면서 일가가 되는 관계.

만회하였으니, 시각에 있어서 뿐만 아니라 작중 인물을 조종하는 태도에 있어서도 그는 참으로 하나의 신이며, 하나의 초인이며, 하나의 비인간인 무엇까지를 가지고 있음을 우리는 용이하게 간취(看取)할 수가 있다.

예에 의하여 그의 난삽한 문체는 이곳에서도 그 특징을 발휘하는 것이지만, 그것이 갖는 심리적 내지 발명적 표현력은 마치 인간의 노리개를 사정없이 짓밟는 하나의 거인이나 같이 '시적 법칙'이란 온갖 법칙을 족하(足下)에 유난함으로써 도리어 완전히 청춘의 활기를 자랑하고 있는 것이 실로 장관이다. 이와 같은 문체적 사실은 물론 그가 그의 전작에서 이미 '신화적 위대'로써 세인의 탄상을 산 것에 속하지만, 그는 그의 문체에 관하는 한에서 참으로 모든 종류의 소박한 서사 시인과는 그 성질을 전연 달리 하는, 차라리 파격적인 심리의 대가라고나 명명할 수 있을 것이니, 누가 과연 그같이 위압적으로 미묘한 교착적 암시를 가지고 독자에게 작용시킬 줄을 알며, 누가 과연 그같이 고요히 이야기

하는 태도로서 도덕적 지두를 움직여 갈 수 있는가? 그럼에도 불구하고 또한 여기는 무어라 할 엄청난 인생의 풍만, 무어라 장엄한 인생의 위대가 있는가? 하는 것이 그의 작(作)을 읽은 뒤의 전 인상(全印象)이니 소설의 도(道)는 참으로 이곳에서 하나의 극점을 갖는 것이라 아니할 수 없다.

그것은 참으로 기이한 일이기도 하지만 우리가 함순을 읽으면, 여기서는 언제든지 어떤 사람이 문득 나타나 한마디 이야기를 하는데, 그의 산하(傘下)에서는 우리는 항상 심신의 위안을 맛볼 수 있고, 그의 관하에서는 생명의 약동을 느끼는 것 같은 인상을 받는다. 그런데 이에 대하여 우리가 가령 요제프 폰텐의 『볼가의 나라에서』(1934)란 작(作)을 읽어보면 예술적 범주에 있어서의 전형적 차이를 이곳에 발견치 않을 수 없으니, 폰텐은 실로 그들에게 가지가지의 이야기를 하기 위하여 많은 밤과 밤에 문을 열어 이웃사람을 노변(爐邊)에 불러 앉히는 것으로써이다.[9] 함순이 오직 한 가지 이야기를 하는 데 비하여 폰텐은 여러 가지 이야기를 한다.

물론 양자의 차이는 결과론적으로 소설이란 블럭을 표현하는 점에서 볼진대 극히 사소한 것에 불과하지만 폰텐의 소설은 결국 그것이 그것으로서 완결된 한 편의 소설이 아니고, 수부(數部)로 나누어야 할 대 장편(大長篇)의 일부에 속함을 의미하며, 그리하여 사실에 있어서 그것은 각종의 시대와 세계의 각지에서 연출된 재유(在留) 독일인의 정신—말하자면 '형성 도상의 국민'에 대한 대 기록물의 한 절에 불과하다. 많은 밤과 밤에 사람을 화로 변에 모아놓고 피로함이 없이 피력하는 그의 이야기 속에는 이리하여 혹은 적고 혹은 큰 목가와 일사(逸事)와 자연묘사가 첩첩 중첩하여 그것의 한 토막 한 토막이 이를 듣는 사람의 마음을 완전히 매료하여 버리는 것이지만, 그러나 우리가 한번 이 소설의 권말에 이르게 되면 그것은 마치 흘러가는 몇 갈래의 물이 좁은 길에서 물을 합칠 때 격렬할 파쇄를 가지고 물과 물의 상호연관에 대한 힘센 인상을 주는 것

9) 원문에는 '앉히우므로 서이다'.

과 같은 무엇을 깨닫는 것이니, 이러한 인상으로 말하면 두말할 것이 없이 모든 이야기가 처음에는 편편이 분리된 채로 퇴적하여 가는 듯 보이면서도 나중에 알고 보면 전체 집중에 대한 작자의 맹렬한 투쟁의 의사가 최후의 목적을 위하여 모든 설화를 여루(餘漏) 없이 잘 조종할 수 있었던 데서 유래한다. 사람이 만일에 폰텐의 소설을 세간에 흔히 보이는 단편의 집성으로 간주한다면, 그것은 오단(誤斷)이니, 폰텐의 소설 형식은 그와 그의 소설의 필연적 소산으로서 관찰함이 더욱 타당한 판단일 것이다. 여하간 이도 물론 색다른 소설의 길의 하나임에는 틀림없다.

5. 토마스 만의 신작(新作)·기타(其他)

『부덴부르크 가』의 토마스 만과 『마의 산』의 토마스 만이 또한 이제 한 가지 이야기를 말하기 시작한 한 사람에 속하니 독일 문단 최근의 수확으로서 이를 도저히 무시할 수 없음은 두말할 것이 없다. 그의 신작이란 다채로운 성서의 세계에서 재료를 취한 3부곡 『요셉과 그의 형제』(1934)란 제목의 소설이다. 제1권의 제호는 『야곱의 이야기』요, 제3권의 제호는 『청년 요셉』이요, 제2권은 이 뒤를 이어 후일에 장차 나올 예정이다.

그가 『요셉과 그의 형제』란 소설을 통하여 보고하려는 것은 물론 누구나 다 잘 알고 있는 구약 전서 속의 야곱과 요셉의 이야기에 틀림없다. 그는 참으로 누구보다도 현명한 자(者)인 까닭에 이 극히도 평범하고, 또 진부한 전설을 재술하고, 설명하고, 주석함으로써도 능히 현대인의 언어 양식과 사상양식에 하나의 경이를 첨(添)할 수 있음을 자랑하려는 것이다. 그는 그가 소설가인 까닭으로 이를 주석함에 있어서 소설의 형식을 빈다. 그리하여 그는 이 가능의 세계에 오직 머물러 있을 뿐인 고전설(古傳說)을 누구나 다 믿지 않을 수 없는 하나의 작품으로, 하나의 대 소설로 창조하려는 것이다.

여기서 우리가 토마스 만의 이러한 획책에 대한

품위를 인식키 위하여서는 오직 낭만주의의 찬연한 예술적 의도를 연상치 아니하고는 도달할 수 없는 것이니, 이것을 만일 우리가 근면과 박학의 헛된 결과로서만 본다면 그것은 참으로 부당한 평가이다. 이미 여러 군데서 비난의 소리는 일어났다. 모든 그의 복잡한 수단을 가지고도 토마스 만은 드디어 성서 물어(物語)[10]의 '소박한 단순성'에는 도달할 수 없었다는 것이 뭇 비난의 주요한 주장이다. 그러나 이러한 비난은 작자의 본의 속에서는 전연 찾을 길이 없는 가공의 척도를 가지고 그의 작품을 전형(詮衡)한 결과이니, 물론 '소박한 단순성'으로 말하면 하나의 이야기[11]로서의 성화가 가지고 있는 미학적 특질임에는 틀림없는 것이지만, 그것만이 결코 성서의 전부는 아닌 것이다.

우리가 또한 그 반면에 성서라는 종교적 신화에 대하여 이해하는 것은 사실에 있어서는 적지 않게 복잡한 내용의 신비와, 서언(誓言)과, 수호와, 우의

---

10) 이야기.
11) 원문에는 '一物語'.

등으로 그것이 둘러 싸여 있다는 사실에 대한 인식이니, 실로 이 모든 것을 남김없이 소설체로서 비양(飛揚)시킴이 토마스 만의 의도이면 의도인 것이지 예의 비평가군이 요구함과 같은 소박한 우화의 재설(再說) 같은 것은 원래부터 그의 관심사가 아니었던 것이다.

이리하여 토마스 만은 그의 계획을 여러 가지 방도에 있어서 조종하여 가는 것을 우리는 본다. 그는 최초에 성서에 나타난 모든 사건의 동시성(내지 무시간성)을 우리의 발아래까지 침략케 함으로써 시간개념의 확호성을 자못 동요되게 하며, 그리하여 한 개 한 개의 설화의 범위를 그것 각자의 신비로운 의미 내용에 응하여 규정하여 가며, 그리하여 그는 우리가 아는 바와 같이 저명한 유머리스트의 한 사람인 까닭으로 작중의 많은 인물을 혹은 희극화하며, 혹은 종교화하는데, 그 중에도 특히 야곱과 그의 후처 라헬과의 최초의 상봉은 참으로 얼마나 경탄할 장면에 속하는 것인가! 그것은 이상화된 풍경과, 양떼가 일으키는 먼지와, 꼬리를 치고 있는 개를 가진 하나의 영원히 경건한 화상(畵像)이다.

나는 토마스 만의 신작에 대하여 더 좀 상론한 뒤에[12] 새로이 한 항목을 빌어 이제까지 말하여 온 어떤 작가와도 경향을 달리하는 한스 카로타와 독일의 주목할 신진작가 칼 벤노 본 메흐브 두 사람의 신작을 소개할 예정이었으나, 이러한 소개물은 장용(長冗)하면 장용할수록 독자의 흥미를 끌기 어려울 것같이 생각되므로, 이 항에 합쳐 간단히 논해 버리고 말기로 한다.

한스 카로타는 뮌헨의 유명한 폐병 전문의로 그에게는 많은 작품이 있지만 그의 모든 작품은 자기 자신의 생활에 대한 관찰에서 핀 것이다. 그러므로 그는 우리가 여기 독일 문단 근래의 하나의 수확으로서[13] 추장(推獎)[14]코자 하는 소설 『지도와 동반』(1934) 속에서 "나는 내 자신의 생활의 변천 이외에는 말할 아무 것도 없다. 내게는 저 발명적이고

---

12) 원문에는 '詳論하는바 있은뒤에'.
13) 원문에는 '一收穫으로서'.
14) 추천하여 장려함.

형성적인 소설가의 재능은 조금도 없다.”고 고백하는 것이다. 이러한 점에서 이 소설가의 독자권은 그를 무한히 존경하는 한 무리와, 사적이라 하여 그의 작품을 배척하는 한 무리로 분리되어 있는 상태를 보이고 있는 것이지만, 물론 두말할 것 없이 전술의 소설도 아동 시대로부터 대전 이후까지의 인간으로서의 그의 체험을 기록한 것임은 두말할 것이 없다. 실로 카로타의 산문 소설은 현 독일 소설계에 있어서 괴테의 『마이어스텔』형의 고전적 교육소설을 구현화한 것이라 하여 여기 특기할 가치가 있는 것이다.

최후로 메흐브를 한 마디로 소개하자면, 이상에 말한 작가 전부가 60에서 80에 이르는 연대의 노대가에 속함에 비하여 여기 홀로 그만은 38세의 야심에 가득한 신인으로, 그의 작(作) 『초하(初夏)』(1934)는 참으로 영롱하기 주옥같은 소설이라 할밖에 달리는 할 말이 없으니, 그것은 사실에 있어서 별로 기이한 재료를 취급한 것이 아니요, 한 향토의 범범한 연애 사건을 서술한 것에 불과함에도 불구하고 이러한 일상생활을 통하여 능히 영원한 상(相) 그것을 보이고 있는 까닭이다. 우리는 이 신인의 소설도(小說道)에 대하여 실로 많은 것을 기대하여도 좋은 하나의 희망을 가지면서 이 산만한 소개물에 결말을 짓기로 한다.

(이 논고는 특히 독일 문학지『문학』1934년 9월 호(W. E. Sucskind: Wege der Erzaelung)를 참조한 바 있었다.)

(1935년 5월『조선일보』)

우송(雨頌)

이제부터는 차차로 겨울에는 보기 드물던 비가 내리기 시작할 때다. 꽃을 재촉하는 봄비로부터 우울한 가을비에 이르기까지, 혹은 비비(霏霏)[1]하게, 혹은 방타(滂沱)[2]하게, 혹은 포르티시모로, 혹은 피아니시모로 불의(不意)에 내리는 비가 극도로 절약된 자연 속에 사는 도회인의 가슴에까지도 문득 강렬한 자연감을 일으키면서 건조한 대지를 남김없이 적실 시기가 이제 시작된 것이다.

참으로 비는 눈과 마찬가지로 도회인에게 남은 오

---

1) 부슬부슬 내리는 비나 눈의 모양이 촘촘하고 가는 것. 또는 비나 눈이 계속 내려 끊이지 않는 모양.
2) 비가 세차게 쏟아짐.

직 하나의 변함없는 태고시대를 의미하며, 오직 하나의 지묘(至妙)한 원시적 자연에 속한다.

겨울에 편연(便娟)히 내리는 편편백설이 멀고 먼 동경의 성국(聖國)을 우리가 사는 곳에까지 고요히 고요히 싣고 와 우리에게 여러 가지의 아름다운 시취(詩趣)를 일으킬 수 있음에 못지않게, 또한 비는 우리에게 경쾌하고 청신한 정감을 다양다모(多樣多貌)하게 일으킬 수 있는 것이다.

이제 본지가 수필 일편을 청함에 맡겨 『우송』을 택한 것은, 지난 겨울에 백설을 바라다가 드디어 얻지 못하고 따뜻한 봄을 맞이하게 되니 그 대상(代償)을 비의 자연에 구한다느니보다는 철이 되면 철 따라 요사이 어쩐지 비 자체가 한없이 그립기 때문이다.

대체 비라는 것은 물론 누구의 의견을 두드려 보아도 그렇겠지만 왔다가는 개고 개었다가는 오는, 말하자면 갈망의 결과로써 내려 세갈(世渴)이 의(醫)하면 그치는 바 물이라야 한다는 것이 나의 지론이다. 이리하여야만 모든 것은 그 자신의 질서 속에 더욱 명랑한 정신을 획득할 수가 있다.

노아의 대홍수는 광휘 있는 40일간의 장림(長霖)의 결과였다고 한다. 그 결과가 반드시 홍수에는 이르지 않는다 하더라도 밤낮으로 비만 오고, 햇볕이 조금쯤 나타나려다가도 또다시 내리는 비에 숨겨지고 마는 지난한 장마가 계속되면, 모든 사람의 마음은 침울하게 되고 성급하게 되어 나중에는 세상을 저주하고, 하늘을 저주하고, 특히 무엇보다도 비라는 놈을 욕하고 주먹질 한다.

한발(旱魃)3)도 견디기 어렵지만 장림은 더욱이나 견디기 어려운 듯 보인다. 사실에 있어 비는 대부분의 사람에게 피해를 입히는 까닭이다. 오직 그들의 소중한 금전옥답(金田玉畓)에 천연의 관개(灌漑)를 필요로 하는 농부들만이 다른 사람이 얼마나 많이 이 '궂은' 일기에 대하여 저주할 때라도 도저히 동감의 의(意)를 표하지 않을 따름이다. 참으로 농부들은 너무도 직접적으로 이 하늘이 주는 기적, 이

---

3) 심한 가뭄.

하늘이 내리는 축복을 체험하고 있는 까닭이다. 그들은 우후(雨後)의 놀라운 성장을 백곡천채(百穀千菜)에 있어서 관찰하고 하늘의 섭리에 감사하여 마지않는 것이다. 그들에 있어서는 오늘과 같은 과학의 발달에도 불구하고 모든 자연 현상은 오히려 하나의 경이에 멈춘다.

그러나 반대로 도회인으로 말하면 피해를 입으면 입었지, 그 은택을 느낄 기회를 전연 갖지 아니하므로 우연히 우중봉사(雨中奉仕)를 직무로 택한 자동차 운전수와 우산 제조업자의 일군(一群)을 제외하고 보면, 이들은 모든 종류의 비에 불의의 모욕을 느끼지 않을 수 없는 것이다. 이리하여 도회인은 흔히 지난한 비가 인간의 정신에 작용하는바 영향을 통론하여, 그 때문에 유래한 퇴치할 수 없는 침울 속에서 어찌하여야할 바를 모른다.

좀 생각하여 보라. 사실 비가 오면 예삿일이 아닌 것이다. 첫째로 불쾌한 것은 젖은 발이다. 화사(華奢)를 사랑하는 도회지의 신사 숙녀로서 분노의 정을 일으킬 뿐이 아니라, 감기까지 모시고 오는 것이 실로 비 때문에 젖은 양말이며, 비 때문에 물이 된 구두인 데야 어찌 이 괴악한 그의 소행을 용서할 수 있으랴!

비를 예찬하려는 의도를 가지고 붓을 든 나도 비에 젖은 신발의 불쾌감을 생각하면 비에 대한 일말의 증오심이 일어나지 않는다고는 할 수 없다.

그리하여 문제는 물론 이에 그치지 않을 것이다. 우리는 우리 자신이 그것을 타기를 사랑하나, 다른 사람이 타고 달리는 것을 싫어하는 도회지의 자동차가 특히 비 오는 날에 우리의 아껴야 할 의복에 사정없이 펄을 한 주먹 뿌리고는 도망간, 아직도 괘씸한 기억을 찾아낼 수 있으며, 또는 모처럼 벼르고 벼르던 일요일의 원대한 이상이 예기치 않았던 비 때문에 헛되이 무너지고 말았던 아직도 원통하여 참을 수없는 지나간 기억, 또는 애인을 위하여 특별한 마음으로 장만하여 둔, 혹은 한 송이의 비단 꽃이, 혹은 한 권의 책이 불길한 징조를 예시하는 듯이 탐욕스러운 소낙비에 의하여 속속들이 젖고야 말았던 애달픈 기억 등, 기타의 많은 불쾌한 기억을 우리의 생활 속에서 찾아낼 수가 있다.

이러한 가지가지의 회상을 더듬으면 어떠한 의미에 있어서도 우리가 적어도 도회에 사는 이상, 비를 예찬할 기분이 안 될 것은 의심할 수 없다. 그러나 우리가 우리의 성급한 마음을 잠깐 억제하고 조금쯤 이에 대하여 반성할 여유를 갖는다면, 이따위 구구한 추억은 가히 문제될 거리가 아니다.

비의 폐해를 구태여 이러한 추억 속에 찾는다면, 우리는 그 반면에는 또한 항상 비의 이익이 병행하고 있는 사실을 예증치 않을 수 없다.

가령 비가 오니까 떠나가려던 애인이 좀 더 우리 곁에 앉아 있을 수도 있는 것이며, 비가 오니까 틀림없이 찾아올 터인 채귀(債鬼)[4]의 언제나 같은 힐난의 액(厄)을 면할 수도 있는 것이며, 또 여기서 우리는 생략하여도 좋은 많은 용무, 많은 회합이 불의의 강우로 의하여 결연히 단념될 수 있는 데서 유래하는 저 명랑한 쾌감을 일일이 열거할 필요는 없을

---

4) 악착같이 이자를 받고 빚 갚기를 졸라대는 빚쟁이를 비유적으로 이르는 말.

것이다.

대체 떨어진 구두를 신고 흙물이 들어간다고 해서 비가 싫다는 것은 뭐라 하여도 좀 창피한 감상이다. 두 다리를 조종하여 길을 다니는 이상엔 청우(晴雨)[5]를 불문하고 무엇보다도 신발 단속이 급선무일 것은 두말할 것이 없다.

참으로 악화(惡靴)가 소위 인생 삼환(患)의 일자(一者)로서 지적되는 것도 이유 없지 않다 할 수 있다. 그리하여 많은 사람이 헌 신발을 끌고 다니지 않는다는 것은 다행한 일이다.

비에 대하여 안전한 신발을 신고 있을 뿐 아니라, 모든 사람이 사람마다 장차 오는 휴일에 잔뜩 처담은 단꿈이 비 때문에 깨어진 기억을 가지고 있다고는 할 수 없는 것이며, 또는 노상에서 우연히 대우(大雨)를 만나 암만 속력을 내어 달음질을 했어도 물에 빠진 생쥐 같은 신세를 짓고야 말았다는 수도 있을 수 없는 터에야, 소수인이 드물게 겪은바 불운

---

5) 날이 갬과 비가 옴.

한 예를 가지고 구태여 비를 원망할 수도 가만히 생각하여 보면 없는 일이 아니냐?

이리하여 우리는 도회의 비를 한없이 찬미하려는 자이지만, 우리가 비를 찬미하려 하기 때문에 우리는 먼저 비에 약한 무리를 물리치고 비에 강한 무리 속으로 몸을 집어넣지 않으면 안 된다.

비에 강한 무리란 두말할 것도 없이 바닥이 두터운 구두를 신은 사람을 의미하며, 밀회를 갖지 않는 건전한 사람을 의미하며, 여름이 되어 다른 사람들이 휴가를 이용하여 피서 갈 때에도 오히려 항상 변함없이 초열의 도회를 사수하고 있는 사람들을 의미한다.

풍우한설(風雨寒雪)에 대하여 우리가 이를 피할 수 있는 집이라는 안전지대를 갖는다는 것은 고마운 일이지만, 이 안전지대인 우리들의 집 창문에 우리가 서로 기대어 거리와 거리의 모든 생활이 비비(霏霏)히 내리는 세우(細雨)에 가벼이 덮여 거대한 몸을 침면(沈湎)시키고 있는 정경을 볼 때, 누가 과연 그 마음이 기쁘지 않다할 수 있으랴.

이 집은 물론 우리 자신에 속한 집이 아니고 다른 사람에게서 빌린 집이며, 이 집은 또 혹은 좁아서 걱정이며, 혹은 더러워서 곧 이사 가려는 경우에 처하고 있는 때라도, 우리는 이때만은 부슬부슬 내리는 이슬비의 불역(不易)의 귀결을 감상함으로써 이 집은 벌써 좁지 아니하며, 이 집은 벌써 더럽지 않을 뿐 아니라, 주소간(晝宵間)⁶⁾ 속 깊이 잠재하여 떠나지 않던 전택(轉宅)⁷⁾의 욕망도 전연 문제가 되지 않는다.

비는 한 개의 시가(詩歌)로서 우리 앞에 군림하여 이 한없이 큰 매력은 불안하기 그지없는 세가(貰家)⁸⁾를 그리운 자저(自邸)로 화하게 하고, 피할 수 없는 번민을 존재의 희열로 변하게 한다.

비의 위대한 정화력은 그 영역 속에 든 모든 사람에게서 그들의 괴로운 현실을 빼앗고, 그것에 대치하되 보다 심원한 초현실로써 하는 것이다. 거리거

---

6) 밤낮으로.
7) 이사.
8) 셋집.

리의 모든 구조물을 세척할 뿐이 아니라, 그것은 실로 인간의 영혼까지를 세탁하는 것이다. 비가 노래하는, 혹은 들리고, 혹은 들리지 않는 단순한 절주(節奏)는 가장 고상한 음악에 속할 자이다. 그것은 하나의 음악일 뿐 아니라 또한 그것은 변환무쌍(變幻無雙)한 한 폭의 활화(活畫)[9]이기도 하다.

우리가 끽다점에나 카페에 앉아서 때마침 장대같이 내리는 빗줄기가 분간 없이 유리창을 때리며 바람은 거리와 거리를 휩쓸어 신사의 모자를 날리고 부인네들의 우산을 뒤집는 소란한 정경을 객관적으로 완미할 수 있을 때, 누가 과연 이에 쾌재를 부르짖지 않을 자이랴?

내 아직 경험이 적으므로 인생의 생활이 얼마나한 행복을 우리에게 약속할지는 심히 추단(推斷)키 어려우나, 적어도 현재의 내 생각 같아서는 이만한 행복감을 줄 수 있는 시추에이션도 이 인간 생활 속에서는 그다지 많이 찾을 수 없는 것 같이 보인다.

---

9) 살아있는 것 같은 그림.

이때에 우리가 마시고 있는 한 잔의 차, 한 잔의 맥주는 이중으로, 삼중으로 맛이 늘어 가는 것을 도저히 부정할 수 없다. 더욱이나 우리가 재채기를 하고, 욕설을 하며, 젖은 옷을 툭툭 털고 들어오는 무고한 피해민을 안락의자에 팔을 고이고 보게 되면, 그것은 참으로 얻기 어려운 일복(一服)의 청량제가 아닐 수 없다.

우리는 이때 피로를 잊을 뿐 아니라, 잠시 동안 근심을 잊고, 걱정을 잊고, 실로 흔히는 자기 자신까지를 망각하는 것이다. 우리는 뜻하지 않은 천래의 일장연극(一場演劇)에 입장료도 지불함이 없이 여기서 완전히 도취할 수 있으니, 이와 같은 우신(雨神)의 신묘한 희롱에 어찌 우리는 희열을 느끼지 아니할 수 있으랴!

비란 원래 사람의 예단을 반발하고, 측후소(測候所)의 존재 의미까지 의심케 하도록 졸지에 내리고 또 그치는데, 떠도 떠도 다하지 않는 교치(橋致)한 맛이 있는 것이지만, 여름의 더운 날 같은 때 난데없는 일진광풍(一陣狂風)이 돌연히 소낙비를 데리고 오면, 참으로 이곳에서 우러나는 재미야말로 진진(津津)하다 할 수 있다.

천하의 행인은 뚝뚝 던지는 비의 기습에 크게 놀래어 잠시는 이 불온한 형세에 어찌할 바를 모르다가, 문제는 극히 간단하므로 곧 동분서주(東奔西走), 서로 머리를 부딪쳐가면서 피할 장소를 구하여 배회하는 것이다.

물론 이러는 중에 혹은 물구덩이에 빠지는 신사를, 혹은 땅바닥에 미끄러지는 노인을, 혹은 치맛자락을 높이 걷어들고 달음질하는 숙녀를- 이 하늘의 불의의 발작, 이 하늘의 기교(奇矯)한 즉흥시에 박수와 갈채를 아끼지 아니하고, 작약흔무(雀躍欣舞)하는 아이의 무리 속에서 발견하기란 너무도 용이한 노력에 속한다.

이리하여 지극히도 황당한 수순이 경과한 뒤에 모든 불운한 행인이 그들의 불운한 몸을 집집의 벽과 벽에 꼭 붙임을 겨우 얻어, 천하는 오로지 한 곡조의 요란한 우성(雨聲) 속에 갇혀 고요히 움직이지 않을 때, 우리가 만일 자동차에 편히 앉아 곳곳에 불안과 불평을 숨기고 있는 평화한 거리거리를 지나게 되면 - 이것 또한 한없이 기껍지 아니한가?

아니다. 우리는 우리가 간혹 집 문을 들어서자 비가 쏟아지기 시작만 해도 벌써 하늘의 공격을 면할 수 있었던 우리의 호운(好運)에 단순히 감동하여 희열의 정을 금할 수 없지는 아니한가?

아까 우리는 집으로 돌아오는 길에 일대의 젊은 남녀가 어딘지 산보 가는 것을 보고 확실히 흥분을 깨달았을 뿐 아니라, 그렇잖아도 우울한 마음이 더욱 우울해짐을 어찌할 수 없는 것이지만, 이제 비가 돌연히 쾌청한 공기를 교란(攪亂)하고 있음을 보게 되니, 벌써 우리는 그들에게 선망의 염(念)을 일으킬 필요는 전연 없다. 그의 좋은 양복과 그의 고운 애인은 가련하게도 이 비에 쫄딱 젖고 말았을 것이 아니냐?

비는 참으로 비가 와도 해될 것이 없는 모든 사람에게 대하여 하나의 큰 위안이 되며, 하나의 신뢰할 만한 벗이 되는 것이다. 이것은 비가 우리에게 위안을 제공하는바 비근한 일례에 불과하지만- 또는 세우가 비비(霏霏)하게 내려 도회의 보도(舖道)를 걸레질하는 정도로 먼지를 닦아낸 때 같은 때는 이 햇빛보다도 포근하고, 부드럽고, 또 시원한 비를 차라리 맞고 다님이 특히 정서 깊음을 과연 누가 느끼지 아니하랴? 이런 때엔 빈 자동차가 승객을 찾음이겠지, 열을 지어 힘없이 거리 위를 완보함을 봄도 확실히 통쾌하다.

도회에 비가 내리는 기쁨은 대강 이러한 것들로 요약할 수 있는 것이지만, 그러므로 비에 대한 찬미는 한 개의 자명한 사실로서 당연히 승인되지 아니하면 안 될 것임이 또한 틀림없다.

그러나 여기서 사람은 도덕과 윤리의 이름에 있어서 나의 『우송』에 단연 반의를 표명할지도 모른다. 즉, 이들 도덕가류(道德家流)의 의견에 의하면, 우리가 비를 기뻐하는 것은 비 자체에 대한 순수 무잡(純粹無雜)한 희열이라기보다는 다른 사람이 비에 의하여 피해를 입는 것을 즐기는 악의 속에 그 근본 동기를 둔다는 것이다.

엄격할 뿐인 윤리적 견지에서 보면, 과연 그렇게

단순히 말하여 버릴 수도 있을 것이다. 그러나 특히 이 경우에 한에서는 도덕은 결국 무생명한 한 개의 이론에 불과한 감이 없지 않다. 무어라 해도 인생의 엄연한 사실은 다른 사람이 길에서 삐꺽하고 미끄러지는 것을 보면, 또는 잘못하여 손에 든 찻잔을 떨어트리는 것을 보면, 우리와의 이해관계를 떠나서 어쩐지 그것은 까닭 없이 우습고도 즐거운 것을 항상 예증하여 주는 까닭이다.

우리가 마음이 나쁜 까닭으로 웃는 것이 결코 아닌, 말하자면 인간 통유(人間通有)의 이러한 자연스러운 기쁨에 대한 도덕적 판단은 인생선악의 선천적 문제에까지 파고 들어가야 비로소 해결될 수 있을 것은 두말할 것도 없지만, 암만 도덕이 여기서 그렇지 않기를 명령하여도 모든 사람은 다른 사람이 비에 젖는 것을 보게 되면 어쩐지 자연히 유쾌하여지는 마음을 도저히 물리칠 수 없음을 어찌하랴!

비에 젖지 않을 수도 있는 경우에 비에 젖는 것이 실수인 것을 한번 긍정하여 보면, 이 실수를 실수로서 책(責)하되 웃음으로써 구함은 차라리 더욱 아름다운 도덕이라 말할 수도 있다. 비 맞는 사람을 보고 일일이 슬퍼하는 것이 참된 윤리라고 할 수 없다. 이러한 것은 원래 처음부터 도덕이 이 감히 용훼(容喙)[10]할 수 없는 초도덕적 문제로서, 인간의 예술감에 그 좋은 판단을 맡김이 더욱 온당(穩當)치나 않을까 한다.

도덕이 어찌되었든 여하간에 우리는 비를 찬미치 않을 수 없는 자이지만, 물론 또 우리는 다른 사람이 비의 피해를 입는 것을 보고 그것이 즐거운, 오직 한 개의 이유로서만 비를 찬미하는 것은 아니다. 비는 비 자체로서도 항상 아름다운 것인 까닭이다.

춘우(春雨)를 몸에 무릅쓰며 거리를 거니는 쾌감에 대해서는 앞에서도 말하였거니와, 사실 홍진만장(紅塵萬丈)인 건조한 대지가 신선한 비를 가질 때, 지상의 어떠한 것이 과연 기쁨을 느끼지 않을 자이랴! 정직하게 말하면 비를 미워한다는 도회인도 비가 내리면 이 신선하기 짝이 없는 자연에 흔히 숙였

10) 간섭하여 말참견을 함.

던 우울한 얼굴을 드는 것이다.

윤습(潤濕)한 광휘 속에 그들의 안색이 쾌활해질 뿐이 아니라, 도회의 먼지 낀 가로수와 흔히 책상 위에 놓인 우리의 목마른 화원도 이 진귀한 하느님의 물을 떨며 마시고, 공원에서만 볼 수 있는 말라붙은 초원도 건조무미한 잠에서 문득 눈을 뜨는 것이다.

참으로 모든 사람이 비를 자모(慈母)의 친애한 손같이 여기는 것은 너무나 떳떳한 일이다. 다른 모든 것을 말하지 않는다 하더라도 우리는 여기 특히 염염한 여름날에 경험하는 취우(驟雨)11)의 은택을 망각하여 버릴 수는 없다.

천하가 일시에 얼음 먹는 듯한 양미(凉味) - 이는 참으로 우리들 가난한 자에 허락된 유일한 피서적 기회이다. 이러한 기쁨이 만일에 평범한 것이라면, 우리는 비의 위대한 낭만주의를 얼마든지 사상에 구하여 흥취 깊은 예를 들어 말할 수가 있으나 그것

---

11) 소나기.

은 이곳에서는 약(略)하기로 한다.

(1935년 7월 『삼사문학』)

내가 꾸미는 여인

　이런 여인, 저런 여인, 다들 그 여인만이 가질 수 있는 고유한 아름다운 세계를 가졌으매, 특히 이상의 여인을 꾸미라는 주문은 쉬운 듯하나 실은 결코 쉽지가 않소. 설사 그런 여인을 꾸며내기에 완전히 성공했다손 치더라도, 그런 여인을 그린 나에게 실물을 구해다 줄 리도 없을 일, 세상에 이것은 좀 사람을 골리는 수작이라 생각하오. 그런 줄 뻔히 알면서 한 남자로서 아름다운 일언(一言)을 물리칠 수도 없는 처지라, 잠시 공상해 보았더니 역시 그렇소. 꼭 이 여인이라야만 된다는 주장은 나와는 그 거리가 퍽 먼 듯하오.
　가령 말하면 키가 후리후리한 여인은 후리후리한

까닭으로 좋고, 오동통한 여인은 오동통한 까닭으로 좋으며, 또는 아무 굴탁(屈托)[1] 없이 항상 웃음 짓는 여인의 쾌활함이 우리 마음에서 음지를 없애 주는 까닭으로 동감이라 해서, 우리는 결코 우울한 여인이 끌고 가는 사념의 미궁에 함락함을 싫어하지는 않는 까닭이오. 때로는 거만한 여자, 조포(粗暴)한 여자가 또한 우리를 경탄시킬 수 있는 것이오. 그러나 무어라 해도 내적, 외적으로 전아(典雅)한 자유로운 여자를 만날 때, 일점천광(一點天光)을 앙견(仰見)[2]하는 듯한 느낌을 우리는 받습니다.[3]

여인의 머리털이 검고 고와야 할 것은 물론이지만, 혹은 한 잔의 차를 붓고 혹은 아이의 손을 쥐고 가는 여인의 섬섬옥수(纖纖玉手)는 마치 소매 끝에 앉은 백접(白蝶)같이 우리를 감동시키기에 충분하며, 굽 높은 구두 속에 어쩌면 그렇게 곱게도 담겼는지 알 수 없는 조그마하고 불안스럽게 좌우로 흔

---

1) 굽히거나 움츠러듦이 없음.
2) 존경하는 마음으로 우러러 봄.
3) 원문에는 '받읍되다'.

들리는 두 발이 우리 눈앞을 미끄러져갈 때, 우리의 사상도 그 뒤를 밟아 아름답게 활주하는 것이오.

또 나는 멋을 존경하는 여인을 사랑하오. 그것은 내가 우리의 태양이어야 할 여성의 당연한 수단이라 생각하는 까닭이오. 그의 의상이 그의 취미를 말하는 외에 또한 한 권의 옆에 낀 책이 그의 문화를 말하면 더욱 좋을 것이오. 고상한 언어의 뉘앙스를[4] 이해하고 인생과 예술에 대한 일가견이 있으면 더욱 말할 수 없이 좋을 것이오.

이것이 물론 다 여인의 아름다운 특질이며, 소질이며, 또 재능이겠지요. 여인은 시네마 여왕같이 성장(盛裝)할 필요는 조금도 없고 또 콰트로첸토[5]가 예술사적으로 무엇을 의미하며, 디드로가 그의 시대에서 무슨 역할을 했는가를 알 필요가 없는 것이겠지요.

학식의 풍부를 바라지 않소. 가사의 능함을 구하

---

4) 원문에는 '뉴안쓰를'.
5) 콰트로첸토(Quattrocento). 400을 뜻하는 이탈리아어. 미술사의 시대 구분에서 1400년대 이탈리아의 문예 부흥기를 지칭. 특히 초기 르네상스의 시대 양식과 시대 개념을 나타내기 위한 용어로 쓰임.

지 않소. 자태의 우미(優美)를 또한 나는 취하지 않소. 참으로 나의 이상을 담아야 할 여인에 있어서 백배나 천배의 중요성을 갖는 물건은 뭐냐 하면, 그것은 퍽은 간단한 사실이오. 그러나 퍽은 어려운 능력에 속한다고 나는 보오. 즉 이 여인은 얼마나 사랑할 줄을 아느냐 하는 문제가 그것이오.

해가 철마다 달마다 항상 새롭듯이 과연 나의 여인은 그렇게 새로워 질 재주를 갖는가, 어떠한가, 나의 여인은 항상 따뜻한 마음을 가지고 항상 신비로운 비밀을 가지고 그네의 마음, 그네의 비밀이 요구될 때는 언제든지 이것을 물리침이 없이 발동할 수 있는 그러한 오묘한 모터를 자기 자신 속에 가지고 있는가, 없는가 하는 문제가 실로 그것이오.

(1936년 1월 『조광』)

감기철학

봄이 왔다고들 사람은 야단이다. 그러나 말이 양
춘 사월(陽春四月)이지 아직은 말하자면 춘한(春寒)
의 요초(料峭)[1]함이 무거운 외투를 못 벗게 하는 무
엇이 있다. 이러한 환절기에 사람이 특히 감기에 걸
리기 쉬운 것은 두말할 것이 없거니와, 나도 일전부
터 불의중(不意中) 감기 환자가 되고 말았다.

그런데 편집자 선생으로부터 졸지에 글 주문을 받
고 감기가 들었으니 하고는 도피하여 보았으나, 선
생은 감기쯤은 병 축에도 들지 못한다는 듯이 그냥
떠맡기고[2] 만다. 생각하면 그럴 법도 한 일이다. 우

---

1) 이른 봄의 추위.
2) 원문에는 '떠매끼고'.

선 '감기환자'란 말이 어쩐지 과대망상적으로 들릴 만큼 우리들 사이에 이 병은 너무도 친근한 병이요, 아무렇지도 않은 병으로서 통용되고 있다. 여기 약간 유머를 느낀 바 있어 한번 '감기철학'이란 맹랑한 제목을 붙여 보았다.

나도 물론 많은 사람이 생각하고 있는 것같이 감기쯤은 대단하게 여기지도 않고, 그저 그것은 한 장의 희극은 될 수 있으리라는 정도로 간주하고 있는 자이다. 그러나 고명한 의사 선생들의 진단에 의하면 감기는 실로 한 장의 희극이 아님은 물론이요, 반대로 그것은 모든 만회할 수 없는 비극의 서막을 의미한다고 한다. 즉 그들의 견해에 의하면 모든 종류의 중병은 감기로서 시작될 수 있는 것이요, 그래서 그 배낭 속에는 세균계의 최고 위계를 표시하는 원사장(元帥杖)이 들어 있다는 것이다.

적어도 다른 병에 있어서는 박사의 고론을 정신(碇信)하는 일반 대중도 그러나 감기에 한해서는 절대로 그것의 이 같은 위계를 인정하려 하지 않는다. 손수건(여러분은 손수건의 문화사적 의의에 대하여 생각해 본 일이 있는가?)을 준비하고 있는 모든 사람은 '허치너' 하고 이삼차(二三次)의 참으로 기묘한 재채기를 서둘러서 한 다음에, 만일 그때 이 화강암이라도 먹어 뚫을 듯한 감기의 세균이 그의 건강 때문에 퇴각한 듯 보이면 가벼운 만족을 느끼는 것이다.

이러한 종류의 감기로 말하면, 우리의 이완된 기분을 자극하여 주는 점에서 차라리 우리가 환영해야 하는 병이라고도 함직하다.[3] 그래서 물론 감기에서 오는 이러한 이양(異樣)한 만족감에 대한 원인은, 방비(放屁)[4]와 같이 인간의 2대 진기(二大珍奇)의 하나인 재채기가 방금 나올 듯 나올 듯하면서 아니 나올 때 우리를 가볍게 습격하는 저 독특한 쾌감 속에서 구할 수 있을 것이다. 그것은 후두의 심저(深底)로부터 공작의 털을 붙인 소요괴(小妖怪)와 같이 사람을 간질이기 시작하면서 올라와, 콧속을 무척 활발하고 신신(新新)하게 전기마찰이나 하는 듯이 콕콕 쏘면, 이때 발작자는 어느덧 위대한 기대

---

3) 원문에는 '하얌즉하다'.
4) 방귀.

앞에 입을 멍하니 열고 그 눈은 마치 절망 중의 실연자나 같이 멍하여 있을 쯤에 '허치너!' 하고 재채기만 나오면 되는 판이다. 이때 우리도 흔히 "빌어먹을 감기 같으니라고. 어서 나가거라." 하고 부르짖고, 긴장되었던 몸이 곧 풀림을 느끼지만, 재채기를 치우고 난 사람을 보면 그 사람은 마치 재미있는 일장 재담이라도 하고난 듯이 보인다.

사람이란 재채기 하나를 이길 수 없을 만큼 약하다는 것은 파스칼의 유명한 말이거니와, 사람이 이것에 도전할 필요는 조금도 없다고 나는 생각할 뿐만 아니라, 나는 다분(多分)의 에스프리와 단예(端倪)할 수 없는 인간의 저돌력까지를 발견한다.[5] 그래서 뭐라 해도 재채기가 감기의 중심점이 됨은 물론이나 재채기에서 시작되지 않는 감기가 있다면, 그것은 주인을 잃은 불행한 빈객과 같다고 할까. 마치 소낙비가 쏟아지듯 만연히 내리는 재채기의 혼란을 혼자 몸으로 수습하기란 확실히 무한한 노력

---

5) 원문에는 '發見하는 者이다'.

을 요하거니와, 이런 종류의 감기는 그 표현이 현란을 극한 한 권의 철학체계에나 비하는 사람이라 할 것이다.

이래서 감기의 도래를 예고하는 재채기, 그래서 좀 늦더라도 어차피 그와 행방을 같이 할 재채기― 그러한 감기를 우리는 의사 선생의 말씀대로 두려워할 필요는 없다. 계명 중(鷄鳴中)에는 가장 장엄하고 가장 익살맞은 계명인 사람의 재채기의 진가를 어느 정도까지 이해하는 사람은 그러므로 감기를 물리쳐서는 아니 된다. 생각이라도 좀 하여 보라. 일찍이 이 세상의 모든 곤란하고 절체절명인 시추에이션이 적시(適時)에 나타난 이 '허치너'의 소리에 의하여 용이하게 구제되었는가를.

여기 내가 소허(少許)[6]의 발열을 무릅쓰고 편집자 선생이 요구하시는 대로 글을 쓰되, 특히 한편의 감기철학을 택한 소이(所以)가 있다. 물론 감기 중에는 독감, 유행성 감기와 같은 악질의 병이 있다는

---

6) 얼마 안 되는 적은 분량.

것을 나는 모르는 바 아니지만.

(1936년 4월)

명명철학(命名哲學)

　'죽은 아이 나이 세기'란 말이 있다. 이미 가버린 아이의 연령을 이제 새삼스레 헤아려보면 무엇하는가, 지난 것에 대한 헛된 탄식을 버리려는 것의 좋은 율계로 보통 이 말은 사용되는 듯하다.

　그것이 물론 철없는 탄식임을 모르는 바 아닐 것이다. 그러나 어떤 기회에 부딪쳐 문득 죽은 아이의 나이를 세어봄도, 또한 사람의 부모 된 자의 어찌할 수 없는 깊은 애정에서 유래하는 눈물겨운 감상에 속한다.

　"그 아이가 살았으면, 올해 스물, 아, 우리 현철이가, 우리 현철이가……."

　자식을 잃은 부모의 애달픈 원한이 그러나 이제는

없는 아이의 이름을 속삭일 수 있을 때, 부모의 자식에 대한 추억은 얼마나 영원할 수 있는지 알 수가 없다. 우리가 만일에 우리의 자질(子姪)[1]들에게 한 개의 명명(命名)조차 실행치 못하고 그들을 죽여버리고 말았을 때, 우리는 그 때 과연 무엇을 매체로 삼고 그들에 대한 좋은 추억을 가슴 속에 품을 수 있을까?

법률의 명령하는 바에 의하면, 출생부는 2주 이내에 출생아의 성명을 기입하여 당해관서(當該官署)에 제출해야 할 것으로 규정되어 있다. 어떠한 것이 여기 조그만 공간이라도 점령했다는 것은 결코 단순한 일이 아니다. 고고(呱呱)[2]의 성(聲)을 발하며 비장히도 출현하는 이러한 조그마한 존재물에 대하여 대체 우리는 이것을 뭐라고 명명해야 될까 하고 머리를 갸우뚱거리지 않는 부모는 아마도 없을 터이지만, 그가 그의 존재를 작은 형식으로라도 주장한 이상엔 그날로 그가 다른 모든 것과 구별되기 위해

---

1) 아들과 조카.
2) 어린아이의 울음소리.

서는 한 개의 명목을 갖지 않으면 안 될 것은 두말할 것이 없다. 모든 것이 그 자신의 이름을 가지듯이 아이들도 또한 한 개의 이름을 가지지 않으면 안된다.

만일에 그가 이름을 가지지 않는다면 그는 실로 전연 아무것도 아닌 생물임을 면할 수 없기 때문이니, 한 개의 이름을 가지고 있고 그 이름을 자기의 이름으로 인식할 수 있을 만큼 성장하지 못한 아이의 불행한 죽음이, 한 개의 명명을 이미 받고 그 이름을 자기의 명의로 알아 들을 만큼 성장한, 말하자면 수일지장(數日之長)이 있는 그러한 아이의 죽음에 비하여 오랫동안 추억될 수 없는 사실-이 속에 이름의 신비로운 영적 위력은 놓여있는 것이라 할 수 있다. 세상의 모든 부모는 장차 나올 터인 자녀를 위하여 그 이름을 미리미리 생각해두는 것이 좋을 것이다.

일찍이 로마 황제 마르쿠스 아우렐리우스[3]가 마

---

3) 원문에는 '일즉이 羅馬皇帝 마르크 아우렐이'.

르코만인들과 싸우게 되었을 때, 그는 한 군대(軍隊)를 적지(敵地)에 파견함에 제하여 그의 병사들에게 말하되, "나는 너희에게 내 사자(獅子)를 동반시키노라!"고 하였다. 이에 그들은 수중지대왕(獸中之大王)이 반드시 적지 않은 조력을 할 것임을 확신한 것이었다. 그러나 많은 사자가 적군을 향하여 돌진하였을 때, 마르코만인들은 물었다. "저것이 무슨 짐승인가?" 하고. 적장이 그 질문에 대답하여 왈(曰), "저것은 개다, 로마의 개다!" 하였다. 여기서 마르코만인들은 미친개를 두드려 잡듯이 사자를 쳐서 드디어 싸움에 이겼다.

마르코만인의 장군은 확실히 현명하였다. 그가 사자를 개라하고 속였기 때문에 그의 병졸들은 외축(畏縮)됨이 없이 용감히 싸울 수 있었던 것이다. 그는 사람이 얼마나 많이 그 실체를 알기 전에 그 이름에 의하여 지배되고 있는가를 이해하고 있었던 것이다.

가만히 생각해보면, 우리는 그 이름 이외에는 아무것도 모르는 얼마나 많은 것을 가지고 있었는지 알 수가 없다. 모든 것의 내용은 물론 그 이름을 통하여 비로소 이해될 수가 있는 것이지만, 그러나 그 이름이 그 이름으로서만 그치고 만다는 것은[4] 너무나 애달픈 일이다. 그러나 우리에게 만일 그 이름조차 알바가 없다면 그것은 더욱 애달픈 일이다.

가령 사람이 병상에 엎드려 알 수 없는 열 속에 신음할 때, 그의 최대의 불안은 그 병이 과연 무슨 병인가, 하는 것에 있다. 의사의 진단에 의하여 그 병명이 지적될 때에 우리의 병은 반은 치료된 병이라 할 수 있다.

우리는 파리라는 도회를 잘 알 수 없는 것이지만, 파리라는 이름을 기억함으로써 파리를 대강은 짐작할 수 있다 생각하는 것이요, 사옹(沙翁)이라는 인물을 그 내용에 있어서 전연 이해치 못하는 것이지만, 우리는 불후의 기호를 통하여 어느 정도까지 그 사람과 그 사람의 예술을 알고 있다고 오신(誤信)하는 것이다.

---

4) 원문에는 '끝이고많다는것은'.

나는 얼마나 많이 이름을 알고 있는가! 그러나 그 이름을 내가 잊을 때 나는 무엇에 의하여 이 많은 것을 기억해야 될까? 모든 것은 그 자신의 이름을 가지지 않으면 안 된다. 우리에게 있어서 그 이름을 안다는 것은 그것의 대반(大牛)을 이해한다는 것을 의미하기 때문이다. 참으로 이름이란 지극히도 신성한 기호다.

(1936년 7월 『조선문학』)

문학열

이제 그 이름은 기억할 수 없으나, 일찍이 영국 어느 작가의 소설을 읽다 보니 대단히 흥취 깊은 장면에 부닥친 일이 있다. 라고 하는 것은 사랑할 술벗이요, 친한 싸움 벗이요, 서로 다 같이 문학의 열렬한 애호자인 어떤 두 친구가 몰리에르와 셰익스피어 두 문호로 말미암아 격심한 투쟁이 야기되는 경과를 그린 장면이 그것이다. 두말할 것 없이 논쟁의 중심점은 이 두 문호 중의 어떤 자가 더 위대하냐는 곳에 있으며, 또 무엇보다도 그 점을 즉시로 처결함이 이 두 사람에게는 한없이 중대한 문제였던 것이다. 그래서 이 두 친구는 깊어가는 밤 에딘버러 시의 대도상(大道上)에 서서 피차에 지긋지긋하리만큼 자기가 숭배하는 문호의 어구를 인용, 나열하기 시작하는 것인데, 결국은 순사가 나타나서 흥분한 그들의 싸움을 말릴 때까지, 말하자면 전투는 전광석화적으로 계속되는 것이다.

만일에 이때 경관이 나타나지 않았더라면 이 전쟁은 언제까지나 계속되었을까 하고 독자인 나는 자못 큰 염려가 되는 것이지만, 이러한 쾌활한 장면을 그린 그 소설을 읽었을 때 나는 이 같은 종류의 논쟁이란 꽤은 어리석은 것이라는 것을 첫째로 생각하는 동시에, 그러나 이러한 맹목적 열정은 그것이 금전에 대한 탐욕의 싸움이 아니요, 여자를 위한 치정의 싸움이 아니요, 개인적 해를 떠나 문학을 사랑하는 마음에서 우러나온 하나의 순결한 정신적 감정임에 틀림없음을 생각할 때, 무엇인지 알 수 없는 매력이 어딘지 알 수 없는 곳에로 나를 이끌고 가는 것을 둘째로 깨닫지 않을 수 없었다.

우리 역시 우리가 비교적 순진한 문학청년이던 한 시절에는 물론 더 좀 자그마하고 더 좀 얌전한 형식으로 자기가 존경하는 작가를 위하여 분투노력, 어리석은 쟁탈전에도 참여함을 물리치지 않았지만, 이제는 진실로 이러히 무모한 흥분을 생각하면 지나간 좋은 날의 멀고 먼 추억이 되고 말았다. 우리는 이 어리석은, 그러나 문학의 번영을 위해서는 절대로 필요한 아름다운 편견, 사랑할 맹목을 어떻게 하면 다시 얻을 수 있을까? 감히 밤의 종로 네거리를 소연(騷然)히 하고 문학적 의견의 적으로서 상대함을 원치는 않으나, 좋은 의미의 문학청년으로서 구두로서나 필단으로서나 좋은 의미의 논쟁을 소박하게 하는 기풍을 널리, 너무도 무풍고담(無風枯淡)한[1] 문단에 일으킬 수 있었으면 확실히 그것은 그다지 해로운 일은 아닐까 한다. 그리하여 문단의 이러한 기풍이 어느 정도까지 독자의 기풍을 유도하여가고 규정하여 갈 수 있음은 또한 췌언(贅言)할 필요가 없다.

문학청년이라면-조선에는 어쩐지 좋은 의미의 문학청년이 잘 나타나지를 않는 듯 보인다. 다시 말하

---

1) 평화로운 옛날이야기 같은.

면 야심 있고 소질 있는 신선한 문학적 요소가 이미 있는바, 문학 속에 가미 되는 일이 지극히도 희귀하다는 것이다. 날은 새롭고 계절은 변하여도 문단은 대관하면 옛 그대로의 발자취요, 옛 그대로의 살림이다. 우리가 귀를 기울이고 눈을 떠볼 만한 새로운 말, 새로운 생각이란 이미 없어졌다는 말인가?

신문 잡지를 펼치면 항상 아는 사람의 얼굴이요, 항상 듣던 사람의 이름인 데는 사실 절망을 느끼지 않을 수 없다. 더러 가다가는 일맥(一脈)의 신선미를 띈 새로운 이름의 강렬한 자극이 이곳에는 간망(懇望)[2])되고 있음에도 불구하고, 이러한 종류의 새로운 수확은 극히 적은 것이 유감이다. 슈니츨러의 작(作)에 한 문학가가 익명으로 자기의 작품을 자기가 비평하고 반박하는 것이 있음을 보았지만, 만일에 여기 새로운 말을 가진 신인의 출현이 이와 같이도 드물다면, 역량 있고 정력 있는 기성 문인의 이중 인격적 활동은 문학의 풍부를 위하여 절대로 필

---

2) 간절히 바람.

요한 것이 아닐까 나는 생각한다.

(1937년 4월)

이상과 현실

물론 이상과 현실의 문제를 말하자면, 그것이 우리의 일상생활 속에 언제든지 나타나서 우리 자신의 직접적이고 필연적인 문제가 되느니만큼 우리는 우리의 현실과 우리의 이상에 대해서 늘 여러 가지로 생각하는 기회를 가지게 됩니다. 그런 까닭으로 이상과 현실의 문제를 말하면, 적어도 이 세상에 살고 있는 사람이면 누구의 가슴 속에든지 품겨 있는 문제만이 아니라, 이것은 또 어느 정도까지 그 사람의 손에 의해서 그 당시로 해결되어 가고 있는 문제라고 볼 수 있습니다.

이같이 여러분께서도 스스로를 경험하고 계셔서 저보다 훨씬 더 잘 알고 계시는 문제를 이 자리에

들추어가지고 이러니저러니 하고 여러 말씀 드리는 것은 대단히 어리석은 일이라고 저 역시 생각하는 바이올시다만, 한번 돌이켜 생각해보면 이상과 현실의 문제는 그것이 매일 가다시피 우리 생활 속에서 우러나는 문제이니만치, 우리는 우리가 직접 당면하고 있는 생활사실로서의 이상 대 현실의 문제를 해결하기에 바쁜 나머지 이상과 현실이란 두 개념의 관계를 이론적으로 생각해 볼만한 여유는 가질 수 없는 것같이 보입니다.

또 설사 현명하신 여러분께서는 이 문제를 충분히 생각할 여유를 가졌다 하더라도, 이 문제의 중요성으로 말씀하면 우리가 이 문제를 몇 번이고 간에 되풀이해서 생각하는 번거로움을 물리칠 수 없을 만큼은 큰 것이라고 저는 생각하고 있는 사람입니다. 이런 의미에서 여러분께서는 이미 낡은 문제요, 벌써 몇 차례고 체험하신 평범한 문제입니다만, 그것을 새롭지 않다 해서 물리치지 마시고 한 번만 더 조용히 생각해 보시기를 간절히 바라는 바이올시다.

우리들 사람의 모든 생활과 온갖 경험은 항상 언

제든지 두 가지의 서로 다른 세계의 대립 속에서 되어 나오는 것이올시다. 즉 두 가지의 서로 대립되는 세계란 것은 하나로 말하면 그것은 우리가 바라고 원하고 동경하고 노력하는 세계요, 또 다른 하나의 세계도 우리의 내부에 또는 우리의 외부에 이미 불가항력으로서 존재하고 있는 세계를 가리켜서 말하는 것입니다. 그래서 사람은 이와 같이 서로 반대되는 양극 속에 살지 않으면 안 되는 까닭으로 우리가 속으로 바라고 있는 것이 뜻대로 되지 않을 때는 불행을 느끼게 되고, 우리가 노력하고 있는 것이 최후에 실현될 때에는 만족을 느끼게 되는 것이올시다.

이상과 현실이란 두 개념은 실로 이 두 세계를 구별해서 보통 우리들이 사용하고 있는 말에 다름없습니다. 이래서 이상의 나라는 우리가 속으로 바라고 있는 것, 원하고 있는 것, 동경하고 있는 것, 요구하고 있는 것, 이러한 모든 좋은 것을 가지고 있는데, 그와 반대로 현실의 세계는 한 개의 움직일 수 없는 사실로서 이미 존재하고 있는 우리 자신을 비롯해서 우리를 둘러싸고 있는 모든 생활관계와 사회상태, 그래서 우리의 힘으로서는 어찌할 수 없는 모든 운명적 사건, 그런 것을 가지고 성립되어 있는 나라를 말하는 것이올시다.

사람은 전혀 이상 속에서만 살 수 있는 것도 아니고, 그렇다고 또 현실 속에만 파묻혀 살 수 있는 것도 아닌 까닭으로, 우리는 우리가 원하고 있는 이상을 이 불완전한 현실 속에 어떻게 현실화 시키느냐 하는 모든 사람의 능력여하에 따라서 그 사람의 가치와 행불행이 결정되는 것은 두말할 것이 없습니다. 사실상 모든 사람은 이상과 현실이라 하는 두 가지 나라에 세금을 물고 있는 주민으로서 한편으로는 보다 좋은 것에 대한 정열을 가슴 속에 품고 능히 도달할 수 있고 능히 실현할 수 있는 모든 것을 향해서 나가고는 있는 것입니다만, 다른 한편으로는 우리의 부족한 능력과 여의치 못한 환경이 우리의 목표에 대한 도달을 방해하기 때문에, 대개 우리는 우리의 좋은 이상을 단념하게 되는 것이올시다.

그런데 사람의 이상이 크면 클수록 따라서 실망도 클 것은 비단 여기에만 한할게 아니겠지요, 이래서 욕망과 능력, 공상과 현실의 숙명적인 반발은 실로 적든 크든 간에 이 세상에 살고 있는 모든 사람의 인생항로를 간단없이 규정하여 가고 있습니다. 그리스 신화에 의하면 일찍이 이카루스란 남자는 초를 가지고 날개를 만들어서 달고, 해가 있는 나라로 고공비행을 대담하게도 했던 것입니다. 그런데 가까이 와서는 안 된다는 태양의 경고도 듣지 않고 접근했기 때문에, 초로 만든 날개는 기어이 태양의 뜨거운 열에 녹아서 이카루스는 바다 속에 떨어져 죽고 말았다 합니다. 이 이카루스의 전설로 말하면 무엇보다도 사람의 운명을, 즉 다시 말하면 자기 힘에 넘치는 초인간적인 행동을 하려다가 동경하는 나라에 가지도 못하고 되려 파멸하고야마는, 인간의 운명을 훈련하고 경고한 영원한 상징, 심볼이 아닐까 합니다.

　사람은 생각으로서는 이르지 못할 곳이 없습니다. 그러나 사람의 발은 지상에 붙어서 떨어지지 않습니다. 사람은 영원히 자기라는 존재를 알지 못하는 존재인 것입니다. 그런데 낙담이 통절하고 실망이 거듭되어도 사람은 이상을 다듬기에 피로하지 않는 것입니다. 그것이 설사 우리의 생활 현실 앞에 장난감같이 부서진다고 하더라도 우리는 연방 새로운 공중누각을 지어 올리는 것입니다.

이상과 현실이라는 것이 항상 일치하지 않고, 이 이상과 현실 사이의 불화와 분열보다도 더 심한 사이는 이 세상에는 없다는 그러한 사실을 우리는 혹은 책에서 배우고, 혹은 소설 속에서 읽고, 우리 자신의 생활을 통해서도 여러 가지 경험에서 잘 이해하고 있음에도 불구하고, 우리는 우리가 얼마나한 정도의 능력을 가지고 있는가 하는 것도 잘 알 뿐 아니라, 그런 까닭으로 우리는 우리 힘으로서는 될 수 없는 그런 높은 이상을 이 현실 속에 실현한다는 것은 더욱이 철없는 일이니, 처음부터 아예 단념하는 것이 현명한 방법이라는 것도 잘 알고 있음에도 불구하고, 사람은 피로할 줄을 모르고 언제든지 현실 그것이 우리에게 제공하는 것보다 훨씬 많은 것을 바라고 원하는 것은 대체 웬 까닭일까요?

사람이 실망에 실망을 거듭하면서도 항상 이상을 받들고 다시 한 번 일어서는 이유는 대단히 단순하고 간단한 것입니다. 즉 사람에게는 보다 좋은 것을, 다시 말하면 이 현실이 가지고 있는 것보다 보다 좋고 보다 높고 보다 완전한 것을 갈망하는 본능이 있기 때문입니다. 그래서 보다 나은 것을 바라는 데서 오는 이 현실에 대한 불평과 불만이 가령 어떤 형식으로 나타나건 간에 그것은 어느 때는 단순한 몽상으로서 나타날 수 있는 것이겠고, 혹은 어느 때는 적극적 행동에 대한 의지로서 나타날 수도 있는 것이다. 하지만 여하간 오늘날에 우리가 본 바와 같은 인간생활의 모든 진보와 발전은 실로 현실 속에 만족시키지 않고, 우리를 한 걸음 두 걸음 전진하게 한 이상에 대한 본능의 소산에 다름없습니다.

여러분은 여기서 한번 인류가 원시시대부터 문명시대에 이르기까지 애써 걸어온 발자취를 더듬어 보십시오, 가령 옛날 사람은 한데 구덩이를 파고 그 속에 살았습니다만, 현대인은 훌륭한 고층 건축 속에서 안락의자에 앉아 있습니다. 비단 이러한 가택 문제에 한할 것이 아니라 기술, 예술, 사회, 입법, 의술, 교수방침, 온갖 제도와 조직과 기구, 이러한 모든 것의 완전화로 말하면 전부가 다 사람이 기성의 불완전한 생활을 불만하게 여기고 그것을 자꾸 개량해온 곳에 나타난 것입니다. 이런 점에 있어서 이상이라는 것이 이 세상을 발전시키고 전진시킴으로써 모든 것을 고정화로부터 건지는 힘이 세고, 또 창조적인 동력이라는 것을 부정할 사람은 아마 없을 줄 압니다.

인류와 세계가 걸어 나온 이러한 과정은 물론 한 개인 한 개인의 생활에도 적용시킬 수 있다고 생각합니다. 왜 그러냐 하면 모든 사람은 그 자신의 생활을 지배하고 통제하고 그래서 그 생활을 좋은 곳으로 지도하기 위해서 사실상 다 각기 자기의 이상을 가지고 있는 것이고, 또 그런 이상을 갖는 것이 반드시 필요한 것입니다. 설령 그 이상이 자기 일신의 육체적 행복을 도모하는 것에 있다 하더라도 여하간 소위 이기적 이상이라고 할까, 그런 정도의 이상만은 지니고 있는 것입니다.

이 같은 속인의 이기적인 이상에 대해서 극단한 반대를 보이는 예로서 우리는 위대한 예술가와 위대한 실행가를 들 수가 있다고 생각합니다. 이 사람들로 말하면 그들이 바라고 있는 꿈같은 이상이 이 세상에 실현할 때까지 결코 가만히 있지를 못하고 그런 높은 이상이 완전히 실현되기까지에는 얼마나 많은 고난이 앞길을 막는가 하는 것을 잘 알고 있는 것입니다. 그래서 그들의 이상에 대한 움직일 수 없는 신앙만이 오직 그들로 하여금 그 일을 해내도록 하는 것입니다. 가령 일례를 든다면 위대한 예술가인 리하르트 바그너가 그의 이상을 그의 전 작품 속에서 실현하고, 철혈재상 오토 비스마르크 공이 독일 통일이라는 거대한 꿈을 실현하고, 그리고 건축가인 제플린이 세계에서 제일 큰 항공선(航空船)을 만든 것 같은 것은 영웅적 의지를 갖고 일견 불가능한 일을 가능케 한 이상실현의 가장 큰 예라 할 수 있을 것입니다.

이와 같은 영웅적 사업으로 말하면 물론 확호불발(確乎不拔)의 결심을 가지고 그의 전생을 그 이상을 위해서 바치지 않고는 될 수 없는 일입니다. 여기 어떠한 실패, 어떠한 낙담도 그 사람의 결심을 변경시킬 수는 없습니다. 그들이 두 어깨에 인류를 위해서 큰일을 해야 할 큰 사명을 지고 전진해 나갈 때, 그들에게는 이상에 대한 생각밖에 다른 것은 이 사람들의 발목을 멈추게 하는 것은 없는 것입니다. 그러나 물론 이러한 위대한 이상의 실현으로 말하면 비범한 재주를 가진 인물이 아니면 안 되는 것이고, 또 설령 그 위인이 위대하다고 하더라도 자기 자신의 재주만 가지고는 될 수 없는 일입니다. 영웅도 시대를 타고나야 한다는 말과 같이 그들에게도 운명의 은총은 절대로 필요한 것입니다. 그래서 영웅이 시대를 타고나서 큰일을 이 세상에서 하게 될 때, 여기서 이상과 현실 사이에 조화를 찾지 못하고 있는 모든 사람은 처음으로 새로운 생활에 참여할 수 있는 것입니다.

여기 우리가 잠깐 이상의 의미를 알기 위해서이란 말의 어원을 생각해보면, 이상이란 말은 영어로 '아이디얼리티(Ideality)'라고 합니다. 이 '아이디얼리티'란 말은 그리스어에서 온 것으로, 플라톤의 철학에 나타나는 이데아와 떨어질 수 없는 깊은 관계를 가지고 있습니다. 그뿐만 아니라 우리는 플라톤이 그의 유명한 이데아를 말한 속에서 이상 내지는 이의주의(理意主義)가 무엇인가 하는 최초의 설명을 보는 것입니다.

이 이데아로 말하면 보통 이념이라 번역되는 것 같습니다만, 이것을 플라톤의 모든 현상의 변함없는 영구한 원형이 될 뿐 아니라, 동시에 또한 그것은 사람이 원하고 노력하는 목표가 되는 것이올시다. 오늘날까지도 적용되고 있는 이상의 새 조건인 진선미도 사실은 플라톤이 창도한 것이올시다. 그래서 진선미를 추구하는 것이 인간의 최고 운명이라는 것을 플라톤은 역설한 것입니다.

플라톤의 어려운 철학 속에 머리를 깊이 묻을 것까지도 없이 우리가 보통 이상이라면, 우리는 곧 그속에서 우리의 행동에 대한 최고규범을 보는 동시에 우리가 바라고 있는 것의 가장 완전한 충족을 생각합니다. 그래서 우리가 항상 이상을 갈망해서 마지않는 것은 우리를 둘러싸고 있는 현실과 현실 속에 살고 있는 사람이 다 같이 불완전하기 때문입니다. 생각해보십시오, 이 세상에 살고 있는 어느 누구가 과연 자기는 자기가 그리고 있는 것과 같은 이상적인 친구를, 혹은 이상적인 애인을, 혹은 이상적인 결혼을, 이상적인 직업을, 이상적인 생활을 발견했다 하고 주장할 수 있을까요? 얼마든지 훌륭한 이상을 우리는 생각할 수는 있는 것입니다만 생각 속에만 사는 이상은 참된 이상이 아닙니다.

　이상은 항상 현실 속에서 실현되기를 바라고 있는 것입니다. 그러나 우리가 품고 있는 이상이 그렇게 쉽사리 실현되지 않는 곳에서 사람의 실망은 생기고, 그래서 여기 우리는 반드시 현실이라는 것에 위협을 당하고 양보를 하지 않을 수 없게 되는 것입니다. 어쩐지 일이 마음대로 되지 않는다는 것, 이것이 우리가 보통 당하고 있는 경험이 아닐까 합니다. 이상과 현실은 그렇게 잘 일치될 수는 없는 것입니다. 이상이 약속하는 것을 현실을 보증치 않습니다. 우리의 공상은 우리를 하늘 위에까지 태워 올릴 수 있는 것입니다만 그것은 현실이란 것의 냉정한 힘 앞에는 비누 거품 같이 사라지고 마는 것입니다. 이상은 우리를 유혹하고 도취 시키는데 비해서 현실은 아무 매력도 없고 극히 찹니다. 그래서 이상은 마치 신기루의 요술과 같이 먼데서 보면 찬연하지만 가까이 와서 보면 헛된 물건에 불과한 것입니다. 이래서 우리는 필연적으로 희망과 절망, 기쁨과 괴로움, 절정과 내락, 이와 같이 서로 반대되는 양극 사이를 올랐다 내렸다 하지 않으면 안 되는 것입니다.

그래서 물론 이상과 현실의 충돌을 조절하는 방법을 각자가 다 각기 제 손으로 발견해야 되는 것인데, 그것은 사람의 성질에 따라서 다 다른 것입니다. 소위 세상에서 몽상가라하고 또는 낭만가라 하는 사람들은 그들의 이상을 과거와 미래에 구해서 혹은 지나간 좋은 시대를 생각하고, 혹은 장차 올 터인 이상적인 미래를 꿈꿈으로써 그것만이 오직 이 지상의 모든 위험을 건질 수 있다고 생각하는 것입니다. 그래서 이 사람들은 불완전한 현재의 결함을 없애려고는 하지도 않고 그저 단순히 자기들이 그리고 있는 이상향이 나타나기만 바라는 것입니다.

이러한 카테고리 속에 우리는 저 현실에 적합할

수 없는 열광적 공상 속에 살고 있는 모든 종류의 유토피아를 집어넣을 수 있습니다. 이 사람들로 말하면 결국 이 세상에서는 구할 수 없는 모든 것을 그들의 철없는 몽상과 공상으로 보충해가는 것입니다. 그런 까닭으로 그들은 의식적으로 자기를 속이고 사는 자기 기만자라 할 수밖에 없습니다. 대개 이런 사람에게는 사람이 도달할 수 있는 것을 도달하려하는 그만한 역량과 의지가 충분치 못하기 때문에 그러한 공상 속에서 일생을 보내고 마는 것입니다.

이러한 종류의 이상주의자에게 가까운 유형으로서 우리는 세상에서 리고리스트(Rigorist)를 번역해 말하면 엄격주의자라 하고 부르는 일파를 들 수 있었는데, 물론 이 사람들은 그들이 단순한 몽상가가 아니고 철저한 실행가인 점에 있어서 훨씬 더 가치가 있는 사람들이라고 할 수 있습니다. 리고리스트는 소위 '올 오어 낫씽(All or nothing)'이란 즉, '금이냐 그렇지 않으면 무(無)'라 하는 목표 하에 그 생명을 바치는 사람들입니다. 그들에 있어서는 이상은 현실로부터의 도피가 아니고, 총체총명(總體聰明)의 목표가 되는 것입니다. 그들은 몽상과 같이 몽상을 그저 향락하는 것이 아니요, 그의 생명을 제해서까지 이상을 이 지상에 실현하고야 말려는 곳에 시징(時徵)을 가지고 있습니다.

일례를 든다면, 헨릭 입센의 『브랜드』가 정히 이러한 리고리스트를 대표하고 있는 인물일까 합니다. 브랜드는 그의 이상인 제삼 제국을 실현하기 위하여 자기를 부정했을 뿐 아니라, 사랑하는 가정과 처자들과도 관계를 끊고 드디어 자기의 냉혹한 원망의 순교자가 된 것은, 현실과는 일보의 가차(假借)[1]도 하지 않고 맹목적으로 자기가 믿고 있는 바를 관철하지 않고는 차라리 죽어도 좋다는 이런 영웅적 의지의 존중이 대단히 위험한 태도인 것은 두말할 것이 없습니다.

여기 우리는 또 하나의 유형을 앞서 말씀드린 두 가지의 이상주의자에 대립시킬 수 있는데, 니힐리

---

1) 임시로 빌림.

스트 즉, 허무주의자가 그것일까 합니다. 앞서 말씀 드린 이상주의자들이 이상을 지극히 전중(專重)하는 데 비해서 이상이라는 것을 근본적으로 부정하는 것입니다. 그들이 이상을 부정하고 멸시하는 근거 는 대체 이상이란 원래 실현될 수 없다는 것, 그래 서 이상이란 결국 도깨비불같이 우리를 속이기만 하는 것이란 그들의 그릇된 경험의 심리적 결과에 있는 것입니다. 그런 까닭으로 그들은 말하자면 속 임을 당하는 이상주의자라 할밖에 없는데 물론 이 상을 근본적으로 부정하려는 이러한 극단한 회의가 대단히 틀린 수작인 것은 두말할 것이 없습니다.

저는 이상에서 대강 사람이 이상과 현실의 관계에 대해서 가지고 있는 태도로서 낭만주의와 엄극주의 자(嚴極主義者)와 허무주의자의 세 가지 유형을 들 었습니다만, 이러한 태도가 다 같이 우리에게 좋은 결과를 가져올 수 없는 것은 물론입니다.

우리가 우리의 생활을 의미 있게 하기 위하여 이 상에 대한 어떤 태도를 취해야 할 것이 당연히 요구 될 때, 우리에게 남아 있는 태도는 오직 하나밖에 없다고 저는 확신하는 사람입니다. 만일에 우리가 밟고 있는 땅을 돌아보지 않고, 높은 하늘만 쳐다보고 가다가는 우리는 계천에 빠지거나, 혹은 돌과 나무에 부딪쳐서 몸을 상하는 운명을 면치 못할 것은 정한 이치이니까, 우리는 이상과 현실 사이에 몸을 둘 때라도 이와 매한가지로 시선은 항상 하늘 높이 두면서도 우리가 밟고 있는 이 땅이 어떤 험로(險路)를 가지고 있는가 하는 것은 잊지 않는 그러한 진중한 태도를 취하는 것이 아니면 안 되는 것입니다.

그래서 우리가 어떠한 목표를 향해서 가자면 반드시 그 사이에는 길고 험한 길이 있다는 것을 잊어서는 안 될 것이고, 목적을 위해서는 반드시 어떤 수단이 강구되어야 할 것을 잊어서는 안 됩니다. 우리가 어떤 비범한 일을 하자면 가까운 곳에서 먼 곳으로 한 걸음 두 걸음 발을 옮겨야 되지 욕속부달(欲速不達)2)이란 말과 같이 이상을 현실 속에 옮겨 심는 이상, 이러한 커다란 일이 일기하감(一氣何感)으

---

2) 일을 빨리 하려고 하면 도리어 이루지 못함.

로 될 리는 만무하기 때문입니다.

 설사 이러한 각오를 가지고 우리가 이상이라 하는 높은 산을 올라가는 경우에도 물론 많은 장애물은 외부에만 있는 것이 아닙니다. 우리 자신 속에서도 많은 적은 나타나는 것입니다. 즉 이상이 얼른 도달되지 않는데서 오는 우리의 입장, 혹은 우리의 피로, 우리의 쇠약, 의지박약, 그러한 것들도 우리의 길을 방해하는 큰 장애물인 것입니다. 그래서 우리가 어떤 이상을 실현하자면 이러니저러니 하고 주위의 비평도 꽤 야단스러운 것이 상례입니다만, 우리는 물론 이런 횡설수설에 대해서 귀를 기울일 필요는 조금도 없는 것이고, 우리는 우리가 믿고 있는 만큼 행하면 그만이라고 생각합니다.

 최후로 우리가 한번 꼭 생각하여야 될 것은 우리나라의 현실이 다른 데보다도 여러 가지로 많은 이상을 요구하고 있음에도 불구하고 우리의 현실이 이상을 실현하기에는 너무도 불비(不備)한 상태에 있기 때문에 우리들 한국 사람은 생활 지도원리로서의 이상을 나날이 잃어버려가며 있지나 않나 하

는 문제올시다. 이것은 특히 혈기가 넘치고 있는 청
년들이 신중히 생각해야 할 문제라고 보는데 이것
에 대해서 좀 더 자세히 말씀드릴 시간이 없는 것을
유감으로 생각합니다. 이 자리에서는 그저 암시에
그치기로 하고………

(1937년 5월 14일)

독서술

　내가 만일에 내 생애를 한번 통관(通觀)하여 본다면 내 생애에 있어서 가장 행복한 시간을 나는 아마도 서책에 귀착시킬 수밖에 없음을 발견한다.

　좋은 서책은 항상 언제든지 우리에게 무엇인가를 제공하면서, 그러나 그 자신은 어떠한 것도 우리에게 요구하지는 않는다. 서책은 우리가 듣고 싶어 할 때 말하여 주고, 우리가 피로를 느낄 때 침묵을 지켜준다.

　책은 몇 달이나 몇 해나 간에 참으로 참을성 있게 우리들이 오기를 기다려, 그리하여 설사 우리들이 하다 못해서 다시 그것을 손에 든 때라도 책은 결코 우리의 감정을 상하는 일을 하지 않고, 흡사 그것은 최초의 그날과 같이 친절히 말하여 준다.

책을 가지고 있고 그것을 읽는 이성을 가지고 있는 사람이면, 적어도 그런 사람이면 그는 결코 완전히 불행할 수는 없다. 이 지상에 있을 수 있는 가장 좋은 사교를 그가 갖는데, 왜 대체 그가 불행하여야 된단 말이냐?

　　　　　　　　　　　　　　　-파울 에른스트

오늘날에 있어서 우리들의 생활과 서책은 상호 불가리(不可離)의 깊은 관계를 맺고 있으니, 가정이면 가정마다 다소간 책을 가지고 있지 않는 집이라고는 없는 것이며, 애독하는 책 혹은 필요한 책들을 꽂은 고요한 서가가 실내의 일우(一隅)에 세간살이의 일부분으로서 반드시 놓여 있는 것을 우리는 발견할 수 있기 때문이다.

그리하여 모든 사람은 문자를 이해하고 있는 이상 독서가로서의 자격을 구비한다고 말할 수 있을 것이니, 사실상 우리들은 기회가 있을 때마다 독서 행동에 나아가고 있다. -아침에 일어나면 신문도 읽으며, 편지가 배달되면 편지도 보고, 새로이 잡지가 나오면 잡지도 뒤적이며, 그 위에 더 좀 여가가 있다면 단행본 같은 것도 읽는다. 다만 문제는 독서의 정도에 차이가 있을 따름이라 할 것이다. 즉 다시 말하면, 어느 정도로 우리가 서책을 이용하여 또 독서를 위하여 얼마만큼 시간을 할애하느냐 하는 점에 문제는 소재할 것이다.

남자도 학교를 졸업하고 사회인이 되면 책과는 절연하는 사람이 많다. 여자는 더욱이 결혼을 하고 가정주부가 되면 자녀양육이라는 뒤치다꺼리가 여간 이만저만하지 않으므로 사부득이(事不得己) 대개는 책과 담을 쌓게 된다. 그러나 이 자녀양육이라는 것만을 가지고 본다 하더라도 자녀교육의 중요성은 그 물질적인 일면에 있기보다는 그 정신적인 방향에 있는 것이다.

부인은 좋은 전통의 보호자라는 말을 우리는 가끔 듣는데, 이 말은 무슨 말인고 하면, 부인(婦人)은 대대로 물려오고 내려오는 전통과 유산과 습관과 풍속을 잘 받아들이고, 잘 간직해서 이를 후세에 전함에 있어 남자보다도 훨씬 중요한 위치에 있다는 것을 지적한 말이다.

조부모가 남겨놓은 헌 옷가지를 줄이고 꿰매서 손자들에게 입힐 뿐만이 아니라, 우리의 선조가 가지고 있는 문화적으로 기념할 만한 보물과 기구를 후대에 남겨주고, 모든 좋은 풍속과 행사와 노래와 이야기와 제식과 의식과 유희 같은 것을 후세에 인상 깊이 새겨줌으로써 그 모든 것이 새로운 형식으로 발전되고 성장되도록 만들어주어야 할 의무, 그러한 아름다운 의무를 부인들은 가지고 있다는 것을 두고 하는 말이다.

특히 우리 한국은 현재 건국 도상에 처하여 새로운 생활 원리, 새로운 자녀 교육의 이념을 가정에 세워야 할 중대한 시기에 있으므로 단순히 명랑, 평화한 가정을 위해서만이 아니요, 실로 건국을 위하여 모든 사람은 남녀를 불문하고 독서에 정신적인 극(戟)을 구해야 될 시기에 직면한 것이다.

적어도 책을 읽는 사람이면 책에 대한 선택을 한다. 어떤 일정한 목적을 가지고, 책을 참고하는 전문가, 독서가는 다시 말할 것이 없고 심지어 소학생, 중학생, 또는 독서에 있어서의 초보자들만 해도 자기가 읽을 수 있을 만한 책을 읽는다든가, 자기의 힘으로 살 수 있는 책, 또 자기 수중에 들어온 책을 읽는다는 점에서 보면 모든 독서자는 책에 대하여 일종의 선택법을 사실상 실행하고 있다고 볼 수 있을 것이다.

마치 우리가 백화점과 같은 곳에 들어가서 소용품을 살 때 이것을 살까, 저것을 살까, 하고 고르고, 생각하고, 추리고 하는 태도와 조금도 다를 것이 없으니, 문제는 어떤 물건을 택해서 사는 것이 자기에게 제일 적당하고 유리할까 하는 점에 있을까 한다. 다 같이 그만한 내용과 형식을 소유하고 있는 많은 상품 중에서 가장 나은 것을 실지로 사용하고 시험하여 보기 전에 추려내고 뽑아낸다는 것은 대단히 어려운 일이다. 책의 선택도 역시 이러한 행동과 조금도 다를 것이 없으니, 그 부문에 대해서 그 방면의 전문가가 아니고 보면 물론 확실한 표준을 세울 수 없는 것이다.

책의 가치는 간단히 말하면 책 속에 기록되지 않은 것은 아무 것도 없다는 점에 있으며, 그리하여 그때그때에 그 책을 펴기만 하면 우리들이 요구하고 있는 것은 무엇이든지 반응되어 나온다는 점에 있을 것이다. 그러나 책의 가치가 이와 같이 아무리 절대하다 해도 만일에 우리가 이것을 잘 선택해서 효과 있게 읽지 않는다면, 수백 권이라 하는 책이 그 가치를 잘 발휘할 수 없을 것은 두말할 것이 없다. 여기 독서의 의미와 책을 선택하여야만 되는 필요는 생겨나는 것이다.

원래 책은 읽혀지기 위해[1] 생긴 물건이므로 한 권의 책은 물론 수많은 독자를 가지고 있는 것이다. 우리들이 현재 가지고 있는 책은 그 책을 만든 저술가의 독립된 지식에서 생겨난 것은 결코 아니다. 이 세상이 시작된 이후로 책이라 하는 이 귀중한 상속품은 세대로부터 세대로 물려오고 상속되어 온 까닭으로 오늘날 우리들이 볼 수 있는 것 같은 인간

---

1) 원문에는 '읽키워지기 爲하여'.

지식의 총화, 총결산에 대한 귀중한 기록물로서의 도서는 우리 앞에 놓이게 된 것이다. 물론 독서는 많이 하면 할수록 좋은 것이겠으나, 훌륭한 책이 있음에도 불구하고 우리가 만일에 그보다도 못한 책을 읽는다면 정력과 시간의 손해는 여간 큰 것이 아니다.

학문의 길은 그 갈래가 무수하고 도서의 수효는 무진장하다. 이 세상에 있는 책의 수는 무려 삼십억 만 권이나 된다고 한다. 이처럼 책은 많은데 우리가 독서하는 시간을 충분히 못 가진 사실은 우리에게 절대적으로 책 선택의 필요를 느끼게 할 뿐 아니라, 모든 사람은 그 지식 정도가 다 다르고 그 취향과 기호까지 서로 다르므로 더욱이 책의 선택은 필요한 것이다.

일찍이 독일 문호 괴테는 "나는 독서하는 방법을 배우기 위해서 팔십년이라는 세월을 바쳤는데, 아직까지 그것을 잘 배웠다고는 말할 수 없다. 사람들은 가치 없는 책을 너무도 많이 읽는 경향이 있다. 그 결과는 시간만 공연히 허비할 뿐이고 아무 소득이 없다. 우리는 항상 경탄할 만한 가치가 있는 책을 읽어야 한다."고 말한 일이 있다.

여기 괴테가 경탄할 만한 가치가 있는 책이란 것은 영구히 오늘날까지 전해 내려온 고전을 말하는 것으로, 적어도 고전에 속하는 책이란 그 책을 저작한 사람이 그것을 쓸 적에 우리들을 위해서 살고, 우리들을 위해서 생각하고, 우리들을 위해서 느낀 진실한 서책을 말하는 것이다.

그러므로 책을 선택함에 있어서 가장 상식적이요 가장 확실한 표준은 될수록 세계적으로 유명한 인격과 그 인격에서 흘러나온 언행에 접근하는 방법일 것이다. 아직 유명하게 되지 않은 것, 아직 확실히 평가되지 않은 많은 책을 읽기 보다는 정평이 있고 사회의 선택을 여러 번 거친 고전을 읽는 것은 가장 틀림이 없는 책의 선택법일 뿐만 아니라, 실로 고전은 성서라든가, 논어, 맹자와 같은 오늘날까지 아니, 미래까지도 길이길이 그 생명을 지속할 수 있는 책을 말하는 것이므로 그 가치가 영구함은 물론이요, 그 가치가 확실한 만큼 그것은 만인의 흉리

(胸裡)에 감동을 일으키고 힘센 영향을 주는 것이다. 그러나 고전도 물론 많으므로 그것을 우리들이 전부 독파한다는 것은 불가능하다. 그러므로 고전 중에서도 엄밀한 선택법을 시행한 후에 고전의 고전을 읽는 것이 필요할 것이다.

그리하여 고전의 한 권을 정독하느니보다는 그 시간에 두 권, 세 권, 다독주의를 취하여 고전의 대강을 짐작하도록 하고, 그것을 대강 추려서 읽은 다음에 자기의 취향을 좇아서 매력 있는 책을 다시 선택하여 정독하도록 함이 좋을 것이다.

독서 행동은 물론 일종의 정신활동에 속하므로 정신을 전적으로 운전시키기 위하여서는 육체는 될수록 피로하지 않도록 완전한 이완상태(弛緩狀態)에 놓여야할 것이다.

여기 독서에 있어서의 자세의 문제, 묵독, 음독과 낭독의 장단(長短), 공과(功過) 등 독서술에 있어서의 여러 가지 문제가 있을 것이로되 그런 것은 다른 기회에 밀기로 한다.

(1937년 9월)

제야소감

한 해라는 것은 생각하면 '대단히 길기도 한 것이지만 퍽은 짧기도 한 것이다.' 라고 하는 것은 하루하루가 그 지난한 노역 때문에 상당히 긴 느낌을 주는 데 대해서, 한 해 한 해는 이 해 안에 이렇다 할 만한 일을 할 수 없었다는 가치의식 때문에 꽤 통렬한 허무감을 일으키게 하기 때문이다.

이 사이 물론 계절의 변화는 활발하여 꽃 피는 봄, 힘찬 여름, 서늘한 가을, 눈 오는 겨울─이것은 제각기 우리에게 항상 새로운 그 자신을 향락하도록 좋은 무대를 제공하는 것이었지만, 그러나 흔히 우리가 언제든지 가져야 하는 일정한 장소에서의 하루 자체의 내용은 판에 박은 듯이 동일하고 무취미한 것이니, 최소한도의 생활을 보장키 위해서는 아침부터 저녁까지 일을 하지 않으면 안 되는 것이다.

이것은 확실히 통탄할 일에 다름없다 하고, 나는 아침에 눈을 뜨면 의례히 한 번은 오늘은 꼭 이 불유쾌한 전통을 파괴하여 보자. 그래서 또 어제와 같이 잃어버려야할 이 하루를 오늘만은 완전히 얻어 보리라 결심하는 것이지만, 한 날을 획득하는 방법이 그다지도 강구키 어려운 까닭인지 일어나서 세수를 하고, 조반이라고 한 술 먹고, 옷을 입고, 대문을 나서면 기계적으로 어느덧 발길은 어제의 그 길을 걸어간다.

나는 또 한 번 우울한 마음으로 습관의 무서운 힘과 사람의 고식(姑息)한 심성에 대해서 잠깐 반성해 보는 것이지만, 그러나 이러한 반복되는 우울같이 반항력으로서, 극히 무력한 감정도 드물다는 사실만을 통감할 따름이다.

여하간 하루는 의미 없이 길지만 계절은 철없이 짧은 까닭으로, 결국은 얼쩡얼쩡하는 동안에 추위는 오고, 얼마 안 되는 보너스를 받고, 몇 차례의 망년회에 의식적으로 참석하게 된다. 그러면 이 해는 또 우리를 한없는 불만과 후회 속에 남기고 가 버리려 한다.

이래서 두말할 것이 없이 제야(除夜)는 일 년의 최후의 밤을 의미함에도 불구하고, 이 제야는 이상하게도 하고 많은 저녁 어느 날 저녁보다도 돌여(突如)히, 그리고 신속히 나타나서 우리를 여러 가지로 감동시킬 수 있는 성질을 가지고 있다.

그래서 물론 이 밤에 있어 받는 감동은 사람에 따라 동일하지 않지만, 가령 나 같은 사람이 받는 자극은 다행히 그다지 큰 것이 아니다. 나도 이왕에 희망이 남만큼 있고, 야심이 남만큼 컸을 때에는 이 제야에 나다운 후회에 매 맞고, 나다운 망상에 취하는 흥분은 결코 적다고 할 수 없을 정도의 것이러니, 이제 나는 일개 평범한 생활자로서 평범한 장래를 오직 계약하고 있는 사람에 불과한지라, 과급히 늙어가는 인생의 혜지(慧智)를 체득한 감이 있는지 알 수 없지만, 하는 것 없이 나이를 먹는 것에 대한 불평이 전에 비하면 거의 없다 해도 좋을 만큼 적어져서 제야에서 내가 받는 감동은 대단히 무신경한 말 같기도 하지만, 과연 일 년은 탈토(脫兎)와 같이 빠르기도 하다는 정도의 감개에 불과하다. 그러나 나는 무어라 해도 생활자로서, 다시 말하면 일가의 부지자(扶持者)로서의 나의 책임감을 이 제야에서 무엇보다도 통절히 느낀다는 것을 숨길 수는 없다.

제야와 가부권의 관계는 적어도 당사자에게 있어서 상당히 중대한 문제라고 나는 생각한다. 원래 우리 같은 사람에게는 일 년이라는 것이 어디서 시작되어서 어디서 그치든 별로 관심될 바 아니지만, 세상 사람들이 소위 제야를 목표로 삼고 일 년의 결말을 지우기 위해서 영영수수(營營遂遂)하는 것을 직접 목도하고, 그러한 분망한 생활이 전개되는 환경 속에 살게 되니까 자연히 이 생활의 일단락을 의미하는 동시에 경제적 암초를 의미하는 제야에 대해서 초연한 태도를 가질 수가 없게 된다.

생각하면 내가 살림이라고 벌린 지는 여러 해가 되지만, 나는 연말을 초경제적으로 수월하게 지낸 기억은 한 번도 없다. 옛날 사람의 하소연에 '지제

석 달차불면(至除夕達且不眠)'이란 것이 있다. 과연 무슨 까닭으로 그는 이 밤에 불면을 가지지 않을 수 없었는지 알 수 없지만, 나는 내가 가부권을 가지고 있는 유일한 이유로 이 밤을 전과 같은 안면(安眠)을 가지고 즐길 수 없는 것이다.

전부터 내려오는 것은 고사하고 일 년 동안에 모인 책무에 대해서 나는 주인으로서의 책임을 느끼고 권위 없는 나의 가부권은 이 밤에 지극한 동요를 맛보는 것이다. 이래서 이 밤에 내가 더욱이나 비탄하는 것은 이 가부권은 자격의 유무를 묻지 않고 우리가 사는 동안, 우리의 장중에서 탈락치 않는다는 것이다.

제일(除日)과 제야는 물론 일 년이라는 하나의 특이한 시간적 총체의 최후를 의미하는 까닭으로 그것은 조금 감회 깊달 것뿐이요, 그것인들 결국은 흘러가는 영원한 세월의 극히 적은 점에 불외(不外)하므로 많은 다른 밤과 같이 몇 시간만 참고 보면, 이것 역시 어디론지 흘러가고 만다.

이래서 우리는 일 년 동안 완성한 불행을 제야에

붙이고 새해의 새 날과 같이 또 한 개의 새로운 불행을 다듬어가기 시작하는 것인지만, 우리 같이 일년지계(一年之計)를 어느 점에서도 잘 세울 수 없는 자들에게 있어서는 확실히 제야의 감상은 가장 불유쾌한 것의 하나에 다름없다.

나 같은 사람은 근본이 넉넉하지 못한 까닭으로 사정상 어느 정도까지 청빈에 대해서 이해를 가지고 있고, 또 필요에 응해서는 청빈의 조금은 괴로우나, 그러나 그것의 간(簡)하고 미(美)함을 주장도 하지만, 내가 거느리고 있는 우부(愚婦)와 동솔(童率)은 청빈의 좋은 점을 이해할 경지에 달하기에는 너무나 속세의 호화를 숭상하여 보통 때에도 자주 합치(合致)하지 않는 의견은 연말이 되어 세모 기분(歲暮氣分)이 농후하여감에 따라 소위 '경품부 세모 대매출(景品附歲暮大賣出)'의 깃발은 상가의 찬바람에 날리고, 물건을 흥정하는 사람들의 발길이 이 사이에 더욱 바빠질 때 대대적으로 충돌한다. 사실 사람이 상품을 사는 기쁨은 상당히 큰 것임을 나는 부정치 않는다.

돈이 있으나 없으나 간에 추운 겨울을 나야 할 현실적 필요는 사람으로 하여금 주머니를 털어서까지 많은 필수품을 사게 한다.

그래서 우리는 누구든지 다른 사람이 무엇을 사는 것을 보면 우리도 자연히 사고 싶어지는 것이다. 이래서 사람이 물건을 잔뜩 산 뒤의 기분의 상쾌는 무어라 말할 수 없는 것이지만, 더욱이 연말에 있어서 경품의 유혹은 결코 적은 것이 아니다. 아이들과 부녀자는 무엇보다도 특히 경품이 가지고 있는 우연을 시험하려는 데 흥미를 가지고 있는 듯이 보인다.

일 년에 한번 몇십 원의 상품을 사게 함으로 의해서, 될수록이면 그들에게 좋은 경품을 찾아오게 하는 것처럼 쉽고도 유쾌할 일은 얼른 발견 될 수 없는 것이지만, 제야에 당해서 이러한 조그만 기쁨까지를 줄 수 없던 것을 생각하는 주인의 우울은 대단히 견디기 어려운 것이다.

이번 보너스는 이러한 기쁨을 위해서 하고 받기 전에는 생각도 하고, 또 할 수 없는 때는 약속도 하는 것이나, 자, 한 번 그것을 받고 보면 그렇게 예산

대로는 되지 않는다. 많은 사람에 있어서 보너스는 특별한 수입이 아닌 것이다. 우리는 이것을 생각하고는 일월이 시작되기가 무섭게 미리 조금씩 써버린 것이다. 그래서 돈이 얼마간 남는다 해도 마시는 사람에게는 사는 필요 보다는 마시는 필요는 더욱 긴급하다.

대강 이러한 이유에서 제야에 앉아 자기의 가부권을 통곡하는 사람도 그다지 적지는 않을 것이다. 그러나 이러한 가부권으로부터 우리가 완전히 해방만 될 수 있다면 제야는 확실히 오는 새해 때문에 한없이 명랑한 것이요, 또 한없이 즐거운 것이다. 여하간 모든 사람은 이 밤에 일 년 동안의 묵은 때를 씻어버리고 새날을 맞을 준비를 할 수 있는 것이 아니냐?

제야에 청준(淸樽)1)이 가득하여 겨울 뜨락에 횃불의 많음도 확실히 정취가 있지만, 나는 이 밤 시간을 인생의 방관자로서의 가리(街里)의 산보에 보냄을 무엇보다도 사랑하는 자이다. 이 밤을 한도로 하

---

1) 맑은 술.

고 이해의 모든 활동이 결산되는 거리거리, 사람이 가고 오고, 차마가 질주하는 가장 분잡한 이 거리거리 속에는 이제 일 년의 성과가 가장 진중하게 고량(考量)되고 있는 것이다.

이 밤이 몇 시간 안에 지나가기만하면, 모든 사람 위에 많건 적건 그 사람만이 가질 수 있는 변화가 나타난다는 것은 얼마나 재미있는 일인가! 나는 지나가는 사람의 얼굴을 마치 시험장에서 나오는 수험생의 얼굴을 보듯이 흥미 있게 보면서 잠깐 그 사람의 표정에 의해서 일 년의 감상을 찾아내려 한다.

사람이 희망에서 산다는 것이 참말이라면, 우리는 무엇보다도 많이 설을 칭송해야할 것은 물론이지만, 집집마다 이 밤을 새우고 설 준비에 바쁜 모양을 엿보는 감격은 항상 우리를 새롭게 한다. 이 밤에 물론 모든 주장(酒場)과 과학은 만원이요, 특히 이 밤에 그런 곳에서 흘러오는 웃음소리란 사람을 실없이 감동시키는 것이다.

(1937년 12월 『조광』)

주찬(酒讚)

프리드리히 헤벨[1]은 그의 희곡『헤로데스와 마리
안네』 속에서 헤로데스로 하여금 "그는 명정(酩
酊)[2]해가지고 그래서는 술을 예찬한다. 그것은 실
로 그가 이취(泥醉)한 한 개의 증거가 아니냐?"고
말하게 한다. 과연 옳은 말일지도 모른다. 이것이
만일 옳은 말이라면 우리들 주도(酒徒)에 대하여 이
말보다 더 신랄한 비평은 없으리라고 생각한다.

내가 여기 주찬(酒讚)을 두어 자 적으려는 초두에
있어서 이 말이 맨 처음 머리에 떠오르는 이유도 실

---

1) 프리드리히 헤벨(Christian Friedrich Hebbel, 1813~1863). 독일의 극작
   가. 19세기 독일 사실주의의 완성자로 평가.
2) 정신 차리지 못할 정도로 술에 취함.

로 거기 있는 것이거니와, 그러나 다시 한 번 돌이켜 생각해보면 술은 사람을 취하게 하고 변하게 하는 곳에 그 의의가 있는 것이요, 술이 만일에 사람으로부터 빼앗는 것이 없는 동시에 또는 보태는 것도 없을 진대, 즉 술을 마신 사람에게 취한 증거가 보이지 않을진대, 그때 벌써 술은 술이 아니요, 물 이상의 아무 것도 아닐 것이다.

사실상 우리들 주도는 술잔을 들면 서로 주량의 큼을 자랑하는 것이나 아무리 마셔도 맨숭맨숭한 사람같이 재미없고 싱거운 주중풍경(酒中風景)도 없는 것이며, 그러므로 술을 못하는 사람이 술의 1-2 배(杯)에 완전히 적화(赤化)하는 것을 보는 것같이 유쾌한 일도 없다.

보통 세상의 엄격한 신사숙녀들은 술의 피치 못할 한 작용으로 사람에 따라서는 그릇되게 나타날 수도 있는 주정이란 결과만을 보고 술의 전부를 평가하여 술을 죄악시하고 해독시하는 것이지만, 우리들 주도의 눈으로 보건대, 이같이 천박한 견해는 그들이 전연히 술의 술 되는 진리의 심오에 미도(味

到)해 본 일이 없는 필연의 결과에 불외하다.

결국 주도(酒道)란 것도 모든 종류의 수양(收養)과 같이 신고(辛苦)와 간난(艱難)에 찬 인간 수도(人間修道)의 하나이니, 우리는 술을 이해하지 못하는 사람에게 술의 한두 잔을 권함으로써 술이 어떤 것임을 단순히 설명할 수는 없는 일이다.

헤벨은 또 그의 희곡 『유디트』 속에서 홀로페르네스로 하여금 유디트에게 "술을 마셔라, 유디트여! 술 속에는 우리에게 없는 모든 것이 들어있다."고 말하게 하고 유디트의 입을 빌어서는 "그래요, 술 속에는 용기가 들어있어요, 용기가!" 하고 대답하게 한다.

술 한두 잔이 우리에게 용기를 가져오고 온도를 가져오고, 관용을 가져온다는 것은 너무나 상식적이요, 너무나 저명한 사실이라 다시 말할 필요도 없거니와, 우리들 주도(酒徒)에 있어서는 술이 서서히 우리의 심신에 가져오는 작용은 한없이 미묘한 것이요, 말할 수 없이 복잡한 자요, 비할 수 없이 영감적(靈感的)인 물건이어서 음주의 권외(圈外)에 선 자에게는 영원히 봉쇄(封鎖)된 세계가 주배(酒杯)의 응수(應酬)가 거듭됨을 따라 주도 앞에서는 전개되는 것이다. 요컨대 모든 종류의 주찬(酒讚)은 주도(酒徒)에게만 이해될 수 있는 말이요, 그렇지 않은 사람에게 대해서는 이와 같이 의미 없는 말은 없다.

그러므로 술이란 가히 마실 가치가 있는 물건이냐, 아니냐 하는 것을 우리는 여기 고증하고 싶지는 않다. 그러나 이러한 주찬을 널리 일반에게 주장하지 않음이 우리의 자랑할 도덕이 됨은 물론이다. 취한다는 주후(酒後)의 사실이 나쁘기 때문이 아니다. 술에 대한 우리의 절대한 찬미가 흔히 명정(酩酊)의 결과로서 해석됨을 불쾌히 생각하기 때문이요, 또한 우리의 술에 대한 관계는 그것의 가치를 향상시키기에 급급할 만큼 천박하지도 않기 때문이다.

이제 모든 자를 바커스의 제단 앞에 세우기는 어렵다. 오직 마시는 자로 하여금 그 쾌활한 행렬 속에 참가하게 하면 그만일 따름이니, 물은 우리를 현명하게 만들고, 술은 우리를 즐겁게 만든다. 주도는 오직 단순히 이 양자를 겸하기 위하여 물과 술을 병음(倂飲)하는 것이다. 물맛을 참으로 알 자 과연 뉘뇨. 이해할 만한 현명은 우리들의 주갈(酒渴) 이외에는 다시없다. 우리는 술에 즐겁게 취하고 물로 너그러이 깨는 것이니 말하자면 만사를 감적(酣適)에 붙여 용기를 유수에 씻음이다.

여하간 술이 한잔 뱃속을 축이면 어인 까닭인지 우리는 즐거워진다. 술의 이명(異名)을 소수추(掃愁箒)[3]라 함은 실로 지당한 명명(命名)이니 독일어에도 '조르겐프레허'라 하여 그 뜻이 근심을 쓸어내는 빗자루에 완전히 부합된다. 한잔을 마신 우리는 근심을 잊고 속취(俗臭)[4]를 벗고 도연한 시경(詩境)[5]에 있게 되는 것이니, 그 작용은 흡사 포도나무가 억센 뿌리로서 수척(瘦瘠)한 땅을 극복하고 장래를 약속하는 무성한 넝쿨이 소모(素漠)한 황야를 푸르게 물들이는 그것과 다를 것이 없다.

이리하여 우리가 이 각박한 현실의 한없는 우고

---

3) 시름을 쓸어버리는 빗자루.
4) 비속한 냄새.
5) 시의 경지.

(憂苦)와 불여의(不如意) 속에 살되, 항상 언제든지 모든 속박을 탈각할 수 있는 것은 전혀 이것이 모두 술의 위대한 은택이거니와, 우울의 안개가 자욱한 이 세상에서 술이 있다는 것을 생각만 해도 우리의 가슴은 벌써 가벼워짐에 하등의 불가사의는 없다. 우리를 기다리고 있는 저녁상의 반주(飯酒), 그것이 가져올 위안을 생각하기 때문에 흔히 많은 사람의 하루의 긴 노동은 보다 쉽게 수행되는 것이 아닌가?

술의 공덕은 실로 지궁지대(至窮至大)하여 우리는 이를 슬퍼 마시며, 기뻐 마시며, 분하다 하여 마시며, 봄날이 화창하다하여 마시며, 여름날이 덥다 하여 마시며, 겨울날이 춥다 하여 마신다. 이것은 결국 술이 우리를 모든 경우에서 건져주고, 북돋아주고, 조절하여 주는 이상한 힘을 가지고 있기 때문이요, 공연히 갈증도 없는데 물을 마시 듯이는 우리는 술을 아니 마시는 것이니, 우리가 만일 사람을 사람 자신으로부터 해방하는 저 고귀한 감흥과 거대한 감정에 대하여 말하려하고 배가(倍加)하는 희열과 운산(雲散)하는 고민, 시의 발화와 사상의 점화, 행복의 절정과 종교적 계시, 이 모든 것에 대하여 말하려할진대 우리는 적어도 술을 이곳에 아니 가져오고서는 말할 수 없다. 제군은 일찍이 아나크레온의 영원히 경쾌한 찬가를 읽은 일이 있으며, 유리피데스의 유명한 『바카나리엔』을 읽은 일이 있는가?

페르시아의 오마르 카이얌⁶⁾의 『르바이야트』 일편(一篇)은 그 한 자 한 자가 실로 방순(芳醇)한 미주(美酒)의 최선의 결과 밑에 된 것이라 아니할 수 없다. 그리스의 서정시인 알케우스에 의하면 술은 사람의 거울이라 한다. 그리하여 그의 많은 시는 술잔 밑에는 진리의 여신이 살고 있는 것을 노래하고 있다.

일찍이 미국에 금주법이 시행되었을 때, 미국의 모 시인은 알케우스의 시에 대(對)를 맞춰 "물그릇 밑에는 기만(欺瞞)의 여신이 앉아 있다."는 시를 지은 일이 있다. 알케우스의 시까지 들춰 말할 것도 없이 세상이 다 아는 '인 비노 베리타스(酒中 眞理)'

---

6) 오마르 하이얌(Omar Khayyam, 1040~1123). 페르시아의 시인이자 수학자. 시집 『루바이야트』는 피츠제럴드가 영어로 번역한 후 유명해짐.

란 한마디(一語)로써 저간의 소식은 요연(瞭然)하거니와, 사실 술을 마신 사람에게 가면은 없고 위선은 없다.

자기도 알 수 없는 자기, 그러나 더러는 만나보고자 하는 자기를 술의 힘을 빌어 비로소 만나보게 된 우리는 술 가운데 처음 자기의 생활과 세계의 완전을 보는 것이다. 속세가 운전되는 모양은 그 허식(虛飾), 그 조잡, 그 가혹(苛酷)으로 하여 감히 정시(正視)하기에 어려우니 우리는 호호탕탕(浩浩蕩蕩)연(然)히 술 속에서 제2의 진리를 구하여[7] 호연(浩然)의 기우(氣宇)를 기르는 것이다.

술의 이명(異名)은 달리 조시광(釣詩鉱)라고도 하니 영웅호걸과 시인 묵객들이 자고로 술을 좋아한 것은 누구나 다 아는 사실이다. 압생트를 마신 알프레드 드 뮈세는 그 자신이 쓰는 것같이 글을 쓰지 않았던 것이며, T. A. 호프만은 도연(陶然)한 가운데서 비로소 예술을 위하여 자기의 참된 마음을 발

---

7) 원문에는 '求하야 써'.

견할 수 있었던 것이다.

어찌 이들 시인들뿐이리오, 모든 사람이 다 일배 일배 부일배(一杯一杯 復一杯)에 이미 나는 내가 아니요, 너는 네가 아닌 지묘(至妙)한 상태에 복귀하는 것이다. 한 잔 마시면 우리의 얼굴이 장미로 화할 뿐이 아니다. 만천하가 이제 하나의 불그레한 화단이다. 문득 우리의 머리에 철학적 쾌활은 온다, 그리하여 우리는 우리의 모든 성질, 모든 생활이 한 개의 가탁(假託)8) 이외의 아무 것도 아니었음을 깨닫는 것이다.

우리의 사랑하는 것만이 아니라 우리의 용서치 못할 적(敵)까지를 우리는 우리의 정에 끓는 가슴에 두지9) 않으려 한다. "만일에 어느 때인가 한 사람의 참으로 철학적인 의사가 이 세상에 나타난다면" 하고 일찍이 시인 보들레르는 부르짖은 일이 있다, "그렇다면 그 때 그는 술에 대한 위대한 저술을 할 수 있을 것이다. 그것은 술과 사람 양자의 협동에서

---

8) 어떤 사물을 빌려 감정, 사상을 나타내는 일.
9) 원문에는 '궂이'.

빚어지는 일종의 이중심리에 대한 연구다. 그래서 그는 이 음료가 무엇 때문에 사람의 사상과 인격이 이같이도 앙양(昂揚)시킬 수 있는 능력을 지니고 있는가 하는 것을 분석할 것이다."

(1937년 『조광』)

인생은 아름다운가?

  인생은 그다지도 아름다운가?

  우리가 학교를 다닐 때라든가, 또는 학교를 졸업할 임시라든가, 엄밀한 의미에서 인생을 시작하기 전, 말하자면 우리가 아직 인생의 문전에 서 있을 적으로 말하면, 이 인생은 말할 수 없이 아름다운 것이라고 우리는 생각하기가 쉽다.

  우리의 주위에는 우리가 아직 맛보지 못했으나 필경은 장차로 얼마든지 경험할 수 있을 터인 풍만하고 거대하고 복잡하고 다채한 현실생활이 오직 제멋대로 복작거리고 있을 뿐이요, 청년학도로서의 우리는 이러한 요량할 수 없는 객관의 일대 현실에 대해서 오직 하나의 장엄한 가능의 세계만을 상정하기 때문이다.

　이래서 직접 우리들 손으로 그 어떤 부분도 분석된 일이 없고, 어떤 구석과도 우리 자신이 충돌된 일이 없는 이 세계는 세계 자체로서 얼마나 아름다운지 알 수 없으며, 멀고 먼 나라와 그 땅에 사는 모든 족속들, 이 모든 것은 그대로 또한 얼마나 아름다운지 알 수 없는 것이다. 그래서 이러한 현실의 세계를 가능의 세계로 가정하고 있는 우리가 여기서 흔히 생각하기 쉬운 것은, 가령 저 한없이 큰 부귀와 공명이요, 한없이 달콤한 연애요, 향락이요, 행복 이외의 아무 것도 아니다. 우리가 마음속에서 그리고 바라는 바와 같이 실제에 있어서 이 중의 단 한 가지 원망일지라도 만일에 실현될 수 있다면야 물론 우리 인생은 진실로 아름다운 것일지도 알 수 없다.

　그러나 우리가 한 번 인생의 문턱을 넘어서게 되면 불행히도 흔히 이 모든 아름다운 원망은 실로 헛된 것이요, 어리석은 것임을 드디어 깨닫고야 말게 되는 것이니, 왜냐하면 첫째로 우리는 졸업장을 굳이 두 손에 쥐었으므로 학교를 졸업했다 할 수 있을지 모르지만, 사실은 어떤가 하면 우리 사회에서야말로 엄혹(嚴酷)한 교육이 시작되는 것을 간과할 수 없기 때문이다.

항상 언제든지 우리의 몸으로 극복해야 할 새로운 교재는 우리의 목전을 떠나지 않는 것이며, 항상 언제든지 저 증오할 의무는 우리를 시달리게 하는 것이며, 항상 언제든지 해결될 수 없는 곤란한 문제는 우리의 두통거리가 되는 것이며, 이 위에 또한 억울하기 짝이 없는 것은 뭐니 뭐니 해도 저 얼토당토않은 많은 형벌이 아니면 안 된다.

그래서 우리의 모든 안강(安康)1)과 진전과 성공이 조금도 이해할 수 없는 속진(俗塵)의 세평(世評)과 긴밀히 연결되어 있음을 경험하게 될 때, 또는 아무 통고도 없이, 그러므로 아무 준비도 없는데 혹은 가까운 날에 혹은 먼 뒷날에 졸지에 괴이한 시련이 우리를 위협할 때, 우리는 우리가 학교를 다니던 때

---

1) 평안하고 건강하다.

그렇게도 몸서리를 내던 기하(幾何), 대수(代數)의 제 문제와 화학방정식을 이것과 비교해서 생각할 여유조차 없는 것이니, 이러한 때에 우리들이 오직 생각할 수 있는 것은 저 친절한 교사의 얼굴이 아니요, 그것은 우리의 궁극을 건져주는 최후의 방법-자살의 위안이다.

그뿐만이 아니다. 둘째로 현실생활은 현재의 우리를 중심으로 삼고, 우리의 주위에서 영위되는 것은 아니다. 그것은 항상 언제든지 우리들 곁에서, 그렇지 않으면 미래 혹은 과거 속에서 영위되는 것이니, 많은 경우에 있어서 그러므로 우리는 내일은 꼭 그렇게 되겠지 하고 믿는 것이며, 어제는 참 재미있었다 하고 우리는 지난 일인 연고로 그 방향(芳香)을 잊을 수 없는 것이다.

그래서 우리 인생은 마치 축제일을 위하여 준비해둔, 혹은 그것이 끝났으므로 거두어버린 성찬의 상과도 같다 할 수 있으니, 어떻게 되었든 우리가 젓가락을 댈 수 없음은 매양 일반이요, 또는 그 방순한 향기에 머리가 아찔하고 창자가 울되 결코 마실 수는 없는 술과도 같다할 수 있으니, 한번인들 배를 불릴 수 없고, 한번인들 취해볼 수 없음이 인생의 진실한 자태인 것은 얼마나 섭섭한 일인가! 간혹 우리는 물론 이 맛볼 수 없는 이 성찬, 마실 수 없는 이 방주(芳酒)를 입술에 대고 있는 사람이 있는 것을 보기는 하지만, 결코 일찍이 한 번도 우리는 우리 자신의 입안에 그것을 넣어 보지는 못한 것이다.

비단 그뿐이랴! 셋째로 그러나 인생의 은총이 우리에게 대하여 후(厚)할 때, 우리가 바라는 원망이 충족되던 일이 물론 없지 않다. 그러나 그때 우리의 원망은 하나는 둘로, 둘은 셋으로 하나씩 서서히 충족되는 일이란 극히 희귀하고, 모든 원망은 실로 일제사격적(一齊射擊的)으로 몰려서 충족되는데, 반드시 그것은 불길한 시간을 택하여 오며, 반드시 그것은 염기할 반수현상(伴隨現想)2) 밑에 채워지는 것이다.

이리하여 인생이란 결국 모든 수형을 지불하기는 하되, 기한을 지키지 않는 책무자라 할밖에 없다.

---

2) 윗사람이 가는 곳을 짝이 되어 따르는 것.

그래서 인생은 우리에게 우리의 소원을 풀어주되 마치 우리가 진심으로 기다리는 애인을 우리의 외출한 순간에 오게 하는 그러한 방법을 가지고 풀어주며, 혹은 그때 우리의 애인은 복면을 하고 와서 우리가 그이를 식별해보기 전에 가버리게 하는 그러한 방법을 가지고 풀어주는 것이다.

실로 사랑은 우리가 집도 절도 가지지 못할 때 흔히 오며, 재화는 지악(至惡)한 사회에만 몰리고, 영예는 사후에야 비로소 우리를 찾는다. 이리하여 인생은 흔히 우리가 생각하고 있는 것같이 되는 듯 보이면서도, 사실 그 결말에 당하고 보면 전연 다른 괴물이 우리를 놀라게 하는 요술사 이외의 아무것도 아닌 것이다. 그러나 그럼에도 불구하고 우리는 인생을 아름답다고 한다.

우리는 우리가 존재하는 것의 참된 의미를 고량(考量)[3]함이 없이 무조건하고 맹목적으로 이 인생은 아름다운 것이라고 한다. 진실로 어리석은 찬탄

---

3) 생각하여 헤아림.

이다. 물론 우리가 영원히 온순한 인종(忍從)의 정신을 가지고 인생 그것에 순종하여 그의 각박한 의지에 자기의 몸을 맡길 때, 즉 다시 말하면 우리가 인생 그것으로부터 조금인들 받음이 없음에도 불구하고 인상을 열렬히 사랑할 때, 인생이 아름다운 것은 정(定)한 이치이기 때문이다. 그러나 비단 인생뿐이랴! 우리가 그것을 사랑할 때, 대체 이 세상에 아름답지 않은 무엇이 있는가? 심지어 개 대가릴지라도 사랑에 심혼(心魂)을 빼앗긴 자의 눈에는 숭고한 천사로 보일 것은 물론이기 때문이다.

그러나 여기서 우리가 사랑 그것이 이미 인생 생활-강화되고 집중된 인생 생활 이외의 아무 것도 아니라는 사실을 한번 생각해 본다면, 무조건하고 인생을 사랑하는 자는 실로 자기의 맹목을 천하에 증명하는 자임을 우리는 용이하게 추측할 수가 있는 것이니, 특히 우리들 불우한 생활자에 있어서는 인생은 결코 아름다운 것이 아니다. 여하한 체관(諦觀)4)의 철학을 여기 가지고 오고, 여하한 신앙의 종교를 이곳에 가지고 와도 아름답지 않은 인생을 아름답다 할 수는 없는 일이니, 우리의 모든 비극은 이곳에서 시작되고 이곳에서 종결된다.

과연 그렇다면 우리는 이 영원의 비극을 가지고 장차 어떻게 하려는 것이며 또 어디로 가려는 것인가? 알지 못하는 힘인 동시에 알 수 없는 힘이여! 우리는 진실로 어디서 '사는 힘'을 얻고 있는 것인고? 이와 같이 원래 아름답지 못한 인생을 아름답게 삶에는 '사는 힘' 이외에 가지가지의 생활기교가 필요하니, 가로되 쾌활, 달관, 양식(良識), 양지(良智), 교양, 현명, 정애(情愛), 건전, 향락 등은 각기 한 개 한 개의 그에 속할 좋은 요소라 할까. 실로 사람이 사람답게 되자면, 즉 영롱한 인간이 되자면, 많은 인생 공부가 필요한 것이다.

(1938년 1월 『삼천리 문학』)

---

4) 사물의 본체를 충분히 꿰뚫어 봄. 또는 사물을 상세히 살펴봄.

여성미에 대하여

   우리들이 어떤 여성을 불러서 미인이라고 할 때는 무엇보다도 밖으로 나타나 있는 외모가 아름다운 것을 표준으로 삼고 말하는 것이 보통인가 봅니다.

   우리가 적어도 미인에 대해서 무엇이라고 말하는 이상, 그가 타고난 선천적인 태도의 아름다움은 확실히 무엇보다도 힘센 미인의 조건이 된다고 생각할 수 있습니다. 첫눈에 보아서 그 육체가 아름다운 여성, 그같이 우리들의 마음을 얼른 이끌어가는 사람은 없습니다. 그러나 아름다운 외모를 가진 여자가 항상 언제든지 행복하며, 항상 언제든지 그 마음씨까지 고운가 하면 절대로 그렇지는 않습니다. 육체적으로 아름다운 여자는 육체적으로 아름다운 까닭으로 많은 이익을 가지기도 하겠지만, 육체적으로 아름다운 까닭으로 또한 많은 죄악과 많은 번민을 가질 수도 있는 것입니다.

저 타기(唾棄)할 자부심이랄지 허영심 같은 것은 거의 모든 종류의 미인의 속성이 되어 있다시피 한 나쁜 성질이 아닙니까? 어찌 그 뿐이리요. 만일에 육체미의 소유자가 하나의 좋은 양심을 가지고 있다면, 그는 자기의 미모가 다른 사람들에게 부러워하는 마음을 품게 하고, 남자들의 마음을 공연히 어지럽게 만들며, 자기의 정신미가 값없는 육체미 때문에 흔히 한각(閑却)되는 것에 적지 않은 고적을 느끼게 될 것은 정한 이치입니다.

생각해 보십시오, 설사 아름다운 육체라 할지라도 그 육체 속에 만일 밉고 고약하고 어리석은 정신이 들어 앉아 있다면 우리는 그 여자를 불러서 가히 미인이라고 할 수 있을까요?

슬픈 일이지만, 사실 이 세상에는 마음은 나쁘고 육체는 훌륭한 이런 종류의 미인만이 미인의 표본으로서 통용되고 있을 뿐입니다. 그런 까닭으로 이런 점에 대해서 우리가 한번 깊이 돌려서 생각해보면, 이제까지의 우리의 미인에 대한 인식이 얼마나 그릇된 것이었던가 하는 사실을 이해할 수 있을 것이요, 또 여기서 우리는 이제는 벌써 한 여성이 사랑을 받고 행복을 누릴 수 있기 때문에 그 여성은 반드시 육체적으로 아름다워야 할 이유도 필요도 없다는 사실을 이해할 수 있을 것입니다.

물론 대부분의 남자들은 외양이 아름다운 여자를 좋아하기도 하고, 또 그런 종류의 미인에게 반하기가 쉽습니다. 그런데 무릇 이 반한다는 것이 첫째 문제입니다. 왜 그러냐 하면, 이 미모에 얼른 반했다는 것이 반드시 길고 오랜 사랑과 고요하고 참된 행복을 약속해 주는 것은 아니요, 차라리 그것은 반대로 한때의 도취, 지나가는 경련(痙攣)의 필연한 결과로서, 그것은 흔히 불행한 발병과 파탄을 불러내고야 말기 때문입니다. 그래서 이런 경우에 있을 수 있는 행복이란 처음부터 두 사람 사이에 연애의 신성한 씨가 박혀 있어서 그것을 점점 크게 북돋을 수 있을 때에 한해서만 생길 수 있는 것입니다.

세상 사람들이 한 여성을 불러 아름답다 할 때, 그 여성의 어느 곳을 보고 아름답다 하는 것일까요? 또 대체 미(美)라는 것은 무엇이며 또 그것은 어디서 시작되는 것일까요?

　　이것을 간단하게 대답하기는 진실로 어려운 일이올시다만, 여기 대해서 저는 모든 여성은 아름답고 또 얼마든지 아름다워질 수 있다는 엄청난 주장을 가지고 이 물음에 대답하고 싶습니다.

　　모든 여성이 아름답기도 하고 또 아름다워질 수도 있다는 것은, 물론 모든 여성 속에는 그들도 알지 못하는 미가 신비로운 힘으로서 또는 숨겨진 소질로서 깨우쳐지기를 바라면서 고요히 잠자고 있는 사실을 저는 알고 있기 때문입니다. '미'라는 것이 언제든지 발전될 수 있고, 번영할 수 있고, 완전무결한 것으로서 우리 앞에 나타날 수 있다는 것은 한 개의 편견에 불과합니다. 그와는 반대로 '미'는 왔다가는 사라지고, 성했다가는 쇠해지는 미묘지궁(微妙之窮)한 물건입니다. 그러기에 가장 아름다운 여자도 추악한 순간을 가지는 것입니다. 그래서 또한

'미'라는 것이 결국 똑바른 선과 고운 피부에서 온다는 설은 편견입니다.

그와는 반대로 미는 모든 것에 활기를 주는 영혼, 그것에서 피어오르는 것입니다. 쉽게 말하자면 산 표정, 그것이 미의 근원이요, 이 뱃속에서 피어나는 내적 미(內的美)야말로 사람의 번듯한 외모를 비로소 참된 아름다움으로 만들 수 있게 하는 원동력인 것입니다. 그래서 이 정신 미는 고운 얼굴을 진실로 곱게 해줄 뿐 아니라, 그것은 번듯하지 못한 외모까지를 아름답게 다듬어주고, 변하게 해주고, 비추어주는 것입니다.

사람은 제가끔 다들 제 얼굴과 제 육신을 타고 났습니다. 그러나 우리는 그것을 타고 날 때, 다시 손을 댈 수 없는 최후로 결정된 형체로서 얼굴과 육신을 타고 나온 것은 결코 아닙니다. 우리는 우리가 선천적으로 부모에게 타고 나온 신체를 단순히 출발점으로 삼고, 그것을 우리는 우리의 정신적 노력에 맡김으로써 조각적으로 다듬어 올려가고, 지어 올려가고 있는 것입니다.

모든 사람은 그들의 육체 속에 정신이라는 것을

가지고 있고, 이 정신이라는 것이 그들의 육체 속에 계속되고 있는 한에 있어서 정신은 그들의 육체를 간단없이 형성해 가는 것이 아니면 안 됩니다. 그래서 사실상 그 사람의 내부생활, 그 사람의 정신생활 여하는 반드시 직접으로 그의 얼굴과 그의 육신에 나타나는 것입니다.

"속에 있는 것은 밖에 나타난다."는 것은 괴테의 유명한 말입니다. 정신적 추악은 가장 아름다운 얼굴일지라도 미련 없이 찌그러트리는[1] 것이요, 정신적 미는 가장 보기 싫은 얼굴까지도 그런 얼굴을 벌써 알아보지 못할 만큼 고상하게 하고 빛나게 만들어 줍니다.

내적조화(內的調和), 선량, 품위, 굳센 의지, 풍부한 사상, 감정, 자비의 마음, 쾌활한 정신-이 모든 것이 만일에 그의 눈에서 빛나고, 그의 얼굴에 떠돌고, 그의 행동을 지배할 때 누가 과연 이때 그의 수학적으로 균제(均齊)를 잃은 선과 불완전한 혈색과

---

1) 원문에는 '매련없이 찌그러트리우는'.

외모의 결함을 의식할 수 있을까요?

　이때 정신은 육체를 지배하고 아름다운 영혼은 외부적으로는 아름답지 못한 육체 속에서 말하기 시작하며, 그래서 그의 고운 마음은 그의 육체에 아름답지 못한 것을 아름답게 만드는 저 활발한 표정까지 주는 것입니다.

(1938년 1월 『조선일보』)

나의 피서 안 가는 변

각기 자유대로 피서를 갈 양반은 감이 좋을 것이요, 갈 형편이 아닌 사람은 안 가면 그뿐이지 구태여 '피서 안가는 변'을 농할 이유는 조금도 없을 성한데, 이런 제목을 받고 보니 뭐라고 대답해야 할지 약간 어리벙벙하다. 물론 가난한 것을 창피하게 여기고 있는 사람에게는 여름철에 피서객의 한 사람이 못 되는 것이 치욕이 되는 경우가 없지 않을 것이다. 그렇다고 해서 화사한 피서객의 무리 속에 참여함이 반드시 명예될 거야 또한 무엇이랴?

돈이 없어서 피서를 안 간다고 나는 말하고 싶지는 않다. 단순히 피서 갈 이유가 보이지 않는 까닭으로 피서를 계획하지 않을 뿐이다. 왜 그러냐 하면 피서가 필연적으로 결행되지 않을 수 없으리만큼 만일에 이곳의 여름이 견디기 어렵다면야 일종의 생활적 정당방위로써 여비쯤이야 어떻게든지 염출(捻出)[1]될 수 있기 때문이다. 여하간 요사이 무슨 이유에서인지 여름은 사람들로 하여금 정히 군중여행의 시대를 현출시키고 있는 모양 같으나, 적어도 나만은 이 유행에 아무 흥미도, 아무 매력도 느낄 수 없다.

척서훈(滌署訓)[2] 제1조에 가로되 여름에는 무엇보다도 몸을 움직임을 피하라 하였으니, 땀을 물로 씻은 후에 냉방에 누워 혁혁히 빛나는 해 밑에 간혹 오수(午睡)[3]의 고요한 은택에 욕(浴)할 수 있음을 나는 이 계절이 모든 사람에게 주고 있는 행복한 풍경이라 생각하는 자이다. 그곳이 조금 시원하다는 이유로 먼 길을 더운데 내왕하는 수고를 간과하는 어리석음에 우리가 한 번 상도(想到)[4]하면, 사실 피서 여행은 너무나 소비적인 행위라 볼 수밖에 없으

---

1) 필요한 비용 따위를 어렵게 걷거나 모음.
2) 더울 때에 몸을 시원하게 하는 방법.
3) 낮잠.
4) 생각이 어떤 곳에 미침.

니 확실히 피서지대의 거의 황량에 가까운 바람은 여름 인생이 면할 수 없는 열과 피부의 맹렬한 격투를 완전히 제거 하여는 주나, 협착한 고원지대의 너무도 소조(蕭條)한 공기와 해수욕 후의 피부의 감촉은 여름다운 양미(凉味)로서 결코 유쾌한 것이 아니다.

여러분은 가령 냉방 장치 속에 몸을 두어본 일이 있는가. 그 안에 한 발을 들여놓기가 무섭게 흐르던 땀은 체내로 흡수되고 일순에 신체의 조직은 변해지는 것 같고 우리는 마치 만추의 밤 속에 있는 듯한 상태를 정(呈)하는데, 그 속에 있을 적에 시원한 것만은 버릴 수 없어도 언제까지든지 그 안에 있을 수도 없는 일이라, 한 번 외계로 발을 내놓으면 그 때 우리는 고통 때문에 잠시 아연치 않을 수 없는 것이다. 이것은 말하자면 잠깐 동안의 부자연한 납량에 의해서 우리가 더위에 대한 적응성을 잃어버린 것이겠는데, 일찍이 경험할 수 없었던 초열지옥(焦熱地獄)의 출현에 우리는 우리의 경박한 납량을 다시금 후회하는 것이 상사(常事)지만, 피서 역시 이와 조금도 다를 것은 없다.

그러므로 우리는 뭐라 해도 자연스럽게 성(盛)한 여름과 강한 생활 속에서 더위에 대한 저항력을 기름으로써 더위를 완곡히 피하는 방법을 택하는 것이 제일이니, 그뿐만이 아니라 여름의 여름다운 생활미가 역시 우리가 초열지옥 그 속에 앉아, 혹은 천래(天來)의 일진양풍(一陣凉風)에 접하며, 혹은 여름의 풍부한 과실을 깎으며, 혹은 찬 얼음덩이를 깨물며, 혹은 시원한 나무 그늘을 찾는 그 속에 있기 때문이다. 우리가 참으로 생활 그것을 사랑한다면 여름의 풍부한 생활미를 버리고 좁고 심심한 피서지에서 순전히 무색채한 양미(凉味)만을 구할 리는 없을 것이다.

종종 나는 거리의 욕장(浴場)에 땀을 씻으러 갈 때마다 피서객들의 답답한 사정을 이곳에서 짐작하고 쓸데없는 동정을 하는 일이 있다. 왜냐하면 나는 욕장에 들어서기만 하면 속이 답답해서 넓은 천지가 그리워 뛰어나가고 싶어 못 견디는 버릇을 가지고 있기 때문이다.

밤의 서늘함을 이용해서 도회의 밤을 휘적거리면

사실 도회의 여름밤 같이 유혹적인 시간은 드문 것이니, 나는 이 풍경을 피서객들에게 그려 보내주고 싶다. 창문을 열어젖힌 것만 해도[5] 벌써 그것은 사람의 마음을 자유롭고 해결적이게 만들어주는데, 얇은 삼베옷 속에 넉넉히 '여름의 행복'을 받고 있는 듯한 발랄한 육체가 어른거리는 것도 좋거니와 그 위에 대체로 여름날 촉촉이 흐르는 땀은 남녀 간에 육체적 향기를 고조적으로 증발시키니 더욱 좋다.

여름밤은 해방적이지만 그러나 보이는 만큼 또 해방적은 아니다. 아름다운 비궁(祕宮)에 들어갈 듯이 들어갈 수 없는 고달픈 민정(悶情). 만질 듯이 만질 수 없는 여자의 살의 고혹, 활짝 열린 밝은 창에서 흘러내리는 피아노의 절주(節奏), 돗자리 한 벌을 격해서 땅 위에 자는 사람, 사람들—도회의 여름밤에는 한없이 많은 시들이 굴러다니고 있으니, 이같이 좋은 향락을 버리고 어디로 나는 가야 되는가?

(1938년 8월)

---

5) 원문은 '열어제친것만해도'.

살인서 비화

두말할 것 없이 책은 사람에게 유익한 것이다. 그러나 책 중에는 물론 유해한 것도 없지는 않을 것이다. 극단적 예를 들자면, 그 현명한 지혜를 가지고 죽으려는 사람을 살린 책도 많이 있겠지만, 개중에는 가령 괴테의『베르테르의 슬픔』같이 자살을 장려한 유명한 걸작품도 없지는 않다. 그러나 나는 여기서 책의 이해를 논하려는 것이 목적이 아니다. 나는 다만 직접으로 사람을 죽인 두 권의 책이 유래에 대해서 잠시 말할 수 있으면 그만이다.

프러시아의 폼메른 박물관에는 두 권의 방대한 서책이 비장되어 있는데, 이 두 권의 책의 중량을 합치면 무려 백방(百磅)을 넘는다 하니 그 책이 얼마나 크고 무거운가 하는 것을 넉넉히 짐작할 수가 있겠지만, 그것은 철로 장정(裝釘)이 되고 쇠고리까지 달린, 마치 금고와 같은 고서로 그 중의 한 권은 가장 오래된 성서의 하나요, 또 한권은 천문학에 관한 책이다.

그런데 이 두 권의 책에는 실로 무섭고도 신비로운 이야기가 붙어 있으니, 즉 이 두 권의 책은 다름이 아니라 사람을 살해한 것이다. 여기서 그 책이 사람을 살해했다는 말은 물론 비유적 의미로 사람을 살해했다는 말이 아니요, 그 책은 실로 스스로 직접 한 사람의 귀중한 생명을 빼앗고 만 것이니, 그 두 권의 책은 독일의 유명한 천문학자요, 또 수학자인 요한 슈테플러(145-1531)의 살해자였던 것이다.

요한 슈테플러는 그가 살던 시대에 있어서 수학과 점성술의 권위자로 성신을 통해서 인간의 운명을 점치는 묘법을 체득한 사람이었다. 그래서 그는 자기 자신의 묘법을 틀림없는 것이라고 철석같이 믿고 있었던 것은 물론이니, 그러므로 그가 성운(星運)

을 복(卜)해서 자기가 어느 날에 운명할 것까지 예측함을 잊지 않았을 때, 점성술에 확신이 있는 그로서 이것은 조금도 이상할 것이 없었다.

드디어 그 날은 왔다. 자기가 운명할 터인 그날-그는 유연히 만권 서적이 사위(四圍)에 퇴적된 서재 속에 앉아, 다만 죽음의 도래를 기다리고 있었다. 그가 기다리고 있는 죽음은 물론 틀림없이 와야 할 것이었다. 그는 긴장된 마음으로 창문을 언제까지나 응시하고 있었다. 그는 과연 무엇인지 회색의 그림자 비슷한 물건이 간혹 어른거리는 것을 보는 듯도 하였지만, 죽음은 그러나 곧 소박하게는 나타나는 것이 아니었다.

"더 좀 참아보자!" 그는 자기에게 말하면서 조만간 낫(鎌)과 시계를 차고 눈앞에 역력히 나타날 터인 죽음을 고대하고 있었다. 아무리 성운을 고쳐 생각해보아도 소호(少毫)나 틀릴 까닭은 없었다. 확실히 사망은 곧 당도하지 않아서는 안 될 것이었다. 그러나 와야 할 죽음이 생각한바와 같이 쉽사리 아니 와서, 그는 견디다 못해서 앉았던 의자를 뒤로

밀었다.

그 때였다. 의자가 서가를 부딪쳐서 두 권의 무겁고 큰 책이 동시에 밑을 향해서 떨어지자, 그것은 행인지 불행인지 천문학자의 명철한 머리를 사정없이 쳤으니, 드디어 그의 뇌수는 산산이 분쇄되고 말았다.

과연 천문학자 요한 슈테플러는 그의 예견한 바와 같이 죽을 터인 그 날에 죽고 만 것이다. 그러나 물론 요한 슈테플러인들 설마 책 중에도 하필 성서와 천문학서, 이 두 권이 서로 공모해서 자기에게 기약의 죽음을 가져오는 신비로운 형리(刑吏)가 될 줄이야 어찌 꿈엔들 생각했으랴!

(1938년 10월 『박문』)

선물

　기독교도들은 보통 성탄제를 좋은 기회로 삼고 선사를 하는 모양 같다. 우리들 속인일지라도 선사라 하는 이 아름다운 풍습에 전연 무관심한 것은 아니니, 우리 역시 연말연시에는 신년 새해를 축복하는 마음으로 서로 선물을 주고받는 선량한 의리에 참여하고 있는 것이 사실이기 때문이다.

　그러나 일부 인사의 근간의 견해에 의하면, 이 연말연시의 증답도덕(贈答道德)은 일종의 허례허사 이외의 아무 것도 아니라 해서 폐해를 통론하여 고정화된 구습의 타파를 부르짖은 지 이미 오랠 뿐 아니라, 더욱이 이 논거는 작년 이래의 비상시 국민경제의 소비 절약풍에 기세를 얻었으므로, 앞으로는 물론 어지간히 인간적인 심장을 가진 사람도 또한 적극적 필요에 부딪치지 아니하고는 선사를 하는 기회를 갖기가 지극히 드물지도 모른다.

사정이 이렇고 보니 선사에 대한 선량한 의지에 사로잡힌 사람이 사랑하는 사람에게 선물을 보내는 경우에라도 이와 같은 소연(素然)한 분위기 속에서 공공연히 전통적 행동을 취하기는 얼마쯤 주저되지 않을 수 없는 관계로, 그에게는 상당한 중량의 도덕적 용기가 반드시 필요하게 될 것이다.

그래서 자연히 우리에게 남은 이 얼마 되지 않은 미풍 중의 하나인 증답예의(贈答禮儀)는 저 흔히 불순한 동기 밑에 부절(不絶)히 교환되는 사이비 선사 (모든 종류의 이권 운동에 붙어 다니는) 속에 혼효(混淆)되어 거의 눈에도 뜨이지 않는 정도로 착한 사람들의 마음에 드문 기쁨이 될지도 모른다.

물론 이것을 허례허식이라고 간주하려면, 그렇게 간주 못할 것도 아닐 것이다. 첫째로 우리의 포켓은 우리의 흉중을 자유롭게 표현할 수 있으리만큼, 즉 선물로 보낼 물품을 살 수 있으리만큼 항상 윤택한 것도 아니요, 또 어떻게 생각하면 많은 날이 있음에도 불구하고 하필 왈(日), 연말연시 이런 일정한 일자를 택해서 연중행사로서 선사를 하는 것이 무엇보다도 허례시 되는 최대의 이유일지도 모르기 때문이다.

그러나 우리가 한 생애를 사는 동안에 그럭저럭 산다 해도 기념할 날은 사람마다 다르겠지만 하나둘로 헤아릴 수는 결코 없을 것이니, 나이를 먹는 것이 우리들의 면치 못할 신성한 의무인 이상엔 우리가 새해를 맞는다는 것은 확실히 뜻 깊은 일의 하나에 틀림없는 일일 것이요, 우리가 어머니 뱃속에서 독립된 하나의 개체로서 나오게 될 때, 생일날이 기념할 날이라면 우리가 학령(學齡)에 달(達)해서 학교에 입학하게 되면 입학했다는 사실이 또한 우리에게 있어 기념할 일인 동시에, 다니던 학교를 마치고 취직을 하게 되면, 이 두 가지 일이 다 같이 잊지 못할 사건일 것은 두말할 것이 없다.

가령 이와 같은 날을 우리가 맞이하게 될 때, 우리가 단순히 기쁜 마음으로 우리 자신 이날을 기념해서 축하하고자 하는 것은 우리들이 다 같이 경험하고 있는 일이지만, 우리들의 주위에 있는 친절한 사람들은 대개 이러한 때 자기의 기쁨에 흠씬 취하고 있는 우리를 위해서 같이 기뻐하고 함께 축하하고자 하는 마음의 표적으로 가난한 주머니를 털어서까지 선물 보내는 것을 결코 잊지는 않는다.

그래서 이러한 예로부터서의 아름다운 마음의 표정은 오늘날까지도 오랜 습관으로 계속되어 내려온 것이 사실이요, 장래에까지도 이 미풍만은 답습되어갈 것은 두말할 것이 없으려니와, 생활이 항상 반복되는 이상 예의 역시 반복될 것은 자명한 사실인데도 불구하고, 그것이 반복된다는 것을 유일한 이유로서 무조건하고 허례시 함은 불찰이 아닐까 생각한다.

물론 이런 종류의 선사가 일정한 기회에 하게 되는 연중행사로서가 아니고 불시의 낙상에 의하여 의외의 선물을 지기(知己)에게 보낼 수 있다면, 그것이 우리의 가슴 속에 일으키는 돌습적(突襲的)인 희열감은 형식적인 정시적(定時的) 선사가 불러내는 열락 보다는 비할 수 없이 클 뿐 아니라, 보통 이와 같은 형식적 선사에는 의례히 따라다니는 강제적 성격 내지는 의무적 요소도 불시의 선사에서는 자연 소멸될 것은 두말할 것이 없지만, 당분간 우리의 넉넉하지 못한 생활상태로서는 몇 개인가의 기념할 축제일을 중심으로 삼지 않을 수 없을 것이다. 이러한 좋고 또는 슬픈 날에는 선사를 하는 것이 습관이 되어 있는 까닭으로, 사람들이 선물을 의무적으로 보낸다 해서 여기 우리는 많은 사람들의 아름답고 착한 마음의 표현을 아니 보는 것은 아니니, 어느 경우에라도 우리가 주고받게 되는 선물 속에는 우리의 은밀한 애정이 고요히 함께 싸여 있는 것이다.

그러나 불행히 많은 사람은 자기의 내심을 외적으로 표현할 수 있으리만큼 유복하지는 못한 까닭으로 선사를 하는 때의 절대한 기쁨이 저 J. K. 유이스만의 이른바 '지출의 후회'라 하는 뼈아픈 감정을 완전히 발무(撥無)해 주지 못한다는 것은 슬픈 일이다.

우리는 흔히 선사를 하고 싶어도 돈이 없으므로 선량한 의지의 대두(擡頭)를 억압하지 않으면 안 되는 것이요, 돈이 손에 있어 선사를 하기는 한 경우에라도 이 지출이 불러내는 고통은 결코 적은 것이 아닌 것이다. 그러나 선물이 어떤 괴로운 사정 밑에서 장만되었다손[1] 치더라도 우리들의 아름다운 마음이 창조한 그것은 항상 우리에게서 졸연한 놀라움과 기꺼움을 자아내는 가장 유쾌한 물건의 하나임에는 틀림이 없는 것이니, 만일에 우리들의 생활 속에 이 습관마저 제거되어 버린다면 우리의 현실은 너무도 악독한 것으로 되어버리고 말 것이다.

여러분은 한 번 어렸을 때의 선물의 매력에 대해서 생각하여 보시라. 대문에 인적이 들리고 사동(使童)이 또 새로운 선물을 명함과 같이 전할 때의 저 놀라움과 저 기꺼움! 무엇이 그 속에 들었는지 알 수 없는 신비로운 상자를 움켜잡고 참을성 없는 두 손이 끈을 풀 때의 성급함과 답답함!

그럴 때면 의례히 이 선물을 둘러싸고 그 주위에는 혹은 작약(雀躍)[2]해서 박수하며, 혹은 급한 마음

---

1) 원문에는 '작만되었다손'.
2) 너무 좋아서 날뛰며 기뻐함.

을 엄숙한 기분으로 누르며, 혹은 끈을 푸는 시간이 늦다 해서 칼과 가위를 찾아가지고 온 이런 일군의 소립회인(小立會人)들이 머리를 맞대고 있는 것이니 새로운 선물은 대체 무엇일까, 끈을 풀고 종이를 벗기고 나면 드디어 무엇이 나타날까, 그것은 먹을 것이냐, 혹은 가질 것이냐, 또는 가질 것이라면 누구에게 가장 적당한 물건이냐 하는 것은 이 긴장된 순간에 있어서의 유일한 관심사다.

그런데 원래 이런 순간(瞬間)이 한없이 긴 것은 물론이지만, 끈을 풀었으니까 인제는 종이를 벗기기만 하면 최후로 흥미 깊은 대상은 나타나리라 생각하고 있을 때, 또 한 번 비단 종이가 그것을 싸고 있을 적의 애타는 마음!

드디어 선물의 아리따운 자태가 보이면, 그 때 우리는 정해놓고 '아─' 환희의 감탄사를 발하지 않을 수 없는 것인데, 이럴 때 흔히 있을 수 있는 낙망은 나중에야 비로소 나타나는 것이다. 그러나 여하간 우리가 선물의 상자 뚜껑을 열 때는 우리가 극장에 갔을 때 막이 열릴 적에 맛보는 기분과 흡사한 것이 있어서 우리는 위대한 행복감에 만취된다.

우리가 지기에게 선물을 보내게 될 때 직접적으로 당면하는 문제는 무엇보다도 물건의 선정인데, 여기는 누구에게든지 세심한 신경을 요구한다. 돈만 가지고 백화점에를 가기만하면 곧 훌륭한 선물이 되어 나오는 것은 결코 아니니, 우리가 선물을 하기 위해서 장만한 돈의 다과(多寡)에 지배를 받는 것도 사실이지만, 무엇을 살까하는 것은 극히 중대한 문제다. 우리가 보낼 선물이 우리의 지기를 상당히 흥분시킬 것과, 혹은 그가 기대하던 것과는 너무도 거리가 멀 때의 그의 실망 같은 것을 생각하면 더욱 프레젠트의 선정은 곤란하게 되는 것이다.

선물의 참된 매력이 상대자의 감정을 전도(顚倒)시키리만큼 기습적 희열을 그에게 야기 시키는 동시에 그의 기대도 저버리지 않을 만한 물건이야말로 비로소 있을 수 있는 것은 두말할 것이 없는데, 얼마 되지도 않는 액면(額面)으로 상품의 범람과 욕망의 과잉 속에서 그런 물건을 즉흥적으로 발견하기란 실로 어려운 일에 틀림없다. 이런 점에서 우리가 상대자의 낙담을 참으로 두려워한다면 우리는 선물을 보낼 때에 그것의 품명을 명기하는 것이 현명한 방법일지도 모르나, 이렇게 되면 물론 선물은 선물로서의 매력을 반멸(半滅)하게 된다.

가만히 앉아서 유행하는 선사의 양식을 살피면, 대개는 상대자의 직접 요구에 의해서 선물이 결정되는 듯이 보인다. 이것은 현대 생활이 그만큼 공리적으로 타산적으로 전변된 사실을 설명하는 것으로 확실히 흥미 깊은 현상임에는 틀림없으나, 선사도 이렇게 되면 그것은 선사라기보다는 좋은 의미의 강탈이라고 볼 수밖에는 없다.

현대적 공리주의는 또한 선물로 선정되는 물품은 생활의 필수품이 많은 사실에도 발현되어, 이제의 선물은 차차로 고전적 의미와 도덕적 순결미를 상실하여 가는 듯 보인다. 요새는 때마침 연말연시라 절약한다 해도 백화점의 배달 차는 선량한 마음의 소유자의 선물을 전하기에 어지간히 분망하리라 생각한다.

독자 여러분 중에도 물론 지기에게 선물을 보내려

는 계획을 마음속에 품고 계실 분이 응당 많으리라 생각한 결과, 이런 시답잖은 이야기를 한번 여러분께 걸어본 것에 불과하다. 독자 제씨(諸氏)여! 바라건대 만일에 선사를 하시려거든 선물을 받는 사람에게 죽은 상품만은 아예[3] 보내시지 말라!

(1939년 1월 『사해공론』)

---

[3] 원문에는 '아야'.

문장의 도

　회태(懷胎)가 있는 곳이라야 비로소 모든 종류의
창조가 결과할 수 있는 것은 정(定)한 이치로, 문장
의 제작에 있어서도 좋은 의미의 생산적 기분이 정
신활동의 과잉 속에서 보다 잘 발효될 수 있는 것
역시 두말할 것이 없다.

　이것은 물론 적어도 문필에 경험이 있는 이면 다들
알고 있는 진부한 진리에 불과하거니와, 사실 아무것
도 없는 뇌수에서 제법 그럴듯한 지혜를 낚아내려는
노력같이도 괴로운 투쟁은 세상에 다시없을 것이다.

　여기서 말이 잠시 사담으로 들어가게 되어 미상불
당돌하고 미안하지만, 나야말로 글이라고 쓸 적마
다 이러한 괴로운 투쟁을 피할 수 없는 가장 대표적

인 예라고 확신하기 때문에, 가령 내 자신의 경우를 예로 든다면, 나는 요새도 관례에 의하여 간간히 전화 혹은 서신으로 원고 주문을 받는 일이 있는데, 주문을 받게 되는 이 순간같이 나에게 자기의 무능을-더 좀 감각적인 표현이 필요하다면 자기의 머릿속에 황량한 미간지(未墾地)[1]가, 질펀한 사막이 누워 있는 것을 직각적으로 느끼게 하는 순간도 드물다.

간단히 말하면 원래가 예비지식이 부족하기 때문에 편집자의 요구하는 제목에 대해서 이것이 해답이랍시고 기록할 아무 것도 갖지 못하는 경우가 많다는 것이다. 이래서 자연 나는 원고의 주문을 받는 순간부터 정신적으로 적지 않은 공황과 불안과 회의를 느끼기 시작하는데, 원고의 주문에는 의례히 5~6일 이상의 유예기간을 주는 것이 원칙이 되어 있는 까닭으로, 그 제목이 무엇인가 하는 것만 알고 난 다음에는 의식적으로 글을 생각하는 데서 오는 고통을 피하기 위해서, 나는 원고의 마감 날이 올

---

1) 미개간지. 아직 개간하지 못한 땅.

때까지는 구태여 원고 주문에 부수되는 일체의 행동을 개시하지 않으려 노력한다.

괴로운 일을 후일로, 될수록 후일로 미루려는 이 도피, 이 망각에 대한 노력은 다년간의 습관으로 곧잘 성공을 주(奏)하여, 이제는 혹시 가다가다 한가한 시간이 생길 때 원고를 쓰자 해도 그것이 기일 내이고 보면 마음대로 되지 않음은 물론이니, 내게 있어서 절대적 세력을 가지고 있는 것은 원고의 마감 날이다.

며칠 안 되는 원고의 마감 날이 어느 사이에 당도하고 보면, 여기서 나는 기일이 다 된 원고 주문서가 나의 애달픈 활동을 기다리고 있는 엄숙한 사실을 문득 회상하고 원고의 주문을 받던 순간보다는 더욱 구체적으로 공황과 불안과 회의를 맛보면서 세상에도 드문 전투를 향해서 용진(勇進)하지 않으면 안 되는 것인데, 이 밤 안으로는 기어코 원고를 써야만 책임상 자기의 신용을 유지해 나아갈 수 있는 중요한 밤을. 그러나 나는 흔히 초저녁부터 자버리는 것이 일쑤이니, 나는 아무리 해도 원고를 쓰기 시작해야만 될 때에는 원칙적으로 이불을 뒤집어써야 되고, 이불을 뒤집어쓰면 글 생각은 일의 괴로움 때문에 잠자는 것의 안이함에 빠지기가 쉽기 때문이다.

그러나 이 잠은 안이한 잠이 아니요, 괴로운 밤을 이루게 하는 압박적인 잠인 것은 물론 두말 할 것이 없으니, 내가 이러한 밤에 글을 생각하기 위해서 흰 원고지와 필연(筆硯)을 베개 옆에 놓고 이불을 뒤집어쓴 채 눈을 감고 누웠을 때, 그나마 이 소위 진통의 괴로움 속에서 되나 안 되나 '문장의 단서'라도 얻는다면 또 몰라도, 더욱이 갈수록 내적 관조의 길은 암흑 속에 차단되고 구상의 기름은 그 운행을 의연히 돕지 못하면, 나는 몇 번인가 자기가 힘에 넘치는 철없는 짓을 하고 있는 것을 새삼스레 뉘우친다. 이처럼 괴롭게 값싼 글을 얽어 득전고주(得錢沽酒)[2]하기보다는 자유로운 하룻밤을 가짐이 얼마나 더 사상적이요, 문장적인가 하는 사실을 통감하는

---

2) 돈을 벌어 술을 사는 일.

일면에, 사람에 따라서는 그 해박한 지식과 그 풍부한 감정 때문에 글 쓰는 것 그 자체가 큰 즐거움이 되리라는 것을 부럽게 생각만 할 뿐이요, 이 최후의 밤에서 얻는 수확은 거의 항상 심히 적다.

내가 편집자의 결정한 최후의 시간에 약간의 흥분을 느끼면서 항상 이불을 뒤집어쓰는 이유는 잘 되었건 못 되었건 여하간 내가 쓰려는 문장의 최초의 일구(一句)를 얻으려는데 있는 것인데, 이 일구는 그러나 대개 진통의 밤에서는 솟아나지 않는 것이 보통이요, 이 첫 구절은 흔히 다음날 예기하지 않던 순간에 꿈같이 나타나니 기이하다면 기이한 일이라 할까. 이래서 나는 여기서 아주 고백해 버리고자 하거니와, 내 원고는 의례히 마감 날을 지난지 2~3일 후라야 된다.

문장의 첫 구절이라면-글을 쓰는 이는 누구든지 경험하는 일이겠지만, 글에 있어서 최초의 일구(一句)같이 중요한 것은 없을 것이다. 최초의 일구-이것을 얻기 위해서 말하자면 모든 문장가의 노심초사는 자고로 퍽이나 큰 듯 보이고, 그만큼 이 일구는 문장의 가치에 대해서도 결정적인 세력을 가지고 있다.

이곳에서 문장을 잇게 만드는데 흰 원고지의 유혹도 확실히 무시할 수는 없지만, 어디서 졸연히 때늦게 솟아 나왔는지 모르는 이 최초의 일장(一章)같이 문장인에게 창조의 정력을 일시에 제공함으로써 팔면치구(八面馳驅)3)를 하게 하는 요소도 없을 것이니, 백 사람의 문장가를 붙들고 물어 본다면 그 중에 여든은 가로되 이 최초의 일장이 얼마나 고뇌에 찬 최대·최시(最始)의 문장적 위기를 의미하는 동시에 그의 모든 준비를 발전시키는 가장 중요한 지도자임을 말하리라.

훌륭하게 만들어진 물건이 중간에서 혹은 말단에서 잘되기 시작할 리야 없겠고, 좋은 결과, 좋은 발전을 위해서 시작이 지난하다는 것은 또한 당연한 일이니, 문장이 매양 좋게 시작만 되면 그 다음은 거저먹기라 할까. 요컨대 다음 문제는 논리적으로

---

3) 여러 방면으로 바쁘게 돌아다님.

그 방향만, 그것이 가야될 길만 잃어버리지 않도록 하는 데 있기 때문이다.

여기서 우리는 문장의 도는 근본적으로 발단의 예술임을 주장할 수 있으니, 모든 문장이 첫 대목을 가지고 자기의 내용과 형식을 암시할 뿐 아니라, 자신의 본질적 가치까지 결정해줌을 따라 독자에게도 그것이 자연 결정적인 작용을 주게 되는 것은 우리들의 일상 경험하는 일이다.

재미가 있건 없건 간에 우리로 하여금 문장 전편을 읽게 하는 힘도 첫대목의 됨새 여하에 있음은 물론이거니와, 첫 대목이 언짢기 때문에 읽다가 치우게 되는 소설도 이 세상에는 얼마나 많은가. 말하자면 문장 최초의 일절(一節)은 필자 자신을 소개하는 명함(名啣)이라고도 할 수 있는 것이니, 이를 통해서 우리가 그 문장 전편, 그 작품 전체의 구조와 분위기를 엿보기는 대단히 쉬운 일이다.

(1939년 2월)

수필의 문학적 영역

수필은 문학인가 혹은 문학이 아닌가. 그것이 만일에 문학이라면 수필은 문학의 어떤 분야에 속할 것인가 하는 것이 편집자가 내게 과(課)한 설제(說題)다.

수필이라는 것이 원래 극히 막연하고 광범한 문학 형식인 만큼 이것을 간단히 설명하고 규정하기는 물론 곤란하다. 왜냐하면 그것은 시, 소설, 희곡 등속의 문학이 일견 명료한 형식을 가지고 있는데 대해서 수필은 문학으로서의 일정한 형식을 갖지 못하고 수필은 그것이 차라리 작품으로서의 형식을 갖지 않는데 그 특질이 있기 때문이다.

그것은 경우에 의해서는 제약도 없으며 질서도 없으며 계통도 없이 자유롭고 산만하게 쓰인 모든 문장까지도 포함할 수 있는 까닭으로, 수필은 흔히 비문학적인 인상을 사람에게 주는 것이지만 사실 문학은 자기의 협애한 영역 안에 수필이라 하는 이 자유분방하고 경묘 탈주(輕妙脫走)¹⁾하고 변화무쌍한 양자를 포용하기 어려운 감이 없지 않다.

그래서 설사 분망 중에 쓰인 한 편의 서간, 남몰래 쓰인 한 페이지의 일기라도 그 문장 속에 필자, 그 사람의 생명이 약동하고 있기만 하면, 그것이 훌륭한 수필 문학일 수 있는 것은 물론이요, 또 수필은 항상 형식을 무시하니, 그 점에 있어서 문학으로부터의 이탈을 선천적으로 꾀하는 자인 까닭으로, 필자 자신이 전문적 수필가 내지는 전문적 문인에만 한할 필요가 없음은 두말할 것이 없다.

그 제재 역시 그것이 반드시 문학적인 것일 필요도 조금도 없는 것이니 여기 가령 과학자가 과학을 말하든, 정치가가 정치를 말하든, 혹은 여행가가 만연한 견문을 말하든, 여하 간에 말하는 사람이 누구

---

1) 경쾌하고 묘하며 얽매임이 없음.

임과 말하는 대상이 무엇임을 막론하고 말하는 그 사람의 심경이 전 인생 위에 확충되어 있기만 하면, 그 말은 반드시 문학적 가치를 갖게 되기 때문이다.

그러므로 과연 저 토머스 브라운의 「의가(醫家)의 종교」라든가, 파브르의 「곤충의 생활」이라든가, 소로우의 『삼림생활』이라든가, 러스킨의 『진애(塵埃)의 논리』라든가, 메테를랭크2)의 『밀봉(密峰)의 생활』이라든가 루소의 『참회록』 같은 이 모든 저작은 물론 이른바 문학적 작품은 아니지만, 그러나 그 전부가 정통적 수필의 명감으로써 천고에 빛나는 문학적 생명을 가지고 있는 것은 누구나 다들 알고 있는 일이다.

가령 여기 지적한 파브르는 문학자가 아니요 과학자였고, 따라서 그의 저작인 『곤충의 생활』도 문학적 작품이 아니요, 철두철미 과학자적 연구와 관찰의 소산에 틀림없지만, 그것이 문학으로서의 생명

---

2) 모리스 메테를랭크(Maurice Maeterlink, 1852~1949). 프랑스어를 사용하는 벨기에 작가. 상징주의적 비극 창조. 작품으로 『가난한 자들의 보물』, 『꿀벌의 생활』, 『펠레아스와 멜리장드』 등이 있음.

을 갖게 되는 이유는 다름 아니라 과학자로서의 풍부한 지식을 가진 과학자 파브르가 곤충의 생활상을 순전히 연구적으로 냉정하게 관찰한 결과를 보고, 기록함에 그치지 않고, 한 사람의 시인으로서 곤충의 생활상태를 관찰하여 그것을 시화(詩化)하고 인간화하는 것에 성공하였기 때문이다.[3]

　사람이 세상에서 삶의 어느 정도까지 풍부한 지식을 가져야 할지, 그런 문제는 별로 흥미를 끌 수 없는 문제에 틀림없을 뿐 아니라, 한사람이 가져야 할 지식의 한계라는 것도 시대에 따라 변동하여 마지 않는 것이거니와, 수필을 쓰는 사람에게 최대한으로 해박한 지식을 요구하는 것만은 속일 수 없는 사실이다. 그러나 모든 종류의 전문지식을 가진 전문가가 그 지식을 토대로 삼고 흉금을 열어 감춤이 없이 자기의 심경을 하소연하고, 홀망(忽忘)한 주위의 생활 상태를 고요히 방관한 결과를 말할 때 그곳에 좋은 수필은 탄생되고야 만다.

---

3) 원문에는 '성공하였으므로서다'.

그러므로 수필은 모든 영역에서 발견될 수 있는 것이요, 문학적 영역과 문학인의 필단에서만 제공되는 것은 결코 아니다. 고도의 지식과 관찰력을 구비한 사람이 방관자적 태도로 인생사상을 관찰하여 거기서 느낀 감흥을 솔직히 고백할 때, 필자의 지성과 감성이 아울러 풍부하면 풍부할수록, 또 그것을 고백하는 심경이 고결하면 고결할수록 그 수필의 문학적 생명이 오랠 것은 두말할 것이 없다.

수필에 있어서 중요한 특징이 되는 것은 '숨김없이 자기를 말하는 것과 인생사상에 대한 방관적 태도', 이 두 가지에 있을 따름이요, 이것만을 기초로 삼고 붓을 고요히 듦에 제목 여하는 물을 필요가 없다.

수필은 무엇이든지 담을 수 있는 용기라고도 볼 수 있을지니, 무엇을 그 속에 담든 그것은 오로지 필자 자신의 자유로운 선택에 맡길 수밖에 없고, 그래서 수필은 그 담는 내용과 그것을 요리하는 필자에 의해서 그 취향이 여러 가지로 변화할 것은 또한 물론이다.

그것을 요리하는 필자의 소질 여하, 기호 여하에

의해서 혹은 경쾌한 만문이 될 수도 있을 것이요, 혹은 조리 있는 비평이 될 수도 있을 것이요, 혹은 여운이 높은 산문시가 될 수도 있을 것이니, 모든 사람에게서 그리고 모든 영역에서 올 수 있는 이 수필의 종별(種別)이 변화무쌍할 것은 당연한 일이다. 확실히 문학은 수필에 의하여 자기의 영역을 넓히고 있고 또 자기를 풍부하게 하여가고 있는 것이 사실이다.

그러므로 만일에 여기 우리가 어떤 종류의 결벽성에 의하여 이 수필을 문학적으로 무형식한 부량민이라 하여 문학의 영역에서 구축하여버린다면, 문학의 빈곤은 일조(一朝)에 통감되어 문학의 자기파탄은 면할 수 없는 운명으로서 나타날 것이다. 특히 현대에 이르러 수필의 범람은 우리에게 무엇을 말하는가. 소설의 수필화는 평가들이 지적하는 바와 같이 엄연한 문학적 사실로서 그것이 경향으로서 좋고 나쁜 것은 나의 알바 아니니 말함을 피하거니와, 수필의 매력은 자기를 말한다는데 있는 것이 아닐까하고 나는 생각한다.

수필은 소설과는 달라서 그 속에 필자의 심경이 약여히 나타나는 것을 특징으로 하고, 그래서 필자의 심경이 독자에게 인간적 친화를 전달하는 부드러운 세력은 무시하기 어려우리만큼 강인한 것이 있으니, 문학이 만일에 이와 같은 사랑할 조건을 잃고, 그 엄격한 형식 속에서만 살아야 된다면, 우리는 소설은 영원히 가질 수 있을지 모르지만 작가의 마음은 찾아낼 길이 없을 것이다.

　우리들 현대인은 소설이 주는 흥취에 빠지기보다는 소설가가 보여주는 작가의 마음에 부딪치고 싶은 경향이 농후해진 것은 아닐까. 그리고 작가 자신도 허구와 가작의 세계에서 뇌장(腦漿)4)을 짜는 거짓된 슬픔보다는 자기 신변과 심경을 아울러 고백하는 참된 기쁨에 취하고 싶은 경향이 농후해진 것은 아닐까.

　소설의 수필화는 확실히 이런 각도로도 설명되지 않아서는 안 될 것이다. 대문호의 소설쯤 되면 문제

---

4) 뇌척수액.

는 스스로 다르겠지만, 이외의 소설들은 세인이 일부러 서사(書肆)에서 구해서 읽는다는 일이 극히 드문 것으로 그 시대와 유행을 초월할 수는 도저히 없는 것이지만, 수필은 그 사람의 심중을 솔직히 말하는 것이므로, 어느 때든지 되풀이해서 중독되고 탐구되는 일이 많은 것으로 보더라도 수필의 문학적 가치는 쉽사리 몰각될 수는 없다.

수필에는 일정한 형식이 없고, 또 모든 것이 수필의 재료가 될 수 있는 동시에 아무렇게나 마음대로 쓸 수 있는 데 수필이 횡행발호(橫行跋扈)하는 이유가 있지만, 또 수필은 누구나 쓸 수 있고 쓰기도 쉬운 대신 좋은 수필을 얻기란 실로 곤란한 것이니, 수필만큼 단적으로 쓴 사람 자신을 표시하는 문장은 다시없으며 원래 좋은 수필에는 그 근저에 특이한 사람의 마음이 있지 않아서는 안 되기 때문이다. 수필은 문학권내뿐만 아니라 다른 영역으로부터 와서도 문학 자체의 영역까지를 넓힌 것은 사실이되, 좋은 수필이 흔하지 못한 사정은 확실히 문학의 권위를 저속하게 하였다.

그러나 물론 그 죄는 문학적 형식으로서의 수필
자체가 질 것은 아니요, 나쁜 수필을 쓰는 어중이떠
중이가 져야 할 것은 두말할 것이 없다.

(1939년 3월 『동아일보』)

매화찬

　나는 매화를 볼 때마다 항상 말할 수 없이 놀라운 감정에 붙들리고야 마는 것을 어찌할 수 없으니, 왜냐하면 첫째로 그것은 추위를 타지 않고 구태여 한풍(寒風)을 택해서 피기 때문이요, 둘째로 그것은 그럼으로써 초지상적(超地上的)인 비현세적(非現世的)인 인상을 내 마음 속에 던져주기 때문이다.

　가령 우리가 혹은 눈(雪) 가운데 완전히 동화된 매화를 보고, 혹은 찬달 아래 처연히 조응된 매화를 보게 될 때, 우리는 과연 매화가 사군자(梅, 蘭, 菊, 竹)의 필두로 꼽히는 이유를 잘 알 수 있겠지만, 적설(積雪)과 한월(寒月)을 대비적 배경으로 삼은 다음이라야만 고요히 피는 이 꽃의 한없이 장엄하고 숭고한 기세에는 친화한 동감이라기보다는 일종의 굴복감을 우리는 품지 않을 수 없는 것이다. 매화는 확실히 춘풍이 태탕(駘蕩)[1]한 계절에 난만히 피는 농염한 백화와는 달리 현세적이고 향락적인 꽃이 아님은 물론이요, 이 꽃이야말로 이 세상에서 우리가 찾을 수 있는 가장 초고(超高)하고 견개(狷介)한 꽃이 아니면 안 될 것이다.

모든 것이 얼어붙어서 찬 돌같이 딱딱한 엄동, 모든 풀, 온갖 나무가 모조리 눈을 굳이 감고 추위에 몸을 떨고 있을 쯤, 어떠한 자도 꽃을 찾을 리 없고 생동을 요구할 바 없을 이 때에, 이 살을 저미는 듯한 한기를 한기로 여기지도 않고 쉽사리 피는 매화, 이는 실로 한때를 앞서서 모든 신산(辛酸)을 신산으로 여기지 않는 선구자의 영혼에서 피어오르는 꽃이라 할까.

그 꽃이 청초하고 가향(佳香)에 넘칠 뿐 아니라 기품과 아취가 비할 곳 없는 것도 선구자적 성격에 상

---

1) 봄의 바람, 날씨 따위가 화창한 모양.

통되거니와, 그 인내와 그 패기와 그 신산에서 결과된 매실은 선구자로서의 고충을 흠뻑 상징함이겠고, 말할 수 없이 신산한 맛을 극(極)하고 있는 것마저 선구자다워 재미있다.

매화가 조춘만화(早春萬花)의 괴(魁)[2]로서 엄한(嚴寒)을 두려워하지 않고 발화하는 것은 그 수성(樹性) 자체가 비할 수 없이 강인한 것을 말하는 것으로, 이 동양 고유의 수종(樹種)이 그 가지를 풍부하게 뻗치고 번무(繁茂)하는 상태를 보더라도, 이 나무가 다른 과수에 비해서 얼마나 왕성한 식물인가 하는 것을 알 수 있거니와, 그러므로 또한 매실이 그 특이한 준미와 특종의 성분을 가지고 고래로 귀중한 의약의 자(資)가 되어 효험이 현저한 것도 마땅한 일이라 할밖에 없다.

여하간에 나는 매화만큼 동양적인 인상을 주는 꽃을 달리 알지 못한다. 특히 영춘 관상용(迎春觀賞用)으로 재배되는 분매(盆梅)에는 담담한 가운데 창연

---

2) 으뜸. 우두머리. 선구자.

한 고전미의 보이는 것이 말할 수 없이 청고(淸高)
해서 좋다.

(1939년 3월 『여성』)

망각의 변

"Gluecklich ist, wer vergisst, was nicht mehr zuaendarn ist.(어찌할 수 없는 일을 잊는 이는 행복하다.)" ……요한 슈트라우스

사람이 이 세상을 떠나게 되매, 그를 한 내(川)에 인도하여 망각의 물을 마시게 하는데, 이 망각의 물은 그 물을 마신 자로 하여금 속세의 모든 체험을 그의 기억 속으로부터 일시에 상실하게 하는 특질을 갖는 것으로, 이와 같은 사전(死前) 행사는 그리스의 신화에 보이는 바요, '레테'란 실로 이 망각의 내의 명칭에 다름없다.

만일에 사람의 일생이 지순지성(至純至聖)한 체험

의 연면(連綿)[1]한 계열이 아니요, 우리들이 현재에 현실적으로 경험하고 있는 것과 같이 그것이 고난과 오욕에 찬, 차라리 기억하고 싶지 않은 지난한 과정에 속한다면, 망각의 내인 이 레테는 우리의 현재 생활에 대해서는 그것을 유리하게 지속시키기 위해서 더욱 필요한 생명수가 아니면 안 될 것이다. 그래서 사실 이러한 망각의 물이, 가령 한강물이 우리 눈앞에 흘러가듯이 그와 같이 어딘지 이 지상에 흐르고 있다면 그 물 속에 투신할 필요가 없음은 물론이요, 천금을 아끼지 않고 서로 다투어 이 물을 마심으로써 전생을 곱게 잊고 신생(新生)을 약속하려 하는 자는 실로 부지기수(不知其數)라 할 것이다.

물론 망각은 기억력의 쇠퇴에서 필연히 유래하는 일종의 정신적 소모현상으로, 소위 건망증이 치료하기 어려운 난병(難病)에 속하고, 이것을 우리가 윤리적 견지에서 본다 하더라도 망각은 반도덕적이고 반(反) 양심적인 마비적 결과에 다름없다고 볼

---

1) 끊어지지 않고 계속 잇닿아 있음.

수도 있겠지만, 그러나 인생문제는 항상 이와 같이 간단히 해결되지는 않는다.

우리가 한번 인생의 중대한 사실에 직면할 때, 시일이 경과하면 자연히 눈물은 마를 것이요, 슬픔은 가버릴 것이요, 혹은 양심의 가책도 그다지 심하지 않을 것이겠지만, 경우에 의해서는 그 동안의 고통은 결코 적은 것은 아니니, 이 길고 괴로운 과정의 생략은 죽음이 아니면 망각, 이 두 가지의 방법을 통하는 이외에 우리의 도달할 길은 없다.

인생생활에 있어 망각이 얼마나 중대한 생명력을 갖는가 하는 것은 참으로 큰 슬픔, 큰 죄악, 큰 고민을 가슴에 품어본 사람이 아니면 넉넉히 짐작하지 못할 노릇이로되, 이러한 큰 경험을 가지지 못하는 사람에 있어서도 어느 정도까지 망각은 모든 사람에게 잠이 필요한 것같이 필요한 것이니, 잠이 우리를 항상 새롭게 소생시켜 주듯이 망각은 항상 우리의 낡은 상처를 치료해 주는 것이다.

우리가 만일에 이 망각의 치유력의 보호를 떠나 모든 것을 기억하지 않을 수 없게 된다면, 적어도 우리의 생활은 지극히도 우울한 면모를 띄우고 나타날 수밖에 없을 것이니, 잊을 수 없는 불행같이 더 큰 불행이 과연 이 세상에 있을 수 있을까?

여기서 우리가 잊을 수 없는 불행의 가장 처참하고 가장 감동적인 예를 든다면, 우리는 셰익스피어의 비극『멕베스』속에 나타난 저 향연의 장면을 들지 않을 수 없을 것이니, 귀신이 일당(一堂)에 열석(列席)하고 있는 향연의 좌상에서 멕베스가 그에게 살해당한 벤쿠오의 피투성이가 된 망령이 자기의 의자에 앉아 있는 것을 보고 놀라 실진(失眞)하는 광경이 그것이다. 멕베스 부인이 역시 멕베스에 못지않게 이 잊을 수 없는 악마적 고민에 사로잡혀 두 손을 비벼대며 그 위에 묻은 피―사실은 있지도 않은 피를 헛되이 없애려 하는 저 몽유병의 장면도 지극히 심각하다 할 수 있을 것이니, 적어도 이 비극을 보는 사람은 누구든지 망각이 우리의 생활에 대해서 얼마나 필요한가 하는 것을 곧 긍인(肯認)할 수 있을 것이다.

확실히 어떤 종류인가의 기억 내지 추억은 사람이

앞으로 더 살아나가기 위해서는 반드시 말살되지 않아서는 안 된다. 잊을 수 없는 데서 오는 절망과 고통은 자고로 많은 문학자들의 묘사의 대상이 되어 생모를 모르고 살해하여 복수의 신에게 박해를 입은 오레스테스를 비롯하여, 자기의 소생을 살해한 죄악을 잊을 수 없었던 톨스토이의 「어둠의 힘」에 나타난 가련한 러시아의 농인(農人)에 이르기까지, 그 수는 참으로 매거(枚擧)²⁾하기에도 힘들만큼 많다. 그러나 이와 같이 극단의 예는 제외한다손 치더라도, 우리의 통상적인 생활에 있어서 인생 자체는 우리들에게 우리의 기억을 말살하도록 강요하는 경우가 얼마든지 있다고 볼 수 있으니, 우리가 우리의 생을 좀 더 행복하게 지속시키기 위해서 반드시 말살하지 않아서는 안 될 어떤 종류인가의 추억을 가지고 있는 것은, 누구에게나 다들 있을 수 있는 일이기 때문이다.

'어찌할 수 없는 일을 잊는 이는 행복하다.'는 것

---

2) 낱낱이 들어 말함.

은 요한 슈트라우스의 평범한 시의 한 구절에 속하지만, 이 시가 아무리 진부하고 무미하다고 하더라도, 이 시가 말하는 충고에 우리들이 생활의 방편상 언제든지 복종하게 되는 것만은 사실이요, 진리요, 또 필연한 행동이라 할밖에 없다.

정신병 환자에 대한 모든 정신병 의사의 중심 과제는 환자의 정신병에 관련되는 추억을 물리치고, 그것을 그의 기억으로부터 완전히 추방하는 데 있다. 우리의 행복 능력이 또한 대부분 잊을 수 있는 능력의 대소 여하에 지배됨은 두말할 것이 없으니, 그것은 안면(安眠)-셰익스피어가 멕베스로 하여금 말하게 한 바에 의하면 "저 죄 없는, 마음의 얽힘을 좋도록 정순(整順)해 주는 안면, 그날그날의 생의 적멸이요, 노고의 목욕이요, 상한 정신의 고약이요, 대자연이 주는 밥상이요, 생명의 주요한 자양물이라고도 할 안면"을 흠씬 즐길 수 있는 사람이 의례히 건강한 이유와 조금인들 다를 것이 없다. 이런 점에 생각하면 기억력의 소모라든가, 건망증 같은 것은 별로 한탄할 거리가 못될지도 모른다. 망각은

실로 그의 좋은 일면, 그의 덕을 가지고 있기 때문이다.[3]

원래 쾌활하고 희망에 넘치는 사람이란, 한 가지 일에만 곱이 끼어서 언제까지나 해대는 사람을 이름이 아니요, 모든 불유쾌한 일은 담백하게 걷어치우고 쉽사리 그런 모든 일은 잊어버릴 수 있는 사람을 말함일 것이다. 그것도 다 천성이니 할 수 없다면야 할 수 없지만, 사람은 여하간 너무도 잔상스럽게 아무 것도 잊지 못하고 살 것은 결코 아니니, 그 해독은 우리가 상상하기보다도 훨씬 큰 것이다.

트라피스트들은 서로 만나 인사할 때면 의례히 "우리가 죽을 것을 잊지 마오!" 하고 죽음에 대한 망각을 경고한다 하지만, 우리들 속인은 대개 우리가 적어도 살아 있는 동안만은 우리가 죽어야 할 것을 잊고도 싶고, 또 잊지 않아서는 안 되겠다는 까닭으로 죽음을 잊고 사는 것이 보통이다. 아니다. 참으로 이 죽음이야말로 우리가 사는 동안 잊는 것

---

3) 원문에는 '있으므로서다'.

의 필연함을 가르쳐주는 엄격한 교사라 할 수 있을 것이니, 죽음이 우리들의 사랑하는 이를 우리에게서 빼앗아 갈 때, 그래서 우리들이 그 뒤를 좇아 순사(殉死)하지 못할 때, 우리들에게 남은 유일한 위안은 실로 망각, 그것밖에 없기 때문이다.

여기 앵속(罌粟)4)이라든가, 몰핀 같은5) 마취제의 의료적 가치는 처음 나타나는 것인데, 그러므로 만일에 우리가 우리의 뇌리에 교착(膠着)6)하고 있는 집요한 상편(想片)을, 혹은 제거도 해주며 혹은 은거도 해주며 혹은 의식 하(下)로 구축도 해주는, 이러한 마약의 힘을 빌지 못한다면, 인간 생활의 존립은 오늘날 벌써 불가능할지도 알 수 없다.

이리하여 근심을 쓸어버리는 비(빗자루)인 술이 모든 민족 사이에 높이 평가되는 것은 결코 이유 없음이 아니니, 술은 우리에게 망각의 천부(天賦)를 베풀어주며, 조장시켜주며, 또 유지해주기 때문이다.

---

4) 양귀비.
5) 원문에는 '모르히네 같은'.
6) 단단히 달라붙음.

술은 수면제가 우리에게 수면을 가져다주듯이 우리들의 추억을 엄청나게 마비시키는 놀랄 만한 힘을 가지고 있으니, 사분오열(四分五裂)된 심장에도 이 진통제가 들어가서 축축이 침윤되면 견딜 수 없이 추악한 기억도 순식간에 고이 세척되어 흔적도 없이 되는 것이다.

　이 세상의 위대한 교사인 그리스인들은 물론 술의 이와 같은 작용을 일찍부터 알고 있었던 것이니, 그러므로 인간 삼대의 풍로(風露)를 살아서 겪은 백발 장로는 트로이 성이 일조(一朝)에 몰락하자 열아홉의 아들에 가지(加之)하여 네 딸들과 함께 사랑하는 왕군마저 잃고, 절망에 울고 있던 헤카베 여왕에게 술을 가득히 부은 주배(酒杯)를 삼가 봉정(奉呈)[7]하는 이외에 다른 위안의 방법을 알지 못했던 것이다.

(1939년 4월 『문장』)

---

7) 받들어 올림.

장편 대춘보(掌篇 待春譜)

겨울에 봄을 기다리는 안타까운 마음-그것은 가령 우리가 가본 일이 없는 어느 시골길을 찾아가는 것과 같다고나 할까.

즉 가다 만나는 마을사람에게 그곳까지 몇 리나 되는가 하는 것을 물으면 몇 리라 할 것이 뭐 있소, 얼마 안가면 된다고 하므로 그 말에 용기를 제법 얻어 우리가 두 다리를 빨리 놀리면, 사실 그 다음엔 인가도 드문드문 나타나는 것 같은데 얼마를 걸어가도, 그러나 목적지는 여간 나타나지 않을 때의 저 초조한 기분과 같다고 할런지.

참으로 겨울은 지리(支離)라는 글자 두 자에 그친다고 할밖에 없으니 겨울에도 간간히 따스한 날이 있어서 봄도 과연 올 날이 멀지 않았거니 하고 마음을 놓으면, 웬걸 겨울은 정해놓고 매서운 복면을 또 다시 심술궂게 나타내는 것이다.

단순히 피로의 고통으로부터 해방되기 위해서만이라도 우리는 길고 긴 삼동(三冬) 사이 몇 번인가 헛되이 봄을 기다리게 되는데, 봄은 마치 우리가 찾아가는 마을이 최후에야 뜻밖에 나타나듯이, 실망한 나머지 기다리기에 지친 우리 앞에 하루아침에 문득 웃음 지으며 나타나는 것이 일쑤이니 봄은 확실히 재미있는 장난꾸러기다.

(1939년 4월 『여성』)

여행철학

1) 세네카의 여행론

여행철학이란 제목을 붙이고 보니 제목만은 그럴 듯하나 사실 그 내용인즉슨 별로 신통치 못하다. 나는 단순히 여행이 왜 사람에게 필요한가, 그래서 그 의의와 효력은 나변(那邊)에 재(在)한가[1] 하는 문제를 다음에 간단히 생각해보려함에 불과하다.

여행이 우리의 정신생활에 대해서 중요한 역할을 하고 있다는 것은 이미 오늘날에는 일편의 상식이 되고 만 까닭도 있겠지만, 기행문은 쓰는 사람이 많

---

[1] 어디에 있는가.

으나 여행 자체를 논하는 사람은 거의 없으므로, 더러는 이러한 개념적 반성도 무의미하지는 않으리라 생각한 끝에 나는 붓을 들어 본 것이다.

여행철학이라면 무엇보다도 먼저 우리 머리에 떠오르는 것은 그리스의 철학자 소크라테스의 여행에 대한 유명한 말이다. 그는 일찍이 여행을 했어도 아무 이익과 소득 없었음을 탄식한 어느 사람에게 대답해 가로되, "그대가 그대의 여행에서 덕을 보지 못했음도 결코 부당한 일은 아니었소. 왜냐하면 그대는 결국 그대 자신(빈약한 그대 자신)과 더불어 여행할밖에 없었으므로!"라 했다. 실로 지언(至言)[2]이라 하지 않을 수 없다.

누구든지 무조건하고 여행만 하면 원래가 빈약한 머리일지라도 금시에 풍부한 정신을 담은 별 인간(別人間)이 되어서 돌아오리란 법은 없다. 여행에 의한 수확의 다소는 결국 여행하는 당사자가 이미 가지고 있는, 혹은 깊고 혹은 얕은 지식 정도의 여하,

---

2) 지극히 당연한 말.

혹은 예리하고 혹은 우둔한 감성적 직관력의 여하에서 필연코 결정되지 않을 수 없기 때문이다. 사세(事勢)가 이와 같음에도 불구하고, 그러나 많은 사람은 순전히 자기 자신을 떠나 얼마나 많은 소득을 헛되이 여행에서 기대하는 것인가!

로마의 철학자 세네카는 소크라테스의 그러한 의견을 계승해서 그의 명저『루킬리우스에게 보내는 서간』제 104신(信)[3] 속에서 여행론을 피력한 바 있었으니, 요컨대 그의 논거는 "장소의 변화가 육체를 간혹 안일하게는 할 수 있어도 진실한 내적 활동에 의해서만 도달할 수 있는 영혼의 안정을 보좌할 수는 없다"는 데 있다.

나는 여기서 그의 제 104통의 서신 전체를 역출(譯出)[4]할 지면의 여유를 갖지 못하므로 그 주요한 구절만을 초역한다면 대강 다음과 같다.

"그대가 설령 바다를 건너고 도시를 바꾼다한들 그것이 무슨 소용이랴? 그대가 만약에 그대를 괴롭

---

3) 104번째 편지.
4) 번역하여 냄.

게 구는 것들로부터 피하려면 장소의 전환을 꾀하기 전에 모름지기 별 인간이 되기를 힘쓰라.

일찍이 여행 자체가 누구에게 무슨 소득을 주었느냐? 그것은 욕망을 제어해준 일이 없으며, 그것은 분노를 눌러준 일도 없으며, 그것은 또한 사랑의 격렬한 충동을 막아준 일도 없다. 간단히 말하면 여행은 영혼을 모든 죄악에서 해방시켜준 일이 없었던 것이다. 그것은 우리의 판단력을 불러내어 주지도 않으며 그렇다고 또 우리의 과실을 소산(消散)5)시켜주는 것도 아니다. 여행은 단순히 모르는 것을 보고 놀라는 어린이에 대함 같은 작용을 우리에게도 줄 뿐이니, 그것은 잠시 동안 그 습격적인 신기성(新奇性)을 통해서 한 번에 많은 인상을 가져옴으로써6) 매력을 느끼게는 하나, 그러나 이 간단없는 인상의 폭주가 우리의 병약한 영혼을 더욱 무상하게 하고 더욱 피상적이게 만들 것은 정한 이치다……

여행은 사람을 의사로 만들어주고, 웅변가로 만들

---

5) 흩어져 사라짐.
6) 원문에는 '가저오므로서'.

어준 일은 없다. 또한 예술도 장소로 의해서 도야된 일이 없다. 왜냐고 하느냐? 보라, 최대 최고의 예술인 지혜가 도중에서 일찍이 수집된 일이 있느냐? 욕망과 분노와 공포의 영지로부터 완전히 초탈한 여행지란 이 세상에는 없다고 나는 확신한다…….

여행이 아무 소득도 가져오지 않음을 그대는 놀라워하는가? 그러나 문제의 소재점은 실로 그대 자신 속에 있다. 우선 그대 자신을 개량하라. 모든 죄과로부터 해방되어 영혼을 정결히 하라. 그래서 그대가 유쾌한 여행을 하려거든 그대의 동반자(즉, 그대 자신)의 결함을 교정하라…….”

2) 여행의 의의와 가치

우리가 우리의 생활에서 오는 모든 속박과 심려를 일조일석(一朝一夕)에 끊고 일찍이 보지 못한 자유천지를 표표히 소요할 때 이들 아름답고 신기한 경물(景物)이 주는 수많은 신선한 인상은 얼마나 우리의 눈을 즐겁게 해주는가. 확실히 여행은 우리가 가질 수 있는 가장 큰 향락의 하나임에 틀림없다.

그러나 여행은 그것이 한낱 향락에만 그치는 것이어서는 아니 될 것이니, 여행은 원래 한 개의 향락 이상의 것이기 때문에 우리는 여행을 하면서 당연히 향락 이상의 무엇을 획득하는 것이 아니면 아니 된다.

우리는 물론 아직껏 엄격한 철인(哲人) 세네카가 사람 각자에게 요구함과 같은 그러한 '동반자'를 대동하고 여행에 나아갈 수는 없다손 치더라도, 우리들이 세상물정을 대강 짐작하는 지식인인 이상엔 여행이 가르치는 학문에 전연히 무감각할 수는 없다고 할 것이다. 이 점에 있어서는 우리 역시 여행이 하나의 좋은 학문임을 요구하는 자다. 생각하여 보라. 알지 못하는 땅, 보지 못하던 산천, 눈에 익지 않은 생활, 기묘한 언어 풍속, 이 모든 것을 우리 자신의 눈으로 본다는 것이 만일에 학문이 아니라면 대체 어떠한 것이 학문이랴!

우리는 여행 그것 때문에 모든 구속을 벗어나[7] 모든 근심을 잊을 뿐만이 아니라, 우리가 여행에 의해서 문득 알지 못하는 많은 것을 보게 될 때, 우리는 여기서 별로 노력함이 없이 무의식하게 극히 귀중한, 얻기 어려운 실제 교육을 간단없이 자기 위에 베풀고 있는 것이다. 만일에 귀로만 듣는 개념적 교육이 죽은 교육이라면, 이 눈으로 볼 수 있는 구체적·실제적 교육은 산교육이라 할 수 있으리라.

그렇기에 언제든 여행의 학문은 활발한 감흥을 끊임없이 우리 가슴 속에 일으키지 않는가. 일찍이 철학자 쇼펜하우어는 근대 교육의 근본적 결함을 지적해서 그것이 너무나 개념적임을 말하고, 많은 학교의 아동은, 가령 일례를 들면 바다라는 실물을 보기 전에 바다의 개념을 주입하기 때문에 그 이지적 발달이 늦음을 논한 바 있었거나와, 이런 점에서 보더라도 여행은 교육적으로 중대한 의미를 갖는 것을 알 수 있을 것이다. 근자에 소위 수학여행이 학교교육의 중요한 행사의 한 가지로 된 이유는 실로 참된 견식을 여행에서 구하려 든 강렬한 요구의 한

---

7) 원문에는 '구속을 脫하고'.

표현에 다름없다.

일찍이 시인 바이런 경이 그가 젊었을 적에 이 세계의 많은 곳을 편람함으로써 무수한 사실에 면접하지 못했었던들 그의 정신생활은 확실히 지금만큼 넓지 못했으리라 하고 술회했을 때, 이것은 그의 상상력이 낯선 땅을 밟고, 고대의 많은 기념물을 보며, 가버린 위인의 행적을 회상하여, 말하자면 역사의 영원한 진리에 직면함으로 인하여 얼마나 풍부화 할 기회를 가질 수 있었느냐 하는 사실을 고백한 것에 불과하다.

사실 하나의 경관은 그것이 설사 얼마나 훌륭하고 도취적인 매력을 가지고 있다 하더라도, 그 속에 움직이고 있고, 그 속에 충만 되어 있는 사람과 운명과 생활을 직접 우리가 눈으로 볼 수 있는 순간에 비로소 그 최후의 내용을 현시하는 것이요, 또 어떤 경관이 아름답다는 것도 그것이 인간적 운명과 서로 결합됨으로 인하여 애절하고 고귀한 광채를 발하기 때문에 아름답다고 말하는 것이요, 그 자체가 아름다운 경관이란 있을 수 없다. 한 장의 사진, 한

폭의 그림, 한 권의 지리서, 그것은 결국 이러한 인간
적 결합의 호흡을 충분히 나타내게 할 수 없기 때문
에 실물과 같이는 우리를 감동시킬 수 없는 것이다.
　우리가 여행의 기회를 가짐으로써[8] 간혹 어느 경
관을 구경할 때 그것은 또한 흔히 우리에게 명승고
적을 찾게 하고, 혹은 언어 풍속에 유의시켜 우리로
하여금 지리, 민속, 역사, 예술, 기타 여러 가지의
학문연구에 대한 동기를 제공하는 것이니, 우리의
정신생활에 대한 여행의 의의와 가치는 참으로 크
다고 하지 않을 수 없다.

3)여행과 성능

　장소의 전환이 만인에게 대하여 무조건 효과를 가
져 오는 것이 아님은 세네카의 여행론에서 이미 명
백하게 되었다고 생각할 수 있거니와, 우리가 여행
에서 획득할 수 있는 수확의 다소는 여행하는 그 사

---

8) 원문에는 '갖이므로 依하여'.

람의 지식정도와 관찰력의 여하에 따라 결정되는 것이므로, 여기서 우리는 당연히 사람이 여행에서 차지할 수 있는 수확의 다소에 응하여 여행자의 종류를 대개 세 가지로 나눌 수 있으리라고 생각한다. 첫째는 여행에 있어 소위 천재를 갖는 사람이 그것이요, 둘째는 여행에 재주가 있는 사람, 셋째는 여행에 전연 무지한 사람이 그것일 것이다.

그래서 여행의 천재란 단 한 시간을 여행하고 돌아오는 때라도 말할 수 없이 풍부한 인상을 얻어가지고 오는 사람을 말함은 물론이니, '일 몬도 에 포코' 즉, '세계는 작다' 하고 부르짖은 콜럼버스를 위시해서 일찍이 지구상에서 많은 발견과 많은 탐험에 성공한 마르코 폴로, 바스코 다 가마 같은 이는 천재적 여행가에 속할 인물들이다.

이러한 여행의 천재에 대해서 여행에 재주가 있는 사람은 어떠냐하면, 그들은 자기가 여행한 이곳저곳의 경이(驚異)를 이야기할 수 있기 때문에 상당히 오랫동안의 여행이 필요한 사람들을 말한다.

그러나 불행히도 이 세상에는 전혀 무지한 종류의

사람들이 얼마나 있는지 알 수 없다. 이 사람들은 얼마나 좋은 곳을 아무리 오랫동안 여행하고 돌아와서도 특별한 감상이 없으며, 기이한 발견이 없는 사람들이고 보매, 그들은 흔히 우리들로 하여금 어찌하여 그들은 금전과 시간을 허비해 가면서 애써 여행을 하고 왔는가를 의심하게 한다.

여하간 여행은 이와 같이 사람의 소질과 밀접한 관계를 갖는 것이거니와, 그러나 여행은 또한 사람의 성향과도 불가리(不可離)의 관련을 갖는 것이니, 왜냐하면 그가 어떤 방법으로 여행을 하느냐 하는 것은 그의 성향, 다시 말하면 그의 세계관의 문제이기 때문이다. 이것은 우리가 여기 낭만적 성향을 가진 사람과 조직적 두뇌를 가진 사람이 여행에 나아갈 때의 두 가지의 서로 틀린 태도를 잠시 생각하여 볼 때 용이하게 이해할 수 있을 것이다.

원래 여행은 그 성질상 고래로 낭만주의자와 깊은 관계를 가지고 있는 것이거니와, 낭만파는 여행의 길에 나서되 모든 계획과 모든 숙고를 무시하고 발이 돌아가는 대로 천하를 발섭(跋涉)9)하기를 사랑하는 자니, 푸르게 갠 하늘을 우러러보다가 그 발이 간혹 거리의 진창에 빠진들 관(關)할 바이랴! 그들의 아름다운 꿈과 동경은 흔히 그들을 군주로 삼을지도 알 수 없는 엄청나게도 요괴한 나라가 이 세상의 어느 구석에는 없지도 않으리라는 점에 놓여 있기 때문에 그들은 애절한 서정시를 혀 위에 굴리면서 정처 없는 소요에 심취하는 것이다.

그러나 이에 대하여 조직적 두뇌를 가진 이성파는 낭만파와는 상반되는 태도를 취할 것이니, 그들의 여행에 있어서 무엇보다도 중요한 것은 여정을 기록한 비망록일 것이다. 그래서 그의 비망록에는 모든 것이—여행지점과 기차, 기선의 발착시간은 말할 것도 없고, 여행에 든 비용까지도 세세히 기입되어 있어서 명(明) 하일(何日) 하시(何時)에는 모처(某處)에 가서 있을 것, 하일(何日) 하야(何夜)에는 하처(何處)에 도착될 예정인 바, 그 전에 잠시 도중하차를 하여 모모처(某某處)를 들를 것, 여관에 일박하는 시

9) 여러 곳을 두루 돌아다님.

간을 이용하여 하복 세탁을 할 것 등-그러한 모든 것이 사전에 작성되어 그는 대부분 그 플랜대로 움직이는 것이 얼마나 현명한가를 잘 알고 있는 것이다.

성향의 차이에 의하여 여행의 방법이 상반되는 예를 이 이상 열거할 필요는 없으려니와 성향의 차이는 또한 여행지의 선택에 있어서도 여실히 나타나는 것이 상례이니, 한 경개가 모든 사람을 다 같이 감동시킬 수는 없는 것이다. '인자(仁者)는 요산(樂山)하고 지자(智者)는 요수(樂水)'라는 말과 같이 사람에 따라 어떤 사람은 산을 좋아하며 혹자는 물을 즐겨한다.

사람은 한 풍치를 관상하는 경우에라도 그것은 요컨대 자기 자신을 그 경관 속에 발견하려는 것이므로, 그 성향이 목가적인 사람은 목가적인 풍경을 사랑할 것이요, 그 성향이 정열적인 사람은 그러한 절주를 담은 풍치를 택할 것이다. 그 풍경 자체에 본질적인 우열의 차가 없음은 물론이다.

4) 여행의 금석(今昔)

우리가 어느 기회에 유명한 고인의 전기류를 읽게 되면 의례히 부딪치는 문구의 하나가 있으니, 즉 그 문구란 "청년시대에 그는 이탈리아, 프랑스, 독일, 영국 등 각지를 여행하였다."는 것이 그것이다. 그래서 이 여행이 그들의 정신적 발전에 대하여 얼마나 중요한 전기가 되었는가 하는 사실을 그들이 역설하고 있는 것을 우리는 본다.

사실상 가령 여기 일례를 독일의 세계적 문호 괴테에서 구한다 하더라도, 그의 이탈리아 여행은 너무나 유명한 사실이요, 그래서 만일에 괴테에게 이 이탈리아 여행이 없었던들 오늘날 우리가 볼 수 있는 그의 전 면목(全面目)은 얼마나 감소되었을까 하는 것을 상상하기는 어려운 일이 아니리라.

교통 기관이 미비한 시대에 처하여서는 여행이 오늘날에 있기보다는 비할 수 없이 얻기 어려운 기회의 하나였던 만큼, 여행은 확실히 오늘보다는 더욱 중대한 의미를 가질 수 있었다. 오늘날엔 소위 군중의 여행시대가 현출(現出)된 감이 불무(不無)한 만큼 여행은 흔하게, 평범하게 되었다. 그래서 여행하는 것이 옛날보다 훨씬 편리하고 흔하게 된 만큼 여행 그것을 향락하는 능력도 옛사람에 비하여 현대인의 그것이 열악하게 된 것이 사실이다.

독일의 유명한 역사가요 또 시인인 그레고리비우스는 일찍이 청년시대에 저 불편하기 짝이 없는 우편마차와 노마를 타고 멀리 이탈리아까지 여행한 일이 있었는데 여행 당시의 감상을 그는 그의 저서인 『이탈리아 편력(遍歷) 수년(數年)』 속에서 다음과 같이 말한 일이 있다. 즉, "기차는 오직 너무도 빨리 달음질칠 뿐이다. 말하자면 우리는 성급한 운동을 가지고 땅 위를 활주할 뿐이다. 여기서 기차를 탄 사람의 정신이 자주성을 잃을 것은 말할 필요가 없다. 눈앞을 스치고 갈 뿐인 이 모든 관련 없는 현상을 꿈속같이 보게 되는 이곳에서 무슨 심각한 인상이 생기랴!"고.

여행자에게 평정하고 관조적인 유유한 태도를 허락하지 않는 기차의 속도에 대한 그의 비난에는 사실 일리가 있다. 그러나 현대는 뭐라고 해도 속도의 시대다. 요새는 비행기 여행조차 조금도 진기할 것이 없는 시대가 되지 않았는가. 프랑스 문인 장 콕토가 저 유명한 쥘 베른의 소설을 본받아서 80일 동안에 세계를 일주하던 계획에 응한 것은 아직도 우리들의 기억에 새롭다.

　오늘날 우리가 문명의 이기를 이용하지 않고 여행을 살리기 위하여 구태여 말을 타고 혹은 보행으로 한가로운 여행을 한다는 것도 문제려니와, 흔히 우리가 달아나는 기차에 몸만 실었다가 내리면 이것을 곧 휴양이라 칭하고 만족해하는 것도 여행의 본의를 잊은 것으로 한 문젯거리가 아니 될 수 없다. 여행의 의의가 다만 먼 곳을 가까운 곳으로 만들어내는 것에만 있다면, 그리하여 그것이 만일 우리의 정신적 향상에는 별로[10] 기여하는 바가 없다면 이러한 장소의 변화같이 무의미한 것도 드물 것이다.

　참된 여행은 아리스토텔레스도 일찍이 말한 것같

---

10) 원문에는 '別로히'.

이 무엇보다도 먼저 하나의 다른 존재 양식이 되려는 과도적 수단이 아니면 안 된다. 여행에 의하여 외부세계가 변할 뿐 아니라, 우리 자신의 내부 생활이 또한 그에 따라서 변하는 것이 아니어서는 안 된다.

그러므로 여행을 한다는 것은 도라 다닌다는 것을 의미하고, 변화한다는 것을 의미하고, 별인(別人)이 된다는 것을 의미한다. 그래서 우리는 사실 모두가 동경하고 있는 아름답게 빛나는 먼 곳을 가지고 있다. 그러나 우리가 동경하는 이 먼 곳은 실상은 그다지 멀지가 않은 곳이요, 그것은 실로 우리 자신 속에 시작되어 있다. 이래서 여행을 하는 사람에게 무엇보다도 필요한 것은 이 먼 곳에 대한 동경심을 자기 자신 속에 갖는다는 것이다.

현대 독일의 문인 한스 베터젠은 언젠가 여행에 관한 그의 조그만 글 속에서 다음과 같은 말을 한 일이 있다. "나는 내가 죽는 날에는 내 피부로 여행가방을 제조하도록 유언장을 쓸 작정이다. 그래서 나는 이것을 열광적인 여행자에게가 아니요, 이 지상을 참으로 잘 발섭할 줄 아는 현명한 내면적인 여행가에게 주기로 하겠다. 최소한도의 시간에 최대한도의 구경함을 명예로 삼고, 속력을 내어 휘적거리는 여행가를 나는 경멸 한다"고. 사후에까지도 참된 여행가의 동반자가 되려 하는 그의 심원(心願)에는 참으로 감격할 만한 것이 있지 않은가!

(1939.9)

지능과 개성

　이 세상에 사는 사람 쳐놓고 그 외모와 그 마음과 그 재주가 서로 똑같은 사람이 없습니다. 육체적으로 사람이 서로 다른 것 이상으로 정신적으로는 일층 더 다릅니다. 그래서 지능을 중심으로 하고 사람을 서로 비교해서 볼 때에도, 물론 각인각색 격으로 만 사람이면 만 사람이 서로 다 다릅니다. 지능이 우수한 사람이 있는 반면에 지능이 저열한 사람이 있을 뿐 아니라, 우수하고 저열하다든가, 그 생각하는 바가 정확하다든가, 또는 저열하다든가 해서 우수하다 할 수 있고, 저열하다 볼 수 있는 그 지능에도 서로 특질이 있어서 복잡하기 짝이 없습니다.
　사람의 기질과 성격을 가지고 말하더라도 이와 꼭

마찬가지로 한편으로 노력가가 있는가하면 다른 한 편으로는 게으름뱅이가 있고, 의지가 강한 사람이 있는가 하면 의지가 박약한 사람이 있고, 쾌활한 사람, 우울한 사람, 선량한 사람, 악한 사람, 실로 그 유형은 헤아릴 수없이 많고 또 사람마다 같은 유형 속에도 자기 독특한 무엇을 가지고 있습니다. 이것은 우리들이 일상 경험할 수 있는 사실로서 별로 이상할 것이 없는 상식이올시다. 그래서 이러한 개인 차란 것은 원래부터 사람 사이에 있는 것이다 하고 간단히 치워버리면 그만이올시다만, 말하자면 오늘 밤에는 이러한 개성의 차이란 것은 어째서 생기는 것이냐 하는 것을 생각해보라는 것이 주요한 목적 이올시다.

우리가 모든 사람의 인격을 형식적으로 볼 때는 인격은 죄다 한결같이 보입니다만, 사실에 있어서 모든 사람이 가지고 있는 개성은 서로 다릅니다. 그런 까닭으로 인격을 형식적으로 볼 때 모든 사람을 일체로 보아서 취급을 하는 것도 나쁠 것은 없겠지만, 인격 내용이 문제가 될 때는 차별대우를 해서 그 사람 그 사람의 능력과 성질에 따라서 적당하게 배치하는 것이 도리어 옳은 일이 될 것입니다. 그런 까닭으로 모든 사람을 절대로 동일하게 보는 인류 평화의 사상은 어떤 경우에 있어서는 불합리한 결과를 일으키고 도리어 불공평에 빠질 염려가 있습니다. 사실상으로 모든 사람의 개성에 차이가 있음에도 불구하고 무차별한 대우를 할 때, 한 편으로는 우수한 능력을 가진 자의 노력을 멸퇴시키고 다른 편으로는 저열한 개성을 가진 자의 태타(怠惰)[1]를 초치(招致)[2]해서 정신 능솔(精神能率)의 멸퇴를 일으킬 것은 두말할 것이 없습니다.

모든 사람의 지능과 개성은 혹은 유전에 의해서, 혹은 연령에 따라, 혹은 성별, 환경, 교육 이런 모든 것에 의해서 그 차이가 현저합니다. 이 차이는 우리가 보통 예상하기보다 훨씬 더 커서 신체적 기능이 랄지 간단한 정신작용에 있어서의 개인차는 비교적 적지만 복잡한 정신작용과 인격 속에 나타나는 개

---

1) 몹시 게으름.
2) 불러 오게 함. 초빙.

인차에는 대단히 현저한 것이 있습니다. 여기서 가령 교육하면, 획일적 훈육이 타파되고 개성지도가 존중되어서 개성의 개인차에 의해서 적성교육을 하게 된 것 같은 것은 사람 사이에는 개인차가 명백히 있다는 사실이 인정되었기 때문이라고 볼 수 있습니다.

그러면 대체 이 지능과 개성의 차는 어째서 사람 사이에 생기는 것인가. 그것을 한 번 살펴볼 필요가 있는데, 이것을 설명하는데 고래로 두 가지 서로 반대되는 학설이 있습니다. 하나는 생득설(生得說)이 그것이요, 또 하나는 경험설이 그것이올시다. 생득설에 의하면 사람이 제 각기 가지고 있는 지능이나 성질이나 개성, 이 모든 것은 사람이 생겨날 때 타고난 선천적 소질이 발전된 것에 다름없다. 따라서 사람은 생겨날 때 벌써 현재에 우리들이 가지고 있는 것 같은 성능을 가질 수 있도록 작정된 것이니, 생후에는 단순히 운명이 명령하는 대로 소질을 전개한 것에 불과하다 해서 타고난 소질을 절대시하는 것이올시다.

그런데 여기 대해서 경험설로 말하면 생득설과는 반대로 사람의 지능이나 개성은 우리가 출생한 최초에는 완전히 평등한 상태에 있어서, 누구라도 조금도 다를 것이 없지만 후천적으로 우리가 한 생애를 사는 동안, 즉 어머니 뱃속에 있을 때부터 묘 속에 들어갈 때까지 이모저모로 경험한 결과가 모이고 쌓여서 여기서 어질고, 어리석고, 혹은 우수하고, 열등하고, 혹은 낮고 못하는 차별이 생기게 되어 천차만별의 개성을 가지게 된다는 것입니다. 즉 다시 말하면 사람의 정신은 원래 흰 종이와 같은 것인데 그러한 백지가 나중에 혹은 붉게 혹은 파랗게 혹은 검게 착색이 되는 것은 후천적 경험에 의해서 그렇게 되는 것이요, 선천적으로는 사람에게는 아무 것도 없는 것이라 해서 소질의 존재를 전연 무시하고 후천적 교계(敎界), 후천적 경험만을 강조하는 것입니다.

　생득설과 경험설, 이 두 가지 학설 중에 어느 학설이 옳은가 하는 문제는 교육의 가능성이라는 문제와 관련되는 곳에 적지 않은 까닭에 고래로 교육자들 사이에 많이 논의 되었습니다. 그 결과는 차라리 경험설에 찬성하는 경향이 농후했습니다. 왜 그러냐 하면 만일 사람의 지능과 개성, 즉 성능이란 것이 조금도 변경할 수 없는 것이라면, 교육의 의미와 가치는 말할 수 없이 줄어들어서 교육 사업의 사명은 몰각될 염려가 있기 때문에 자연히 그들은 경험설을 신봉하게 된 것입니다.

성능의 개인차를 설명하는데 들어서 이 생득설과 경험설은 두 가지가 다 같이 옳은 설이라고 볼 수 없습니다. 즉 두 가지 설이 다 성능의 개인차가 성립하는 반면의 진리만을 붙잡고 있는데 불과합니다. 생물학 특히 그 중에도 유전학이 우리에게 가르치는 바에 의하면 유전의 사실은 정신과 육체, 이 두 방면에 너무도 힘차게 나타나기 때문입니다. 그러기에 자연과학자들 중에는 유전의 의미를 편중해서 교육의 효과란 것을 무시하는 경향까지 보이는 사람이 있습니다.

그러나 유전이라는 것이 아무리 엄연한 사실이라 하더라도 유전의 사실만을 너무도 중시하는 나머지 교육의 의미를 무시하는 수작은 마치 어느 종류의 교육학자가 교육의 효과를 통해서 교육의 목적인 개성의 신장을 오직 훈육의 힘으로만 충분히 도모할 수 있다고 피교육자, 교육을 받는 자의 선천적 소질을 무시하는 것같이 역시 성능에 대한 이해를 갖는 것이라고 인정할 수 없습니다. 그런 까닭으로 우리가 성능에 대한 정당한 이해를 얻기 위해서도 일방으로는 유전의 사실을 인정해서 선천적 소질을 상정하는 동시에, 다른 한 편으로는 환경이라든가 경험이라든가 훈육이라든가 하는 후천적 교양의 효과를 부정해서는 안 될 것입니다.

우리가 갖는 지성과 개성의 개인차는 일면으로는 유전적 경향의 차이에서 오는 것이요, 타면으로는 우리가 세상에 나온 뒤의 환경적 조건이 서로 다른데서 불거져 나오는 것입니다. 그래서 우리는 반드시 지능과 개인차가 성립되는 원인을 선천적 소질과 후천적 교양, 이 두 가지 조건에서 구해야만 되는 것이지 그 한 가지 조건에만 원인을 찾을 것은 아닙니다. 왜 그러냐 하면 지능이든지 개성이든지 사람의 성능 그 자체가 원리 소질과 교양, 이 두 가지 것이 합성된 결과에 다름없는 것이요, 또 이 소질과 교양에 서로 차이가 있기 때문에 사람의 지능과 개성에는 자연히 개성 차가 생기지 않을 수 없기 때문입니다.

그러면 대체 이 사람을 서로 달리 만드는 소질과 교양이라는 것은 무엇을 말하는 것일까. 앞서도 말씀드린 것과 같이 우리의 지능과 개성은 선천적으로 유전적 원인, 후천적으로는 환경 조건에 의해서 결정되는 것인데 말하자면 이 선천적으로 유전이 되는 천품을 우리는 소질이라고 부르고, 그에 대해서 후천적으로 경험이랄지 훈육 그 외에 주위의 사정에 의해서 영향을 받게 되는 방면을 교양이라고 합니다. 우리들 사람이 제 각기 현재에 가지고 있는 지능과 개성은 실로 이 소질과 교양, 이 두 가지 것이 협력한 결과에서 분리시킨다든가 또는 교양을 소질보다 더 중시한다든가 할 수 없을 만큼 소질과 교양은 사람을 사람으로 만드는 위에 있어서 서로 돕고 서로 보태는 작용을 하고 있는 것입니다.

무릇 소질이라는 것은 우리가 생겨날 때 부모에게서 타고난 성질을 두고 말하는 것인데 이것은 모든 개체가 장래에 활동하기 위한 기초가 되는 것으로, 이것이 있기 때문에 생물은 심신의 활동과 장래에 발전을 기할 수 있는 것입니다. 그래서 여기서 말하는 소질이라는 것은 물론 두말할 것 없이 정신적 소질을 말하는 것입니다. 즉 모든 생물이 장래에 있어서 적당한 환경적 조건 밑에 일정한 활동 일정한 발육을 할 수 있는 정신적 능력의 씨를 말하는 것입니다. 소질이란 다른 개념과 마찬가지로 경험적으로 이것을 붙잡을 수는 없는 개념이올시다. 우리가 정신현상을 이해하기 위해서 잠시 인정한 개념입니다.

　여하간 소질은 과거의 우리의 선조가 가지고 있는 지혜와 경험의 전체에 필연한 관계를 가지고 유전이란 법칙을 통해서 자손에게로 내려오는 바탕을 말하는 것인데, 유전이라고 하더라도 물론 그것은 선조가 가지고 있는 성질이 그대로 자손에게로 내려오는 것은 아닙니다. 모든 것이 구체적으로 그대로 유전되는 것은 아니고 막연히 그것 비슷한 경향이 유전되는 것에 불과합니다. 윗대에서 받는 이러한 귀중한 소질, 이러한 좋은 소질도 소질 그 것만으로는 아무 것도 될 수 없는 것입니다.

좋은 소질이 후천적 교육에 의해서 한도에 달하기까지 발전될 수 있을 때 비로소 그 소질을 최선의 지능과 최선의 개성을 가질 수 있는 것이지, 만일에 교양의 조건이 그 소질에 대해서 응용되지 않는다면, 그 사람이 아무리 좋은 소질을 타고 났다 하더라도 그 소질은 드디어 나타나지 못하고 말 것입니다. 그와는 반대로 아무리 좋은 교육을 가져다 가르치고 집어넣고 한다 해도, 만일에 그 사람에게 그것을 받아들일 수 있는 소질이 없을 때는 결과는 교육을 못 받은 좋은 소질과 다를 것이 없을 것입니다. 그래서 소질이라는 것은 본래 유전의 법칙을 밟고 윗대에서 아랫대로 내려오는 것이니까, 거기는 또한 반드시 연면(連綿)히 내려오는 줄기가 있어 가지고 천재의 가문에라야 천재가 많이 배출되고, 부정한 가문에 저열자가 많이 생기는 신성한 혈통을 우리는 무시할 수 없습니다.

이것을 가령 인종의 차에서 볼 것 같으면 대단히 잘 알 수 있을 것입니다. 즉 서양 사람과 동양 사람을 잠깐 비교해볼 때 기질과 성격은 물론이요, 지능에 있어서도 인종의 차이가 현저한 것을 우리는 볼 수 있을 것이요, 한 지방 한국만을 두고 보더라도 남과 북은 스스로 사람됨을 달리하고 있는 것입니다.

여하간 유전을 통해서 사람이 타고난 소질이 이와 같이 중요한 것은 두말할 필요가 없습니다만 그렇다고 해서 우리의 지능과 개성이 소질에 의해서 절대적으로 지배를 받는다고 하는 것은 정당한 관찰이 아닙니다. 사람의 소질은 후천적 영향 밑에 발전되는 것이니까 소질이 빈약한 사람도 여기다 적당한 훈육을 베풀고 열심히 노력하기만 하면 어느 정도까지 발육할 수가 있는 것입니다. 또 그 반대로 소질이 우수한 사람도 환경이 좋지 못하고 훈육과 지도가 불충분한 경우에는 아무리 좋은 소질도 이것을 신장시키지 못하고 말 것은 정한 이치입니다. 그런 까닭으로 결국 소질은 지능과 개성을 발달시키는 지반이 되어서 그 사람됨의 윤곽을 정해 주는

데 불과한 것이요, 사람의 지능과 성질에 의미를 주고, 그것을 발달시키는 것은 실로 '교계'라는 조건이올시다.

교계라는 말은 그 의미가 넓어서 일언으로 규정할 수가 없습니다만 교계의 조건으로서 우리가 첫째로 들 수 있는 것은 경험이라는 것이겠지요, 즉 우리의 지능과 개성은 경험이 많고 적은 것에 따라서 규정되기 쉬운 것이올시다. 어떤 경우에서든지 나이를 많이 먹은 노인이 젊은 청년보다 지혜가 낮다고 볼 수는 없는 것이겠지만 나이를 먹을수록 사람은 여러 가지 경험을 쌓게 되는 까닭으로 일반적으로 보아서 노인의 지능은 청년의 그것보다 발달되었다고 볼 수가 있습니다.

다음에 우리가 교계의 조건으로 들 수 있는 것은 환경이 그것일까 합니다. 사람의 지능은 가정이랄지, 사회랄지, 직업이랄지, 경력이랄지 각기 여러 가지 외곽의 사정에 의해서 서로 다르게 형성되고 발달되는 것이올시다.

셋째 조건으로 우리가 들 수 있는 것은 내부의 조

건이 그것인데 이것은 무엇보다도 우리의 지능을 지어 올리는데 중요한 요소가 되는 것이올시다. 즉 교육 정도, 취미의 방향, 노력 여하가 그것인데 이것은 사람이 자기의 소질을 신전(伸展)시키고 발육시키는데 있어서 대단히 중요한 것으로 이 조건 여하에 의해서 사람과 사람 사이의 지능의 차는 더욱 커지는 것이올시다.

물론 이런 모든 후천적 조건은 결코 단독으로 작용하는 것이 아니고, 서로 협력이 되어서 개인의 지능을 만들어 개인차를 빚어내는 것이니까 어떤 것이 그 사람의 지능을 지어 올리는데 더욱 필요했느냐 하는 것을 구별할 수는 없는 일입니다. 여하간 우리는 보통 이러한 모든 경험적 조건을 총괄해서 이것을 교양이라고 부르고 있는 것입니다. 그래서 이 교계에 의해서 사람이 생활에 필요할 지식을 얻게 되었을 때 우리는 그것을 지능이라고 하는 것입니다.

그 사람의 소질과 교계의 어떤 정도의 것이냐에 의해서 그 사람의 지능의 질과 양은 결정되고, 또 그 사람이 외곽의 인상을 어떻게 지각하고, 어떻게 기억하고 어떻게 상상하고, 어떻게 관찰하는가에 따라서 각기 그 사람 사람의 지능의 개인차는 결정되는 것이니까 지능의 개인차는 따라서 그 종류와 등급이 웅장히 많을 것은 명백한 사실입니다. 사실상 우리들의 정신활동에는 도저히 무관할 수 없는 개인차가 있어서, 단 한 가지 일을 처리하는데 있어서도 사람의 지성의(知性意)의 움직임에는 그 소질과 그 교계의 여하에 따라 개성적인 차이가 똑똑히 보이는 것입니다.

가령 원래로 지각이 예민한 사람은 언제든지 비교적 예민한 것이고, 순한 사람은 언제든지 비교해서 순합니다. 물론 연습을 자꾸 하고 경험을 자꾸 쌓고 정신이 발달됨을 따라서 사람의 정신활동의 상태에는 진보가 나타나지만, 교양과 소질에 의해서 지능이 발달한 사람이 연습한 결과와 그렇지 못한 사람이 연습한 결과에는 스스로 경정(逕程)거리가 생길 것은 정한 이치일까 합니다. 이래서 우리는 이러한 정신적 활동의 개인차를 낮게 하는 원인을 사람들의 지능의 개인차에 구하는 것이 보통인데, 그것은 지능에 정도의 차가 있는 까닭으로 모든 사람의 정신활동에는 필연 개인차가 생기지 않을 수 없기 때문입니다.

모든 사람은 제 각기 자기의 개성을 가지고 있다는 것은 우리가 종종 하는 말인데, 모든 사람이 제 각기 자기의 개성을 가지고 있는 것은 또한 사실입니다. 그래서 모든 사람이 제각기 자기의 개성을 가지고 있다는 말은 결국 모든 사람은 정신활동에 있어서 개인차를 가지고 있다는 말과 다르지 않습니다.

개성이라는 것은 무엇을 말하는 것이냐 하면 그것은 원래 여기 있는 이 사람을 저기 있는 저 사람으로부터 구별해서 이 사람을 이 사람 되게 하고, 저 사람을 저 사람 되게 하는 특질을 말하는 것입니다. 그래서 사람에게는 사람뿐만이 아니라 심지어 개와 말에 이르기까지도 이 개성이라는 것이 있는 까닭으로, 개체는 내적으로 한 개의 통일체를 짓는 동시에 외적으로는 다른 모든 생물로부터 구별되어서 어느 무엇으로서도 대신하지 못할 독립성을 가질 수 있는 것입니다.

다른 생물은 잠깐 그만두고 사람의 경우에 대해서 본다면 개성이란 인격적 특색에 다름없습니다. 그래서 인격은 두말할 것 없이 유전적 소질과 후천적 교양이 서로 합해서 된 그 사람의 개인적 특색을 말하는 것입니다.

그런 까닭으로 결국 우리는 성격과 지능을 차별상에 있어서 바라볼 때, 이것을 특히 개성이라 하고 부르는 것에 불과합니다. 따라서 우리는 어떤 사람의 지능을 그 사람의 개성에서 분리시켜서 볼 수는 없습니다. 그 사람의 지능 그것이 개성이 되어있고, 그 사람의 개성 그것이 또한 그 사람의 지능과 혼연히 융합되어 있기 때문입니다. 소질이 좋지 않고 교양이 없는 사람, 즉 다시 말하면 지능이 부족한 사람은 역시 그 개성도 저열함을 면할 수 없는 것이요, 선천적 소질과 후천적 교양이 한 가지 충분한 사람은 그 개성 역시 이지적으로 훈련되어서 있는 곳마다 가는 곳마다 그 인격이 빛날 것은 두말할 필요가 없을까 합니다.

사람이 산다는 것은 한 개의 긴 시련이올시다. 교

양과 경험과 훈련에 의해서 우리는 물론 우리의 지능을 발전시킬 수는 있습니다만, 이 교양의 영향은 무제한으로 큰 것은 아닙니다. 사람 사람에 따라서 그 발전과정에는 스스로 개인적 한계가 있어서 얼마나 힘을 넣고 기운을 들여도 그 정도를 지나면 더 뻗어 나갈 수는 없는 것입니다만, 우리는 모두가 될 수 있는 데까지 우리의 지능을 발달시켜서 훌륭한 인격을 완성하도록 하는 것이 우리의 아름다운 의무가 아닐까하고 생각합니다.

(1938년 5월 10일)

주붕(酒朋)

—주중교우록 서(酒中交友錄 序)—

　나는 술을 약간 마실 줄 안다. 술을 약간 마실 줄 알 뿐 아니라 나는 술을 즐기지 않는 사람에 비하면 술을 좋아하는 축에 들 것이다. 술을 마실 줄 알고 술을 애음(愛飲)하는 사람은 이 세상에 허다하다.

　가만히 생각하면 마시는 일같이 쉬운 일은 세상에 다시없을 듯도 싶다. 물론 나는 술에 소질이 없는 사람이 술을 적구(滴口)도 못하며 술의 한두 잔에 전신이 붉어지는 생리적 사실을 모르는 바 아니지만, 그렇다고 해서 나는 음주를 우리가 가질 수 있는 한 개의 특수한 재능이라 간주해서[1] 음주를 명

---

1) 원문에는 '간주하므로 의해서'.

예로운 습관의 한 가지로 여기는 자는 결코 아니다. 아니 그 보다는 차라리 음주는 불주(不酒)의 도(徒)가 항상 '취하지 않은 머리'와 '맑은 정신'을 가지고 용감히 단정해 버리듯이 명예로운 습관과는 스스로 먼 타락적인 행동에 속할지도 모른다.[2] 그러나 이러한 구구한 판단이 술의 부동의 위치에 대해서 과연 무슨 힘을 가지랴!

우리들 주도(酒徒)가 한 번 주배(酒杯)를 들매, 우리는 문득 번잡한 현실을 초월하고 오묘한 정애의 세계에 유유(悠遊)하는 자이니 그때 일체의 악착한 세간사는 벌써 우리들의[3] 관심할 바가 못 되기 때문이다.

마시는 자로 하여금 마시게 하라. 마시는 자로부터 마시는 행동을 방해하지만 않으면 그뿐이다. 그러므로 나는 내가 일찍부터 '박커스'의 제단에 참가하게 된 한 사람임을 술을 마시는 데서 필연 유래하는 경제적, 시간적 기타의 불소(不少)한 희생에도 불구하고 단 한 번인들 후회한 일은 없다.

---

2) 원문에는 '속할런지도 알 수 없다'.
3) 원문에는 '오인(吾人)'.

결국은 술을 마시고 아니 마시는 것도 일종의 숙명이라 볼 수 있으니, 우리는 그 좋은 예중의 하나를 앞날에 마시던 사람이 무슨 이유로 인해서 단주(斷酒)를 결행하려 할 때, 그의 굳은 결의가 흔히 오래 유지될 수없는 사실 속에서 찾아낼 수가 있다.

친한 벗의 손목을 잡으매 그의 결심은 모래 위의 집과 같이 힘없이 무너지는 것이니, 어찌 우리는 우리의 다감한 우정을 한 잔의 술로 축임이 없이 단 한 번의 악수와 두어 마디의 인사말로서 고담(枯淡)하게 갈릴 수 있으랴!

흔히 술을 하지 않는 친구들이 실로 간단하게 만나 실로 간단하게 헤어지는 맹숭맹숭한 상황을 우리가 목격할 때, 우리는 그들의 물과 같이 담담한 우의의 표현에 일종의 기이한 느낌을 품지 않을 수 없거니와, 우리에게도 만일에 술이 없을진대 우리 역시 피상적 교제를 피할 수 없을 것은 두말 할 필요가 없다.

사실 우리에게도 다행히 좋은 친구는 만났는데 불행히 돈이 없거나 시간의 여유가 없기 때문에 섭섭히 갈리는 수도 없지 않아 있는데, 이때의 적요감이 얼마나 큰가 하는 것은 주도가 아니면 이해하지 못할 심경이다. 주우(酒友)가 주우를 그리워하는 정의(情誼)는 애인이 애인을 그리워하는 정의에 못하지 않으니, 일언이폐지(一言而蔽之)하면 주붕(酒朋)은 애인 상호간에 있음과 같이 본능적으로 서로 떨어지기가 싫은 것이다.

주우는 술을 통해서 아름답고 씩씩한 우정의 영원을 의욕 하는 것이니, 술이 우리의 의식을 드디어 완전히 혼도(昏倒)시킬 때까지, 또는 심야가 우리에게 취면(就眠)을 강제할 때까지 우리는 초연한 고영(孤影)이 되고자 하지는[4] 않는 것이다.

우리는 물론 술을 마시기 위해서 술을 마시지는 않는 것이요, 우리는 단순히 우정을 열정적으로 체험하고 그 완전을 기하기 위해서 술의 응수(應酬)[5]를 거듭하는 것이니 이리하여 우리가 마시는 술은 결코 헛되지는 않는다.

---

4) 원문에는 '되고저는'.
5) 상대편의 한 말이나 행동을 받아서 마주 응함.

술은 말하자면 우정에 대한 일종의 시멘트 공사요, 제방 공사를 의미하기 때문이다. 두 말할 것 없이 술은 중간적 음식물로서 많은 것을 위해서 필요한 존재물이거니와, 우정의 심화를 위해서 술은 특히 불가결의 요소이니, 혼자서는 먹고 싶지 않은 술이 동무의 얼굴만 보면 생각이 나고, 또 혼자서 마시면 쓴 술이 벗과 마주 앉아 마시면 단 이유는 이상도 하지만, 결국 이것은 술의 우정에 대한 생리적 관련이란 사실을 가지고 설명할 수밖에 없다. 이리하여 우리는 친고(親故)를 만나매 의례히 만난(萬難)을 배(排)하고 이해를 초월하여 서로 주머니를 털어 주배(酒杯)를 높이 든다. 하루에 연달아 두세 번을 만나도 우리는 어쩐지 서로 그립고 서로 떨어지기가 싫기 때문이다.

술 먹는 사람이면 누구나 경험하는 심각한 감정에 소위 부족증(不足症)이라는 것이 있다. 우리가 벗과 서로 행복하게 어깨를 겨누고 이집 저집 술집을 더듬을 때, 아무리 마셔도 쓰러지기 전 한 순간까지는 술이 부족한 느낌을 품는 것은 참으로 술이 부족해서 그런 것이 아니라, 그것은 결국 우정에 대한 부족감에서 오는, 다시 말하면 우정의 만끽을 요구하는 정열에서 배태되는 감정이다.

우리는 원래 무슨 여유가 있어서[6] 상시 음주에 종사하는 것은 아니다. 사람이 경제적으로 여유를 얻으면 우정과도 술과도 멀어지는 것이 보통이다. 우리가 급한 볼일도 제쳐놓고 돈이 없을 때는 외상 술을 마시며, 심하면 전당질을 해서까지 술을 나눌 때, 이것은 확실히 비장한 행동에 틀림없으나, 보통 사람이 보면 이 같은 주교(酒交)는 적지 않은 망동(妄動)으로 여길지도 모른다. 하지만 그러한[7] 열병적 정열에 몸을 바치는 우리들 자신에게 그것은 한없이 큰 행복의 하나이니, 말하자면 우리는 술로서 우리네 상호의 육체를 마취시키고 모살함으로써[8] 우리의 정신에 아름다운 정의의 꽃을 피게 하려는 것이다.

---

6) 원문에는 '있으므로서'.
7) 원문에는 '모르지만 그러한'.
8) 원문에는 '謀殺하므로 의해서'.

이 세상엔 행복에도 물론 여러 가지가 있겠지만, 나는 좋은 벗들과 같이 앉아 술잔을 드는 때같이 행복한 시간을 달리 알지 못한다. 그래서 세상에는 우리가 생각하기보다 행복은 의외로 작은 것이요, 그러므로 나는 내가 술을 마실 줄 알고, 술을 마실 줄 알기에 많은 좋은 벗들을 가질 수[9]있는 것을 분외(分外)의 영광으로 여기고 있다.

돌아보건대 나는 일찍이 이러한 행복을 얼마나 자주 누릴 수 있었던가. 나는 원래 재미(滋味)도 퍽은 없게 생겨먹고 가난하기로서도 유명한 범용(凡庸)한 인위(人爲)인지라, 벗의 애원을 무릅쓸 아무 이유가 없음에도 불구하고, 그들은 많은 것을 희생해가면서까지 나를 사랑해 주었다. 내 비록 그 생김이 우둔하다고는 하더라도 어찌 그들의 지극한 우정에 대하여 감사의 마음이 없으리오. 두주(斗酒)는 태붕애(胎朋愛)라 하지 않는가. 내 두주가 아니요 그 양이 가히 승주(升酒)에도 미치지[10] 못하나 붕애(朋

---

9) 원문에는 '갖일수'.
10) 원문에는 '및이지'.

愛)는 항상 가슴을 넘쳐흐르는지라, 청함에 맡겨 여기 주중교우록(酒中交友錄)을 초하기로 한다. 우리의 고요한 기쁨을 천하에 공개함은 원래 우리의 본망(本望)이 아니나, 우리의 극진한 우정을 영원히 기념하기 위하여 여기 두어 마디 기록을 남기는 것도 그다지 의미 없는 일은 아니라고 생각하기 때문이다.

미리 말해두거니와 우리들의 술은 소위 난봉과 활량의 호화로운 술이 아님은 물론이요, 또는 너무나 외교적인, 너무나 공리적인 술도 아니므로 돈을 흥청거리고 쓰는 맛으로 술을 마신다든가, 타산적으로 무슨 운동을 위해서 술을 먹는다든가 하는 그러한 세간의 음주 방법과는 거리가 매우 멀다.

우리는 오직 우정을 위해서만 술로 만나 아무 사념이 없이 물과 같이 담담한 기분으로 술을 나누는지라, 세상에서 가장 순결한 주도를 구한다면 우리를 두고 없을 것이다. 그러므로 우리에겐 흔히 주효(酒肴)의 유무가 문제가 아니요, 술의 청탁(淸濁)이 또한 개의(介意)할 바가 아니며, 주기(酒妓)의 존비(存非)가 또한 문제 밖이다. 친고가 서로 마음을 같이 하는 마당에 우리들이 서로 나눌 술만 있으면 우리는 충분하다 하고 안주 없는 쓴 술에도 곧 쉽사리 도취하는 것이다. 이러한 태도는 물론 술을 먹는 사람이라고 다 취할 수 있는 것은 절대로 아니니, 우리는 많은 사람이 좋은 친구와 대좌(對坐)한 경우에라도 안주 없는 술, 여자 없는 술을 염기(厭忌)[11]하는 사실을 잘 알고 있기 때문이다.

그러나 우리는 말하자면 우정에 다감하기에[12] 무조건하고 친구가 고맙고, 사랑스럽고, 미더운 까닭으로 서로 떨어지기가 싫어 값싼 술일 망정 한사결단하고 취할 때까지 마시게 되는 것 같이 보인다. 물론 그 외에 달리 이유는 없다. 오직 그것은 일종의 종교적 신앙이라 간주할 수 있는 성질의 것으로, 술에 대한 순정은 극히 좁은 범위에서만 성립될 수 있다. 술잔이나 먹는 사람이면 의례히 연줄 연줄로 여러 가지 주석에 앉게 되므로, 사실상 주교의 범위는 자연 확대되지 않을 수 없는 것이지

---

11) 싫어하고 꺼림.
12) 원문에는 '다감한 까닭이겠지'.

만, 여기서는 나는 단순히 친근한 주붕 몇 분 만을 소개함에 그치려 한다.

술이 있을 때, 또는 술 생각이 날 때, 반드시 그리워지고 반드시 옆에 있기를 염원하는 주우 십수씨(十數氏)를 말하고 싶다.

부기

나는 전에 『조광』지의 요청으로 『주중교우록』이라는 글을 쓴 일이 있다. 이것은 그 글의 최초의 1절이다. 그 후 사정상 나는 그 글을 중단하였다. 앞으로 기회를 엿보아 고(稿)를 새로이 할 작정으로 우선 서문만을 발표하는 바이다.

(『조광』 1949년 10~12월)

주중교우록 속(續)

　나는 원래 그 성질이 무엇이든지 소극적이어서 술에 있어서도 항상 수동적 태도를 취하여 왔다. 즉 내가 서둘러서 술을 먹는 일은 별로 없었다. 그러므로 나의 주우(酒友)에는 능동적인 분자가 많다.

　나는 술을 마실 재력도, 주변도, 기분도 왕성하지 못하므로, 자연 술은 싫어하지는 않으면서 적극적으로 움직일 수없는 처지에 있었다. 그런데 나의 이러한 처지를 가장 잘 정복해주는 주우의 제1인자에 화가 황토수(黃土水)가 있다. 실로 황형은 명실이 상부되는 일대의 주객으로 그는 우리의 음주 20년에 있어 가장 많이 내가 술을 먹고 싶은 순간에 술을 권한 사람인 동시에, 술을 먹어서는 안 될 시간에 술을 강제한 사랑할 벗이었으니, 그의 유명한 『석양배』는 나를 얼마나 행복하게 했으며, 또한 그의 야반습격은 얼마나 나의 안면을 방해했던가?

그는 석양판 술꾼의 뱃속이 출출할 때를 벌려 나를 찾아주는 고마운 주우였으나, 어디선지 취해서는 집으로 가는 발을 우회시켜 잠근 내 집 문을 발질하는 미운 주우이기도 했으니, 나는 사실 술을 논하는 그의 목전에서는 완전히 충실한 노예라 해도 과언이 아니리라.

안주는 절대로 집어 먹는 일이 없고 저(箸) 끝으로 찍어먹는 그, 한 잔 취하면 모든 것에 일가언(一家言)을 고요히 말하는 무소부지(無所不知)의 그, 뇌락하고 주탈(酒脫)한 그의 맵시, 그의 취미, 그의 범절. 나는 토수와 마주 앉아 술 먹기를 극히 사랑한다.

우리가 동경서 서울서 그동안 술을 거듭한 사이 귀여운 일화도 많지만, 그 하나하나를 기록할 여유 없음은 섭섭하다. 작년 봄에 경주로 내려간 후, 술이 있을 적마다 형을 생각하는 마음 간곡한바 있었다. 돈암동에 우리가 있을 때, 안서 형과 일돈 형과 나와 넷이서 돈암동을 격시(隔時)로 정복하던 일이 이를테면 기억에 가장 새로운 행복이었다고나 할까.

토수의 유명한, 그리고 감격할 지설(持說)을 나는 오늘날까지도 술 먹을 때마다 한 번씩은 저작(詛嚼)[1]해 보고 상미(賞味)[2]해 보는 습관을 지키고 있다. 사람은 술을 같이 먹을수록 그 정이 깊어 간다는 말이 그것이다. 내가 술을 안 먹겠다 하고 물리치면 토수는 의례히 이 지설을 무기로 사용한다. 그러면 나는 그의 말이 얼마나 옳은 말인가 하는 것을 잘 알고 있으므로 주섬주섬 옷을 입고는 따라서는 것이다.

과연 사람이란 얼마를 친해도 끝이 없으리만큼 미묘하고 오묘한 물건이라고 생각할 수는 없어도, 얼마든지 더 친해 갈 수 있는 길이 술에서 전개되는 것을 경험하는 심사는 참말 감격할 만하다.

나는 여기서 우리가 일찍이 선량한 술 때문에 저지른 여러 가지 무죄한, 무죄하다고 하기보다는 유

---

1) 음식물을 씹음.
2) 맛을 칭찬하여 먹음.

머러스한 사건을 생각한다. 토수가 동경미술학교에 입학이 되었다 해서 하숙 근처의 카페에서 축하의 주석이 벌어졌던 일이 있다. 우리는 얼마를 마셨는지 모른다. 그러기에 대주의 토수가 술을 피해서 하숙집 사립 속으로 들어가지 않았겠소. 들어간 것은 좋았는데 취한 정신으로 나올 도리는 없어 벽을 찼기 때문에 하숙 벽은 파괴되고 말았다. 토수를 찾던 우리는 그 때문에 토수를 발견했지만, 하숙 주인이 노해서 순사까지 불러온 일이 있다.

한번은 4-5인이 크게 술을 먹었는데 무슨 이유에선지 토수는 현재 대구 부청에 있는 이홍직 군과 서로 승강이가 되어 동경 춘일정의 전차 교차점에서 둘이서 누워 무저항주의를 표방하며 서로 치라는 싸움에는 나도 상당히 땀을 냈다. 사람들은 이 싸움을 둘러싸고 인산인해를 이루었는데 싸움은 무저항주의의 대치이고 보니 실로 요령부득의 주정이다.

어느 해 겨울이던가, 서울서 나는 오래간만에 이곳에 나타난 토수를 맞이하고 둘이서 그 때 시절에 싼 선술만을 어떻게 그렇게 먹었는지 5원어치를 다

먹고 동관 네거리 눈 오는 밤에 서로 안고 누워 궁구는 것을 순사에게 발견된 일도 있었다.

생각하면 실로 무모한 짓이라 할지도 모른다. 그러나 단순히 이것은 무모한 짓으로서만 간주되어버릴 것일까? 아니다. 이러한 어리석은 사건을 우리가 같은 순간에 같은 정신으로 체험했다는 것은 우리의 생애에 대해서 한 친밀한 연락을 주고, 말할 수 없이 유쾌한 추억이 되게 함으로써 적지 않은 의미를 갖는다.

토수의 애주는 유명하다. 물론 우리의 비할 바가 아니다. 요새 와서는 늙어가는 탓인지 주량은 대단하지 않은 것 같으나, 매일 술을 안 마시고는 쾌활한 기분을 얻을 수없는 것같이 보인다.

나로서 토수를 생각할 때 여기 연상되는 것은 두주불사의 손경수 선생이니, 토수와 손 선생은 고향도 같으려니와 그 호주성(好酒性)에도 백중(伯仲)이 없어 술이 있는 곳에 반드시 양자는 대좌하여 있는 것을 만인은 발견한다. 둘이는 참으로 마음의 벗이요, 술의 형제이니 둘이서 만나 있을 때, 꼭 술은 있으며 "먹어라" 하고 술을 권할 때 둘이의 사이에는 상당한 양의 술이 요구된다. 선량 자체(善良自體)와 같은 손 선생이 술 앞에 앉아 있을 때 그 장면을 보는 때 같이 자연스러운 풍경은 드물다 할 것이니, 이 주신(酒神)을 볼 때마다 나는 술의 의미가 소박하며 선량하다는 데 있는 것을 다시금 깨닫게 된다.

이 세상에 주량이 큰 사람, 술을 많이 마시는 사람은 그다지 드물지 않다. 그러나 제아무리 술이 센 사람일지라도 대부분의 주도는 술을 많이 마시면 자연 술에 져버리는 것이 보통이요, 또 지난밤에 먹은 술의 영향을 못 이겨 과음을 많건 적건 후회하는 것이 상례라 할 것이다. 그러므로 말하자면 이런 사람은 대주가로서의 자격은 있다고 할 수 있을지 몰라도 엄밀한 의미에 있어서 어느 경우에서든지 술을 철두철미(徹頭徹尾) 한 개의 좋은 작용을 가져다 주는 수단으로서 이것을 사랑하고 이것을 즐기는 사람이라고는 도저히 간주되지 못할 것이다.

심히 유감이나 나 역시 이런 종류의 주도에는 속하는 자로, 간밤에 친구를 만나 죽기 작정하고 술을 마신 사실 자체에 대해서는 다음날 아침에 눈을 뜨며 무조건하고 우리는 우리의 신성한 우정의 견고를 위해서 쾌심의 웃음을 얼굴에 띄우는 것이지만, 그러나 술이 가장 과한 나머지 정신은 아득하고 사지는 짜릿할 때 우리는 흔히 과음의 해독을 본의 없이 의식하게 된다.

그러나 이러한 의식과정은 실로 찰나적인 사건이요, 그것이 수순(數瞬) 내지는 수각(數刻)을 계속되지 않고 소산(消散)[3]함은 물론이니, 왜냐하면 우리는 즉일로 또다시 저 아늑한 석양의 시간은 가까워오고, 저녁 전의 뱃속은 서서히 출출해 가면 우리는 발작적으로 우리가 쌓아올리다 둔[4] 우정의 탑에 대한 우발한 향수에 난데없이 사로잡히는 몸이 되기 때문이다.

여기서 우리는 곧 원기를 회복하고 서로 협력하여 술에 의한 정사미수(情死未收)를 또다시 획책하는 것인데, 사실 이와 같은 주우 상호의 열정적 대작은

---

3) 흩어져 사라짐.
4) 원문에는 '싸올리다 둔'.

보통 사람의 상상 밖으로 우리들 주우가 서로 만나는 날엔 우리는 우리가 서로 죽을 것을 일면 반갑게, 일면은 그러나 우울하게 각오하고 덤비는 것이다.

과음 과주는 우리가 끝없는 우정을 열정적으로 체험하기 위한 필연의 귀결이고 보니, 음주는 우리에게 쾌락을 가져오는 반면에 적지 않은 고통을 약속한다. 그러나 술의 도덕은 우리에게 잔의 응수가 일단 시작됨에 우리가 받은 술잔을 물리쳐서는 안 될 것, 중도에 앉은 주석을 퇴해서는 안 될 것을 명령한다. 우리는 우리의 유한한 주량에 넘는 술을 먹는 데서 생기는 모든 고통과 모든 방심상태와 혼란화를 진득하게 참고, 우리 사이에서 말하자면 '테르 아 테르'의 은은한 형식에서 아름답고 거룩한 우정의 체험만을 완성하지 않아서는 안 된다.

보통 사람의 눈에는 반드시 어리석게 보일 터인 이 사업이 황홀은 하되, 그러나 얼마나 난관에 찬 도정이냐 하는 것은 술을 먹는 사람이면 다 알리라. 이 점에 있어서 나는 주도를 하나의 끝마치기 어려운 수양의 길이라 생각하는 자다.

그런데 내가 전번에 잠시 소개해둔 손 군은 뭐라 해도 내가 아는 주우 가운데 주도의 대가되는 이름을 더럽히지 않을 최적의 인물일 것이다. 왜냐하면 첫째로 군의 주량이 유달리 큰 점, 둘째로 군은 과음이란 사실을 모를 만큼 일찍이 술에 의해서 고통을 맛보지 않았음은 물론이요, 군에 있어서는 술이 언제든지 곧 쾌락, 쾌락이라도 무상의 쾌락이 되는 점, 셋째로 군은 아무리 마신 후라도 결코 주정을 않는 점, 넷째로 군이 친구를 좋아하는 나머지 주량이 자기만 못한 벗을 자기가 취해 넘어질 때까지 놓지 않고 술로 죽이다시피 하는 점, 다섯째로 어느 경우에든지 만나기만 하면 만난 사람은 술을 굉장히 먹지 않고는 못 배기게 하는 점, 여섯째로 그 인품이 겸허 순박하고 청렴 고결하여 아무에게나 허물이 없게 하고 그 정을 느끼게 하는 점 등, 이로 따지면 참말 한이 없지만 대강 이런 점들을 종합해서 여러분은 우리의 친애하는 주신 손 군의 상을 임의로 지어 올려보라.

술에 있어 일찍이 이태백은 옛날의 전통이었으나

우리의 손 군은 오늘의 전설됨을 잃지 않을지니, 이렇게 되면 사람이 그렇게 술을 잘 마시고, 또 술을 좋아한다는 것인지 나는 그를 만날 때마다 술상을 사이에 두고 그의 얼굴을 감격에 찬 눈으로 물끄러미 바라보는 일이 많다.

그러면 그 얼굴 그 선량한 얼굴, 그 불그스레한 얼굴이 아무리 보아도 어머니 뱃속에서 나온 사람은 아니요, 술 항아리에서 문득 튀어나온 사람만 같다. 그러기에 가령 우리가 한번 황공하지만 이 주신의 볼에 손가락을 가만히 대기만 하면, 금시에 주적(酒滴)[5]이 임리(淋漓)하게 터질 것만 같다. 그러나 우리는 만약에 술이 나오지 않았다가는 환멸이니 아무도 손가락을 내어 밀 용기를 내지 못할 뿐이다.

한자리에 앉아 술을 나눔에 '박박주(薄薄酒)가 승다당(勝茶糖)' 운운이란 시구는 손 군이 간간이 구송하는 염불로 이런 모토를 그가 새삼스레 내놓는 것은 물론 그 때 그 때로 마시는 술이 새로운 감격을

---

5) 술방울.

그에게 줌으로써 이리라.

그는 술을 대함에 술이야 담배야 이야기야 퍽은 바쁜 몸이 된다. 그런데 그의 말이란 것은 듣기 어려운 것은 또한 유명한 사실이다. 그러므로 언젠가 이하윤 군이 "손군 말을 전화로 들으니까 굉장히 똑똑하네, 그거 이상하던데!" 하고 감탄 불금(感歎不禁)하는 것을 보고 나는 웃은 일이 있다. 평시에 술을 안 먹은 때라도 그의 경상도 사투리가 섞인 말은 듣기에 힘들거든 하물며 술잔이나 들어가서 혀가 굳어졌는지라 그 말을 알아들을 장사는 없다. 우리들 주우들 사이에도 그의 말을 모조리 알아들을 수 있는 동향의 주우 토수를 두고 없으리라.

그런데 이 알아 들을 수 없는 말이 또한 손 군의 풍개(風芉)에는 말할 수 없이 어울리는 것이니 일은 맹랑하다. 도연히 자족하게 된 이 주신의 입으로부터 우리는 왜 또 속된 지상의 언어를 들어야 할까? 확실히 그의 말은 초지상적인 언어다. 그러므로 우리는 여럿이 모인 자리에서는 그의 말이 나올 때마다 우리는 그저 맹목적으로 감격되어 박수갈채를 아끼지 않는다. 그러나 단둘이 앉아 있을 때는 그의 말에 대답해야 할 책임이 있으므로 사세가 곤란할 경우도 많지만, 그럴 때는 군이 좋아하는 술로서 우물쭈물 넘기는 수밖에 다른 도리는 없다.

요컨대 우리는 그의 초지상적 언어 속에서 속세의 말과 공통되는 편언반구(片言半句)로서 "그런데 말이야"와 "지랄한다"와 "묵어라, 묵어라, 와 묵잖노?" 등의 애용어 이외에는 별로 다른 말을 발견하기 힘든데, 우리가 몽현의 경지에서 한참동안 악전고투적 응수를 거듭타가 손 군 일체로 언맥(言脈)이 끊어진 듯싶으므로 취안(醉眼)을 한번 부비고 살피면 이것은 또 무슨 기괴한 풍습이냐. 술자리에 꿋꿋이[6] 앉은 채 눈을 감고 묵도하는 자세를 손 선생은 취하고 계시는 것이다.

꼬집고 비틀고 때려야 소용없다. 술이 어느 정도에 달하면 한 반시간 동안을 그는 이런 간편한 자세로서 도연히 천상에 유유(悠遊)하는 초인간적 습관

---

6) 원문에는 '굳굳히'.

을 가지고 있는 것이다. 그래서 정한 시간이 지나 천상에서 내려오면 그는 문득 새로운 정신을 담은 지상의 손 군이 되어 또 술을 먹기 시작하는 것이니, 한번 녹은 우리는 이미 재기할 기력을 적어도 그 날로서는 면회할 수 없는지라, 그와 대작을 계속할 수는 없는 일이 아닌가.

내가 앞에서 그의 주량이 유달리 크고 그에 있어서는 과음이란 사실이 있을 수 없고, 술이 항상 쾌락이 됨을 말한 까닭을 여기서 제군은 이해하리라. 이런 상태로서 그와 대작을 할 조건을 우리들이 서로 협조해서 여러 가지로 꾸며준다면, 그의 술은 한 자리에 얼마 동안을 계속할지 모를 것이다. 대개는 우리가 견딜 수 없기 때문에, 그만 먹기를 종용하고 혹은 그가 졸고 있는 시각을 이용해서 도망을 감으로서 그의 음주는 일단 중지됨에 불과하다.

사정이 대강 이와 같으므로 술에 대한 정열, 우의에 대한 집착이 상당한 우리로서도 대개는 손 군을 경원하지 않을 수 없다. 뿐만 아니라 손 군에게는 또 한 가지 초현실적 습성이 있으니, 그것은 그가 흔히 세간의 매매기구(賣買機構)를 몰각하는 점이다. 그는 원래가 호인인지라 친구만 보면 술 먹기가 급함으로 또한 그것이 유일한 중대 문제이므로 그가 주우를 주사(酒肆)[7]로 끌고 가는 것은 좋으나, 먹고 난 뒤에 남은 문제를 해결하지 못하고 서로 쳐다보고 서있는, 흥미 있는 장면을 간혹 장만하는 데는 질색이다.

옛날에 이태백의 주패(酒牌)를 획득할 최적임자는 물론 오늘의 술의 전설 손 선생을 두고 달리는 없을 것이다. 그것은 손 선생이 적어도 술을 많이 마시는 이상, 간접세의 다액(多額) 납세자라는 견지에서 보더라도 당연한 순서일 것이며, 또는 그의 기괴한 생리상태-술을 혼자서라도 한 되 이상은 흡수하지 않고는 도저히 공부도 할 수 없고, 잠도 잘 수 없는 생리상태로서 상량(商量)한다 하더라도 당연히 그러하다.

그는 그가 일찍부터 애독하고 있는 빈델반트[8]의

---

7) 주루, 술집.
8) 빌헬름 빈델반트(Wilhelm Windelband, 1848~1915). 독일의 철학자이자 철학사가. 서남 독일학파(바덴학파)의 창시자. 철학적 문제와 개념의 역사적 전개를 중시함.

철학원서와 에밀 우티츠[9]의 미학원서를 실로 이러한 도취상태에서만 유유히 저작할 수 있는 것이니, 그에게 과연 술이 얼마나 귀중한 의미를 갖느냐 하는 것은 이 한 가지 일로서도 잘 알 수 있으리라. 그러므로 그가 장취(長醉)를 하는데 아무런 무리도 없다. 그에게는 취한 시간이 말하자면 가장 성한 시간이요, 가장 맑은 시간이기 때문이다.

나는 이 기회에 술은 항상 사람의 정신을 추락시키는 동시에 그 육체를 마비시킨다는 세간 일반의 편견을 감히 배격하고자 하거니와, 그래도 아직 오히려 의아의 마음을 품는 이는 우리 앞에 술 한 되를 지고 와서 물어보라. 우리는 즐겨 그에게 이 사실의 참됨을 우리의 정신과 육체로서 예증하여 보이리라.

에밀 우티츠의 미학 원서라면 손군은 미학을 전공한 사계의 독실한 학도다. 나는 전부터 물론 이것은 극히 단순한 해석일지는 모르나 실례지만, 그 풍모

---

9) 에밀 우티츠(Emil Utitz, 1883~1956). 독일의 문화 철학자. 일반 예술학을 이론적으로 심화하여 체계성을 부여함.

가 미학적이 아닌 그가 왜 하필 왈(曰), 많은 학문 중에서 미학을 택해서 전공하게 되었는가하는 질문을 여러 번 손 군에게 제출해 본다 하면서 어찌된 일인지 그 때 그 때에 깜빡 잊어버리곤 했다.

그래서 나는 혼자 생각에 그의 미학 연구는 그의 마음의 벗이요, 술의 형제인 토수의 절대한 영향 밑에 그와 가장 가까운 길을 걸으려하는 데서 원인한 것이 아닌가 하는 결론에서 일보를 아직껏 내놓지 못하고 있다. 그러나 나의 이러한 추측은 꼭 맞지는 않는다 해도 과히 멀지는 않으리라고 생각한다.

나는 앞서도 "토수와 손 선생은 고향도 같으려니와 그 호주성에도 백중이 없어 술이 있는 곳에 반드시 양자는 대좌하여 있음을 만인은 발견한다."고 했지만, 사실 이 세상에 어느 부부가 이 둘만큼 서로 이해가 깊고 서로 정이 두텁고 또 서로 동석하기를 즐기랴. 그러므로 우리는 어느 때나 손과 황의 주교(酒交)를 드물게 보는 이상형으로서 부러워하여 마지않거니와, 어느 땐가 주호(酒豪)로서 고명한 일돈 선생도 "황과 손 둘이는 언제 봐도 붙어 있으니 어지간해. 세상에 이 친구들 둘과 함대훈, 이헌구, 김광섭 삼우(三友)의 친분을 당해낼 친분은 없을걸." 하고 내게 이망(羨望)[10]하는 심중의 일단을 피력한 일이 있다.

그래서 우리가 토수를 찾으면 동시에 손을, 또 손을 찾으면 동시에 토수를 대개는 발견할 수 있으므로, 이들 둘이 주반을 사이에 놓고 있는 풍경을 우리는 얼마든지 목견할 수 있는 것이지만, 둘만이 있을 때 그들이 어떤 형식으로 얼마나 술을 마시느냐 하는 그 과정을 자세히 탐정한 사람은 아직까지는 화백 이병규 씨 한 분밖에 없다.

"토수가 있던 내지 여관에서 술도 어지간히 취했고, 공연히 앉아 있으면 또 몸서리나는 술을 먹어야 하겠기에 '아이고 죽겠네.' 하고 죽은 듯이 누워서 눈치만 보자니까, 반은 남은 한 되들이 병을 가운데 놓고 '묵어라, 묵어라.' 해가며 서로 잔을 주고받곤 하드니, 술이 없어지니까 손이 '술 좀 더 묵자.' 하

---

10) 부러워 함.

고 토수에게 청하니 '좀 더 묵을까?' 하고 아래충 내지 술집 (하숙을 정해도 토수는 꼭 술집 2층을 택하거든.) 그래 부산이 내려가더니만 얼른 한 되들이 병을 가져오지 않겠소. 또 한참 동안을 '묵어라, 묵어라' 하고 시닥거리더니만 어느새 그 한 병이 후루루 날러간 모양이지, 그런데 손은 아직도 술이 부족해서 토수보고 '또 좀 더 묵자.' 하더란 말이야. 사람이 웬 술을 그렇게 먹을 수가 있담. 손이 한사코 먹자 하니까 참다못해서 토수가 또 한 병을 가지고 와서는 '네가 묵어라 난 못 묵겠다.' 하고 드러눕고 말아 버리니까, 그제는 손은 벼개를 집어다 토수 대신 세워 놓고 벼개와 대작으로 권커니 받거니 해가며 그 한 병을 혼자서 다 먹더란 말이야." 하고 화백은 손과 토수를 중심으로 여러 주우들이 모여서 술을 먹는 자리면 곧잘 이 일화를 꺼내는데 그러면 의례히 손 군은 "지랄한다." 하고 어색하다는 듯이 껄껄대며 웃고, 우리들은 일방 그것이 언제 들어도 손 군다운 데를 잘 나타내고 있기 때문에 손뼉을 치며 좋아하곤 하는 것이다.

대체 손 군이 있는 주석이면 무조건하고 손 군이 술잔을 들고 있는 풍경, 그 자체가 우리를 기쁘게 함은 웬 셈일까. 그것은 모든 전설이 그 비범한 독자성 때문에 우리를 감동시키듯이 이 술의 전설이 또한 우리를 감동시키기 때문이겠지. 손 군과 토수를 비롯하여 우리들 주우가 서로 모여 앉으면 여하간 우리는 대단히 행복하다. 이때 우리는 설사 부유한 왕후의 명예로운 초대를 받았다손 치더라도 우리는 '박박주(薄薄酒)'11)를 통한 우리의 우정적 체험을 잠시 보유하고 그의 호화로운 주연에 참여하기를 원하지는 않으리니, 우리의 우정에 대한 집착심과 술 이외의 모든 것에 대한 무관심에는 실로 놀랄만한 것이 있다 할 것이다. (미완)

---

11) 텁텁하고 맛이 없는 술.

비밀의 힘

괴테는 일찍이 그의 일기 속에서 몇 번인가 그가 착수한 작품을 완성하는 기쁨이 그것을 완전히 탈고하기 전에 섣불리 남 앞에서 낭독함으로 의하여 없어지고 마는 사실을 지적한 바 있었다.

그에게 있어서 노작(勞作)의 완성을 위하여 필요한 정신적 충격력은 흔히 그의 성급한 구두(口頭)의 전달에 의하여 졸연히 그 운전을 정지하는 듯한 관점을[1] 정하였던 것이니, 말하자면 완성 전의 작품 공개는 그로 하여금 그의 노작을 계속하여 형성하는 데 대한 긴장력과 호기심을 일시에 상실하게 하

---

1) 원문에는 '觀을'.

였을 뿐만이 아니라, 완성될 동안 비밀을 지키지 않고 남에게 말해 버린 미완성의 작품은 말한 그 순간부터 그에게 어떠한 매력도 자극도 줄 수 없었던 것이다.

이리하여 괴테의 많은 작품은 발단 내지는 반단(半端)의 상태에서 방치되지 않을 수 없었던 것이니, 물론 이에 대한 책과(責過)는 그가 사전에 작품의 비밀을 고백하여 버린 데 있다.

그것이 작품 행동이든 실제 행동이든 간에 어떤 행동을 성취함에 있어서 비밀을 엄수한다는 것이 얼마나 중대하냐 하는 것은 괴테의 입을 빌리지 않더라도 우리가 일상 경험하고 있는 일로서, 행동에 뜻이 있는 사람이면 무엇보다도 그 입을 묵중(黙重)히 가져야 된다는 것은 너무나 흔한 옛 교훈의 하나에 속하거니와, 우리 자신 남몰래 획책하고 있는 어떤 행동에 대하여 의식적으로 혹은 무의식적으로 말이 미치자, 그 순간 이후로 곧 우리의 행동을 앞으로 추진시키는 압력은 웬 까닭인지 소멸되는 일이 많은 것은 우리들이 흔히 경험하고 있는 일이다.

원래 다변인 사람이란[2] 고래(古來)로 비범한 행사를 할 수 없는 것이 통칙(通則)으로 되어 있는 것이지만, 다변인 사람이 그들의 계획을 사전에 다른 사람에게 통고함으로 인하여 그 행사의 완료를 위험하게 만들고 마는 것은 잠시 고사하고서라도, 그들은 억제하기 어려운 요설욕(饒舌慾)[3] 때문에 행동의 전제가 되는 적극적 무장에까지 이변이 있도록 만드는 일이 허다하다. 그러므로 사람은 말하는 중간에도 침묵하는 것이 얼마나 필요한가 하는 것을 이해하도록 노력하지 않아서는 안 된다.

이것은 다른 사람에게 대하여 자기의 사상과 의욕을 규시(窺視)[4]하지 못하게 하기 위하여서만 필요한 방법이 아니요, 그것은 자기 자신에 대하여서도 필요한 방법이라 할지니, 무릇 사람은 자기의 계획을 말하는 동안에 행동의 수행에 대한 박차를 놓쳐버리기가 첩경 쉬운 것이요, 또 사람의 계획이란 그

---

2) 원문에는 '人이란'.
3) 쓸데없이 말을 많이 하는 욕망.
4) 몰래 훔쳐봄.

것을 언설(言說)하는 동안에 어느덧 그것이 실현된 듯한 착각을 사람에게 일으킴으로써 우리는 그 계획을 완성하기 위하여 노력하는 대신, 우리는 우리가 속으로 상상하고 있는 일편의 환상에 만족하고 치우는 일이 십상팔구(十上八九)이기 때문이다.

사실 의견의 긴장이 점점 팽창하여가고 행동력의 치구(馳驅)5)가 목적지에 접근하는 정도에 따라, 즉 다시 말하면 계획하고 있는 일이 실현에 가까워 가면 가까워 갈수록 큰 기쁨이 되는 반면에 큰 부담도 되는 이러한 내적 긴장을 하루 바삐 벗어나려 하는 유혹도 사람 마음속에서 차차로 커지는 것이 원칙이다.

이 시기야말로 무슨 일을 꾀하고 있는 사람에게 있어서 가장 경계를 요할 시기임은 두말할 것이 없지만, 이와 같은 비평적 순간에 우리가 자칫 잘못하여 고백에 대한 큰 유혹에 극복되어 한 마디 말이라도 구외(口外)하는 날에는 실로 큰 일거리를 장만하

---

5) 몹시 바쁘게 돌아다님.

는 것이 되리니, 이때의 일언(一言)은 그들의 계획 전체에 대하여 치명적인 함정의 역할을 하는 것이라 할까, 그것은 마치 깨진 솥에서 증기가 쏟아지듯이 틈을 타서 퇴적된 사람의 정력은 완전히 새어 나아가고 몇 달 몇 해를 두고 쌓이고 모인 끈기와 인내력도 일시에 소산(消散)되고 말기 때문이다. 나중에는 아무리 후회하여도 소용이 없다. 설구(泄口)를 얻어 일단 풀릴 대로 풀린 사람의 에너지[6]가 전일(前日)같이 다시 모여들 수는 없는 일이 아닌가.

비밀을 지킨다는 것은 타인에게 대하여만 필요한 것이 아니요, 자기 자신에 대하여서도 역시 필요한 것이니, 왜냐하면 우리는 우리의 의지가 활동할 최후의 활무대(活舞臺)를 암흑 속에 안치함으로써만 사업의 완성을 비로소 잘 기할 수 있기 때문이다.

작품의 완성을 위하여 작품의 사전적 분석을 피하는 일이 비단 예술가에게만 필요한 것은 아니다. 모든 행동은 그것이 실현되는 날까지는 의식의 광선

---

6) 원문에는 '에네르기'.

을 피하는 과정을 요구한다. 결국 모든 작품, 모든 계획은 암흑의 아들이기 때문에 그것이 광명 천하(光明天下)에 힘 있게 자신 있게 나타나기 위하여서는 조금이라도 미리 광선을 받아서는 안 된다.

우리가 아무 비밀이 없이 명랑한 마음을 가지고 모든 것에 대할 수 있을 때 그것은 참으로 얼마나 아름다운 일일까. 현대는 확실히 명랑을 이상으로 삼고 있는 시대에 틀림없다. 그리하여 소위 정신분석학은 사람의 모든 비밀을 여지없이 밝히는 데 성공했다. 그러나 여기서 우리들이 한 번 생각하여보고자 하는 것은 현대인이 그들의 이상인 마음의 명랑을 얻기 위하여 그 때문에 잃어버린 것은 과연 무엇이냐 하는 문제다.

사람이 비밀의 힘을 자기의 가슴속에 느끼고 있을 때만큼 확고부동하고 신념에 불타는 순간은 아마도 없으리라. 그러므로 비밀의 힘을 간직함이 없는 사람은 결국은 외면에 표현된 그대로의 그것뿐인 사람에 불과하다. 가령 여러분은 파의(破衣)를 두른 백만장자의 자신, 상인(常人)으로 왕후장상(王侯將

相)의 흉중(胸中)을 한 번 생각하여보시라.

(1939년 10월)

백설부

　말하기조차 어리석은 일이나, 도회인으로서 비를 싫어하는 사람은 많을지 몰라도, 눈을 싫어하는 사람은 아마 거의 없을 것이다. 눈을 즐겨하는 것은 비단 개와 어린이들뿐만이 아니요, 겨울에 눈이 내리면 온 세상이 일제히 고요한 환호성을 소리 높이 지르는 듯한 느낌이 난다.

　눈 오는 날에 나는 일찍이 무기력하고 우울한 통행인을 거리에서 보지 못하였으니, 부드러운 설편(雪片)이 생활에 지친 우리의 굳은 얼굴을 어루만지고 간질일 때, 우리는 어찌된 연유인지 부지중 온화하게 된 마음과 인간다운 색채를 띤 눈을 가지고 이웃 사람들에게 경쾌한 목례를 보내지 않을 수 없게 되는 것이다.

　나는 겨울을 사랑한다. 겨울의 모진 바람 속에 태고의 음향을 찾아 듣기를 나는 좋아하기 때문이다. 그러나 무어라 해도 겨울이 겨울다운 서정시는 백설, 이것이 정숙히 읊조리는 것이니, 겨울이 익어 가면 최초의 강설에 의해서 멀고 먼 동경의 나라는 비로소 도회에까지 고요히 고요히 들어오는 것인데, 눈이 와서 도회가 잠시 문명의 구각(舊殼)[1]을 탈하고 현란한 백의를 갈아입을 때, 눈과 같이 온이 넓고 힘세고 성스러운 나라 때문에 도회는 문득 얼마나 조용해지고 자그마해지고 정숙해지는지 알 수 없는 것이지만, 이때 집이란 집은 모두가 먼 꿈 속에 포근히 안기고, 사람들 역시 희귀한 자연의 아들이 되어 모든 것은 일시에 원시시대의 풍속을 탈환한 상태를 정(呈)한다.

　온 천하가 얼어붙어서 찬 돌과 같이도 딱딱한 겨울날의 한가운데, 대체 어디서부터 이 한없이 부드

---

1) 옛날의 껍질.

렵고 깨끗한 영혼은 아무 소리도 없이 한들한들 춤추며 내려오는 것인지, 비가 겨울이 되면 얼어서 눈으로 화한다는 것은 참으로 고마운 일이다.

만일에 이 삭연한 삼동이 불행히도 백설을 가질 수 없다면 우리의 작은 위안은 더욱이나 그 양을 줄이고야 말 것이니, 가령 우리가 아침에 자고 일어나서 추위에 열고 싶지 않은 창을 가만히 밀고 밖을 한번 내다보면 이것이 무어랴, 백설 애애(皚皚)한 세계가 눈앞에 전개되어 있을 때, 그 때 우리가 마음에 느끼는 것은 과연 무엇일까?

말할 수 없는 환희 속에 우리가 느끼는 감상은 물론, 우리가 간밤에 고운 눈이 이같이 내려서 쌓이는 것도 모르고 이 아름다운 밤을 헛되이 자버렸다는 것에 대한 후회의 정이요, 그래서 설령 우리는 어젯밤에 잘 적엔 인생의 무의미에 대해서 최후의 단안(斷案)을 내린바 있었다 하더라도, 적설을 조망하는 이 순간에만은 생의 고요한 유열(愉悅)과 가슴의 가벼운 경악을 아울러 맛볼지니, 소리 없이 온 눈이 소리 없이 곧 가버리지 않고 마치 그것은 하늘이 내려 주신 선물인거나 같이 순결하고 반가운 모양으로 우리의 마음을 즐겁게 하고, 또 순화시켜주기 위해서 아직도 얼마 사이까지는 남아 있어준다는 것은, 흡사 우리의 애인이 우리를 가만히 몰래 습격함으로써 우리의 경탄과 우리의 열락을 더 한층 고조하려는 그것가도 같다고나 할는지!

우리의 온 밤을 행복스럽게 만들어 주기는 하나, 아침이면 흔적도 없이 사라지는 감미한 꿈과 같이 그렇게 민속(敏速)하다고는 할 수 없어도 한 번 내린 눈은, 그러나 그다지 오랫동안은 남아 있어주지는 않는다.

이 지상의 모든 아름다운 것은 슬픈 일이나 얼마나 단명하며, 또 얼마나 없어지기 쉬운가! 그것은 말하자면 기적 같이 와서는 행복 같이 달아나 버리는 것이다.

변연백설(便娟白雪)이 경쾌한 윤무를 가지고 공중에서 편편(翩翩)히 지상에 내려올 때, 이 순치할 수 없는 고공무용(高空舞踊)이 원거리에 뻗친 과감한 분란은 이를 보는 사람으로 하여금 거의 처연한 심사를 가지게까지 하는데, 대체 이들 흰 생명은 이렇게 수많이 모여선 어디로 가려는 것인고? 이는 자유의 도취 속에 부유함을 말함인가? 혹은 그는 우리의 참여하기 어려운 열락에 탐닉하고 있음을 말함인가? 백설이여! 잠시 묻노니, 너는 지상의 누가 유혹했기에 이곳에 내려오는 것이며, 그리고 또 너는 공중에서 무질서의 쾌락을 배운 뒤에 이곳에 와서 무엇을 시작하려는 것이냐?

천국의 아들이요, 경쾌한 족속이요, 바람의 희생자인 백설이여! 과연 뉘라서 너희의 무정부주의를 통제할 수 있으랴! 너희들은 우리들 사람까지 너희의 혼란 속에 휩쓸어 넣을 작정일 줄은 알 수 없으되, 그리고 사실상 그 속에 혹은 기꺼이, 혹은 할 수 없이 휩쓸려 들어가는 자도 많이 있으리라마는, 그러나 사람이 과연 그런 혼탁한 와중에서 능히 견딜 수 있으리라고 너희는 생각하느냐?

백설의 이 같은 난무는 물론 언제까지나 계속되는 것은 아니다. 일단 강설의 상태가 정지되면, 눈은 지상에 쌓여 실로 놀랄만한 통일체를 현출시키는 것이니, 이와 같은 완전한 질서, 이와 같은 화려한 장식을 우리는 백설이 아니면 어디서 또다시 발견할 수 있을까? 그래서 그 주위에는 또한 하나의 신성한 정밀이 진좌하여, 그것은 우리에게 우리의 마음을 엿듣도록 명령하는 것이니, 이때 모든 사람은 긴장한 마음을 가지고 백설의 계시에 깊이 귀를 기울이지 않을 수 없는 것이다,

보라! 우리가 절망 속에서 기다리고 동경하던 계시는 참으로 여기 우리 앞에 와서 있지는 않는가? 어제까지도 침울한 암흑 속에 잠겨 있던 모든 것이, 이제는 백설의 은총에 의하여 문득 빛나고 번쩍이고, 약동하고, 웃음치기를 시작하고 있기 때문이다. 말라붙은 풀포기, 앙상한 나뭇가지들조차 풍만한 백화를 달고 있음은 물론이요, 괴벗은 전야는 성자의 영지가 되고 공허한 정위(庭闈)는 아름다운 선물로 가득하다. 모든 것은 성화되어 새롭고, 정결하고, 젊고, 정숙한 가운데 소생되는데, 그 질서, 그 정밀은 우리에게 안식을 주며 영원의 개조에 대하여 말한다. 이때 우리의 회의는 사라지고, 우리의 두 눈

은 빛나며, 우리의 가슴은 말할 수 없는 무엇을 느끼면서 위에서 온 축복에 향해서 오직 감사와 찬탄을 노래할 뿐이다.

눈은 이 세상에 있는 모든 것을 덮어줌으로써 하나같이 희게 하고 아름답게 하는 것이지만, 특히 그중에도 눈에 덮인 공원, 눈에 안긴 성사(城舍), 눈 밑에 누운 무너진 고적(古蹟), 눈 속에 높이 선 동상 등을 봄은 일단으로 더 흥취의 깊은 것이 있으니, 그것은 모두가 우울한 옛 시를 읽는 것과도 같이, 그 배후에는 알 수 없는 신비가 숨 쉬고 있는 듯한 느낌을 준다.

눈이 내리는 공원에는 아마도 늙을 줄을 모르는 흰 사슴들이 떼를 지어 뛰어 다닐지도 모르는 것이고, 저 성사 안 심원에는 이상한 향기를 가진 앨러배스터[2]의 꽃이 한 송이 눈 속에 외로이 피어 있는지도 알 수 없는 것이며, 저 동상은 아마도 이 모든 비밀을 저 혼자 알게 되는 것을 안타까이 생각하고

---

2) 설화 석고. 흰 알맹이의 치밀한 덩어리로 되어 있는 석고.

있을지도 모르기 때문이다. 그러나 뭐라 해도 참된 눈은 도회에 속할 물건이 아니다. 그것은 산중 깊이 천인만장(千仞萬丈)의 계곡에서 맹수를 잡는 자의 체험할 물건이 아니면 안 된다.

생각하여 보라! 이 세상에 있는 눈으로서는 여러 가지가 있을 것이니, 가령 열대의 뜨거운 태양에 쪼임을 받는 저 킬리만자로의 눈, 멀고 먼 옛날부터 아직껏 녹지 않고 남극에 잔존해 있다는 눈, 우랄과 알라스카의 고원에 보이는 적설, 또는 오자마자 순식간에 없어져버린다는 상부 이탈리아의 눈 등-이러한 여러 가지 종류의 눈을 보지 않고는 도저히 눈에 대해서 말할 수 없다고 아니할 수 없다.

그러나 불행히 우리의 눈에 대한 체험은 그저 단순히 눈 오는 밤에 서울 거리를 술집이나 몇 집 들어가며 배회하는 정도에 국한되는 것이니, 생각하면 사실 나의 백설부(白雪賦)란 것도 근거 없고 싱겁기가 짝이 없다 할밖에 없다.

(1939년 『조광』)

생활인의 철학

철학을 철학자의 전유물인 것처럼 생각하고 있는 사람들이 많이 있다. 그러나 그렇게 생각하는 것도 결코 무리한 일은 아니다. 왜냐하면 그만큼 철학은 오늘날 그 본래의 사명─사람에게 인생의 의의와 인생의 지식을 교시하려 하는 의도를 거의 방기(放棄)하여 버렸고, 철학자는 속세와 절연하고 관외에 은둔하여 고일(高逸)한[1] 고독경(孤獨境)에서 자기의 담론에만 오로지 경청하고 있기 때문이다.

이와 같이 철학과 철학자가 생활의 지각을 완전히 상실하여버렸다는 것은 참으로 슬픈 일이다. 그러

---

1) 높이 빼어남.

므로 생활 속에서 부단히 인생의 예지를 추구하는 현대 중국의 '양식(良識)의 철학자' 임어당(林語堂)이 일찍이 "내가 임마누엘 칸트를 읽지 않는 이유는 간단하다. 석 장 이상 더 읽을 수 있었을 적이 없기 때문이다." 하고 말했을 때, 이 말은 논리적 사고가 과도의 발달을 성수(成遂)[2]하고 전문적 어법이 극도로 분화한 필연의 결과로서, 철학이 정치 경제보다도 훨씬 후면에 퇴거되어 평상인은 조금도 양심의 가책을 느끼지 않고 철학의 측면을 통과하고 있는 현대 문명의 기묘한 현상을 지적한 것이다. 사실상[3] 오늘에 있어서는 교육이 있는 사람들도 대개는 철학이 있으나 없으나 별로 상관이 없는 대표적 과제가 되어 있는 것을 부정하기는 어렵다.

그러나 나는 물론 여기서 소위 사변적, 논리적, 학문적 철학자의 철학을 비난·공격하는 것이 목적이 아니다. 나는 오직 이러한 체계적인 철학에 대하여 인생의 지식이 되는 철학을 유지하여 주는 현철한

---

2) 어떠한 일을 이루어냄.
3) 원문에는 '지적한 것으로서 사실상'.

일군의 철학자가 있었던 것을 알고 있으며, 그러한 의미에서 철학자만이 철학을 가지고 있는 것이 아니요, 어느 정도로 인간적 통찰력과 사물에 대한 판단력을 가지고 있는 이상, 모든 생활인은 그 특유의 인생관, 세계관, 즉 통속적 의미에서의 철학을 가질 수 있다는 것을 다음에 말하고자 함에 불과하다.

철학자에게 철학이 필요한 것과 같이 속인에게도 철학은 필요하다. 왜 그러냐 하면 한 가지 물건을 사는 데에 그 사람의 취미가 나타나는 것같이 친구를 선택하는데 있어서도 그 사람의 세계관, 즉 철학은 개재되어야 할 것이요, 자기의 직업을 결정하는 경우에도 그 근본적 계기가 되는 것은 물론, 그 사람의 인생관이 아니어서는 아니 되겠기 때문이다.

가령 우리들이 결혼이라는 것을 한 번 생각해볼 때, 한 남자로서 혹은 한 여자로서 상대자를 물색함에 제(際)하여 실로 철학은 우리들이 상상할 수 있기보다는 훨씬 많이 지배적이고 결정적인 역할을 하게 됨을 알 수 있을 것이요, 우리들이 어떠한 방식으로 생활을 설계하느냐 하는 것도 결국은 넓은 의미에서 우리들이 부지중에 채택한 철학에 의거하여 실행하게 되는 것이다.

우리들이 생활권 내에서 취하게 되는 모든 행동의 근저에는 일반적으로 미학적 내지 윤리적 가치 의식이 횡재(橫在)하여 있는 것이니, 생활인의 모든 행동은 반드시 어느 종류의 의미와 목적에 대한 관념을 내포하고 있다.

모든 사람은 소위 이상이라는 것을 가지고 있고 그러한 이상이 각 사람의 행동과 운명의 척도가 되고 목표가 되는 것은 물론이려니와, 이상이란 요컨대 그 사람의 철학적 관점을 말하는 것이며, 그 사람의 일반적 세계관과 인생관에서 온 규범의 파생체를 말하는 것이다.

"내 마음이 선택의 주인공이 된 이래 그것이 그대를 천 사람 속에서 추려 내었다."고 햄릿은 그의 우인(友人) 호레이쇼에게 말하였다. 확실히 우인의 선택은 임의로운 의지적 행동이라고 하나, 그것은 인생철학에 기초를 두는 한 이상의 지배를 받지 않을 수 없는 것이다. 햄릿은 그에 대하여 가치가 있는 인격체이며, '천지지간 만물'(天地之間萬物)에 대한 이해력을 가지고 있으며, 그리하여 이 인생 생활을 저 천재적이나 극히 불운한 정말(丁抹)⁴⁾의 공자보다도 그 근본에 있어서 보다 잘 통어할 줄을 아는 까닭으로 호레이쇼를 우인으로서 택한 것이다.

비단 이 뿐이 아니요, 모든 종류의 심의활동은 가치관의 지도를 받아가며 부단히 그리고 결정적으로 그 운명을 형성하여 가는 것이니, 적어도 동물적 생활의 우매성(愚昧性)을 초극한 모든 사람은 좋든 궂든 하나의 철학을 갖는 것이다. 사람은 대개 이 인생에 대하여 무엇을 요구해야 할까를 알며, 그의 염원이 어느 정도로 당위와 일치하며, 혹은 배치(背馳)될 지를 아는 것이니, 이것은 실로 사람이 인간생활의 의의에 대하여 사유하는 능력을 갖기 때문에 오직 가능할 수 있는 것이다.

두말할 것 없이 생활철학은 우주철학의 일부분으로서, 통상적인 생활인과 전문적인 철학자와의 세

---

4) 덴마크의 음역어.

계관 사이에는 말하자면 소크라테스와 트라지엔의 목양자(牧羊者)의 사이에 볼 수 있는 것과 같은 현저한 구별과 거리가 있을 것은 물론이나, 많은 문제에 대하여 그 특유의 견해를 갖는 점에서는 동일한 철학자인 것이다.

나는 흔히 철학자에게서 생활에 대한 예지의 부족을 인식하고 크게 놀라는 반면에 농산어촌(農山漁村)의 백성 또는 일개의 부녀자에게 철학적인 달관을 발견하여 깊이 머리를 숙이는 일이 부소(不少)함을 알고 있다. 생활인으로서의 나에게는 필부필부(匹夫匹婦)의 생활 체험에서 우러난 소박, 진실한 안식(眼識)이 고명한 철학자의 난해한 칠 봉인(七封印)의 서(書) 보다 훨씬 맛이 있다는 것을 고백하지 않을 수 없다. 원래 현실적 정세를 파악하고 투시하는 예민한 감각과 명확한 사고력은 혹종(或種)의 여자에 있어서 보다 발달되어 있으므로, 나는 흔히 현실을 말하고 생활을 하소연하는 부녀자의 아름다운 음성에 경청하여 그 가운데서 또한 많은 가지가지의 생활철학을 발견하는 열락은 결코 적은 것이 아니다.

하나의 좋은 경구는 한 권의 담론서 보다 나은 것이다. 그리하여 언제나 인생의 지식인 철학의 진의를 계승하는 현철(賢哲)이 존재한다는 것은 고마운 일이다. 그래서 이러한 무명의 현철은 사실상 많은 생활인의 머릿속에 숨어 있는 것이다. 생활의 예지, 이것이 곧 생활인의 귀중한 철학이다.

책임에 대하여

─특히 나이 어린 사람들에게─

아무도 보는 사람이 없다고 해서, 아무도 알 사람이 없다고 해서, 또는 자기 혼자만이 하는데 무슨 큰 영향이 있으랴 해서 좋지 못한 일을 한다면 그 결과가 과연 어찌될까. 어린이들이여!

아니다. 그럴수록 더욱이 그대들은 좋은 일을 해야만 될 것이다. 그럴수록 더욱 이라고 그대들은 반문하는가? 그러면 나는 대답하겠다. 왜 그러냐 하면, 그 순간에야말로 그대들은 완전히 혼자 있었기 때문이요, 그때야말로 그대들은 해야 할 일을 혼자서 판단해야 될 경우에 처해 있었으며, 그리고 그대들은 혼자서 그 일을 했으니 그 한 일에 대해서 그대들 혼자서 책임을 져야만 되기 때문이다.

그러면 책임이란 대체 무엇을 말하느냐? 나는 그대들에게 이것을 어떻게 설명했으면 좋을까. 그대들이 그것을 이해할 수 있을 뿐이 아니라, 진심으로 책임을 느끼고 또 장차 책임 있는 생활을 하도록 노력하기 위해서, 나는 그대들에게 이것을 어떻게 설명했으면 좋을까.

　그러면 잠시 귀를 기울여 내 말을 들어보라. 우리를 둘러싸고 있는 온 세상은 한 커다란 통일체를 이루고 있으니, 이 속에 있어서는 서로 긴(緊)하고 밀(密)한 관련을 가지고 있지 않는 아무 것도 없다. 가령 머리 위의 구름은 우리에게 비를 실어오고, 구름이 실어온 비는 군데군데 굽이쳐 흐르고 흐르는 시냇물로 적하(滴下)되며, 하천이 얻은 물은 바다로 흘러들어, 이리해서 된 바다가 전 지구를 위요(圍繞)[1]함에 이른 것이 아닌가. 하늘 위에 혁혁히 빛나는 태양은 온 천지를 고루고루 비춰주며, 우리에게 온기와 광명과 쾌적한 기상을 보내준다.

────────────

1) 어떤 지역이나 현상을 둘러쌈.

이 지상의 인간생활이 역시 그와 같으니 우리들이 이 세상과 우리들 자신을 더욱 크고 더욱 아름답고, 더욱 완전하게 만들어가기 위해서 우리는 모두가 제각기 좋은 섬유가 되어 이 세상이라 하는 크고 아름다운 베(布)를 짜나가고 잇는 것이다. 모든 것이 서로 활발한 관계를 가지고 이곳의 한 가지 한 가지의 행동과 사유가 알지 못하는 사이에 다른 곳의 한 가지 한 가지의 행동과 사유에 영향을 끼치고 있다는 것은 참으로 놀라운 일이라 않을 수 없다.

오늘 그대가 우연히 구제를 비는 어려운 사람에게 은혜를 베풀지 않았다 하자. 그 때문에 빈곤한 사람은 절망한 끝에 무슨 악행을 범하고, 혹은 옥중의 몸이 될지도 모른다. 그래서 그의 처자는 기한(飢寒)을 참지 못하여 도둑질을 하게 되고, 그것이 동기가 되어 그들은 차츰차츰 구하기 어려운 악한으로 추락하고야 말지도 모른다. 인과는 참으로 이처럼 단순하고 명백한 것이니, 우리는 모두가 한 몸이요 한 덩어리기 때문이다. 우리는 한 조직이요, 한 통일이기 때문에 서로 의지하고 서로 부조하지 않고서는 살 수 없는 것이다. 서면 같이 서고, 넘어지면 함께 넘어지는 수밖에 달리 도리는 없다.

한 민족 한 국가로 말하면 더욱이 그러하니, 원래 분리된 존재, 고립된 인간이란 한 사람도 있을 수 없다. 한 사람이 불행에 울 때 우리 전체가 동정의 시선을 보내지 않을 수 없으며, 한 사람의 아사자는 우리 전체의 빈고(貧苦)를 의미하며 우리 전체에게 문제를 제공한다. 시험적으로 그대가 입고 있는 재킷에서 한 오리의 실마디를 빼내어 보라. 그로 인해서 재킷의 전 조직은 상하고야 말 것이 아니냐. 이(齒) 한 개가 아파도 온몸이 괴롭지 아니한가. 줄 하나가 상해도 양금(洋琴) 전체의 조화는 깨지고야 말지 않는가.

우리는 물론 저 혼자만의 이익을 추구하고 개인적 행복을 얻으려고 꾀하는 이기주의자의 행동에 대해서 경우에 따라서는 간혹 눈을 감을 수도 있는 것이지만, 그것이 상대적으로 반드시 다른 사람의 선망심을 자극하고, 혹은 복수욕을 유발하는 불길한 원인이 되는 적지 않은 영향을 생각할 때, 우리는 단한 가지 사소한 행동인들 결코 소홀히는 할 수 없는 것을 통감치 않을 수 없다. 그렇기 때문에 우리는 모든 사람을 말하자면 그 광선을 외계에 간단없이 방사함으로써 우리들이 호흡하고 있는 지상의 공기를 혹은 유독하게도 할 수 있고, 혹은 신선하게도 할 수 있는 일편(一片)의 라듐에 비교할 수 있으니, 우리는 사실상 우리의 인격 여하에 따라서 혹은 악하며 혹은 선한 광선을 외계에 항상 발사하고 있다는 것을 잊어서는 안 된다.

여기서 사람 된 자는 모름지기 스스로 반성하고 모든 점을 숙고하여 결의를 새로이 하고 둘 중 하나를[2] 선택할 필요에 부딪칠 것이니, 그대는 우선 어떤 사람이 되기를 원하려는가. 즉, 사회에 해독을 끼치는 악인이 되기를 원하는가, 혹은 정직하고 충실한 인간이 되어 주위에 이득을 주기를 원하는가. 다시 말하면 그대는 파괴를 하고 싶은가, 혹은 건설을 하고 싶은가. 박탈을 하고 싶은가, 그렇지 않으

---

2) 원문에는 '二者中一을'.

면 봉사를 하고 싶은가, 미워하기를 그대는 원하는가, 부연(不然)이면 사랑하기를 그대는 택하는가. 이 원망 여하에 의해서 그대는 그대의 내부를 그대의 마음과 그대의 의지와 그대의 사상을 급속히 정돈하지 않으면 안 된다.

여기서 그대가 속으로 원하고 택한 것이 곧 외부적으로 행동화할 것만은 확실한 사실일 것이니, 왜 그러냐 하면 그대의 마음은 그대의 행동 속에 반드시 계시되고 반영될 터이기 때문이다. 그러므로 또한 '아무도 본 사람이 없다'고 하더라도 그것을 결국은 모든 사람이 알게 되는 것이다. 그래서 그대는 결국은 그대의 마음과 의지의 표현인 모든 그대의 결심과 모든 그대의 행동의 배후에 서지 않아서는 안 되는 것이요, 그대가 그 배후에 서 있는 까닭으로 최후까지 그대는 그대의 모든 행동을 증명할 수도 있는 것이며 변호할 수도 있는 것이다.

그 행동을 한 사람이 있는 이상, 본 사람이 없고 할 사람이 없다고 해서 그 행동이 없어질 수는 도저히 있을 수 없는 일이니, 그대는 그대의 모든 행동에 대해서 '내가 그것을 했소. 나야말로 그것을 빚어낸 근원이니, 호오(好惡) 간에 그 결과는 나 때문에 일어난 것이오.' 하고 용감히 말하지 않아서는 안 될 것이다. 실로 책임이란 정히 이를 말함이니, 천지신명과 이웃사람에게 수문 능답(受問能答)하여 이를 피치 않음이다. 비열한 자만이 자기를 은폐하려 하고, 사기한(詐欺漢)만이 자기 탈출을 꾀하려 하는 것이요, 원래 그 성질이 강직할 때 최선의 일이 아니면 거사치 않을 것은 물론이므로, 매사에 아무 불안이 없이 확호(確乎)하고 명랑한 태도를 견지할 수 있는 것이다.

나이 어린 사람들이여! 끝으로 내가 건국도상 중요한 지위에 있는 그대들에게 또 한 가지 공언하고 싶은 것은 증오의 감정은 사람을 서로 이반시키되 사랑은 사람을 서로 사시(乍時)에 결합시킨다는 단순한 사실이니, 사랑할 줄을 알고, 나라를 건설하려 하며, 나라를 위해서 봉사하려하는 모든 선량한 동포는 그 자체가 이미 서로 의속(依屬)된 결합체인 것이다. 그러므로 이 사랑에 얽힌 결합체로서의 우리 민족이 동족에 대한 민감한 인식, 커다란 책임감 상호간의 신뢰심을 가지고 건국이란 위대한 공동목 표를 향해서 씩씩하게 매진할 때 비로소 자유에 빛 나는 우리 조선을 우리는 구가할 수 있을 것이다.

(1946년 1월 『대조』)

교양에 대하여

우리들이 일상생활에 있어서 어떤 사람을 보고 '교양 있는 사람'이라 말할 때, 우리는 보통 그가 비교적 여유 있는 계급에 속하고 어느 정도로 보편적인 지식도 가지고 있으며, 그래서 그 사람의 행동거지가 충분히 사교적이어서 체면도 알고 범절도 있는, 말하자면 말쑥하고 세련된 사람을 예상하는 듯싶다.

그러므로 전문대학의 졸업장이나 가지고 있고, 일가의 견식을 가지고 매사에 당당하며, 유행에 뒤지지 않은 맵시 좋은 의복이라도 입고, 거기다가 간간이 영어 마디나 섞어서 왕왕(往往)히 시속담(時俗談)이나 하고 보면, 이것으로 우리는 그를 범상인의 수

준을 훨씬 넘어선 교양인으로 간주한다.

그러나 좀더 세밀히 점검할진대, 이것은 교양이란 것을 순수히 외면적으로 관찰한데서 필연 결과 된 피상적 견해라 할밖에 없으니, 만일에 교양의 정체가 이와 같은 것이라면, 그러한 종류에 속하는 교양인의 이상이란 과연 무엇일까? 결국은 그들이 직업적으로, 사회적으로 자기주장을 통용시킬 수 있는 정도의 지식과 능력을 가질 수 있다면 그만이요, 그런 의미에서 그들이 소위 한 문명인이 될 수만 있다면 그만일 것이다.

이때 사람은 오직 자기를 주위 환경에 순응시켜 나아가는 재주만 있으면 그뿐이요, 그때 그의 앞길을 막으며 그의 전진을 방해하는 것이란 아무 것도 없을 것이요, 그러한 조건을 구비했는지라, 그는 또한 어느 곳에서나 교양인으로서의 인정을 받을 수도 있을 것이다.

그러나 이상과 같은 견해에 대하여 여기 우리가 주의를 요할 것은 세간에는 흔히 이기적 성공만을 위하여 사는, 이른바 영달주의자의 무리가 있다는 것, 그리하여 이 영달주의자, 공리주의자에 속하는 불유쾌한 인간전형이야말로 표면적으로는 교양인과 부합하며 일맥상통하는 점이 있다는 사실이니, 즉 교양 유무의 표준과 증좌를 외면적 인상에 둔다는 것이 심히 위험한 소위가 이곳에 있다.

독일의 유명한 화가요, 유머리스트인 빌헬름 부셰는 "너는 사람이 입고 있는 조끼만을 보고 그 심장은 보지 않는다."고 일찍이 말한 일이 있다. 참으로 지언(至言)이라 할지니, 아름다운 허울이 반드시 좋은 심장을 싸고 있다고는 할 수 없기 때문이다.

공명정대한 비판적 견지에서 본다면, 사실 많은 사람이 얼마 가량 실용적 한계는 넘어섰다고 볼 수 있는 지식과 항상 인기를 모으고 주목을 끌기 위한 정면적(正面的)인 행동으로서 자기도회(自己韜晦)[1]를 일삼고 있다는 것은 한심할 일이라 아니할 수 없으니, 그 배후에 숨어 있는 가소로운 미숙과 무(無)내용은 도저히 감추려야 감출 수 없는 것이다. 그러

---

1) 스스로 자신의 재능, 학식, 지위 등을 감춤.

므로 이 '교양이 있다' 하는 존칭에 대한 요구권은 엄밀한 의미에서 많은 사람이 주장할 수는 없다.

문제는 우리가 교양이라 하는 이 개념을 얼마나 깊고, 또 높게 평가하느냐에 달려 있는 것이니, 물론 어느 정도의 지식과 사회적 예의 작법(禮儀作法)이 교양적 요소에 속하기야 하는 것이지만, 그러나 이러한 요소가 만일에 그 사람의 인격 자체와 혼연(渾然)히 융합되어서 나타나지 않는다면, 우리는 그러한 인격으로부터 유리(遊離)·탈락된 무생명(無生命)한 요소에 대하여 교양의 낙인을 찍을 수는 전연 없는 것이다.

교양이란 사람이 그의 전 인간성과 그의 생활 실천에 있어서, 내적으로 외적으로 그가 가지고 있는 모든 종류의 역량이 될수록 완전한 발달과 통일을 도달하고 표현하는 곳에서만 있을 수 있는 것이니, 혹은 이성교육, 혹은 심성교육, 혹은 사회적 교양이 각기 완전의 역(域)에 달했다 하더라도 그것만으로 교양의 이상에 도달했다고는 결코 말할 수 없다.

왜 그러냐 하면, 가장 섬세한 영적 교양(靈的敎養)

이 완전한 무지(無知)와도 병존(竝存)할 수 있는 반면에 고도로 순치(馴致)된 정신이 내면적 공허를 배제하지 않으며, 결점 없는 사교 형식(社交形式)의 숙달이 또한 흔히 자기 가정에 있어서 그의 조야(粗野)를 엄폐(掩蔽)할 수 없기 때문이다.

이 모든 교양적 성분의 가치적으로 균제(均齊)를 얻은 조화와 협력만이 오직 총체적으로 교양이란 현상을 결과 시킬 수 있는 것이니, 그러므로 교양이 있다는 것은 두말할 것 없이 상술한바 네 개의 교양 형식이 어떤 인격을 통하여 한 개의 통일체를 실현할 수 있었음을 의미하는 것이다.

이와 같이 교양의 요구는 언제나 그의 전체적인 인간형성을 지향하는 것이요, 그 사람의 부분성과 일면성에만 관여하는 것은 아니다. 그리하여 교양의 의미와 목적은 우리들이 타고난 소질과 능력으로부터 될수록 다각적인 통일체를 형성시키려는데 있다.

일찍이 18세기에 있어서 괴테가 이 교양이란 말을 특히 고조(高調)하고 그 개념을 규정했을 때, 그가 교양의 이상을 '쿨투라 아니마', 즉 내면성의 형성에 둔 것은 저간의 소식을 웅변하는 것으로, 그 시대에 있어서 그들 교양을 추구하는 무리의 동경과 노력이 외부에서 오는 모든 종류의 지식과 경험을 자기 인격의 신장(伸張)[2]과 완성에 대한 수단 도구로 삼았음은 물론이요, 그들의 개성 역시 그들에게 있어서는 의식적인 자기 형성을 통하여 최대한으로 다면적인 형체를 조성하기 위한 재료요, 소재임을 의미함에 불과하였다.

인간은 교양에 의하여 오직 인간이요, 또 인간이 된다. ─이것은 실로 그 시대의 몰각할 수 없는 견해였던 것이다. 산 교양이란 그 가장 심오한 의미에 있어서 언제나 인간 형성의 도(道)를 말하는 것이니, 그러므로 또한 엄밀한 의미에서 최종 단계적인 완성된 교양이란 있을 수 없다.

교양은 항상 도상(途上)에 있는 것이요, 목적지를 갖지 않는다. 그것은 영원히 계속되는 과정을 의미

---

2) 물체나 세력 따위를 넓게 펼침.

할 뿐 어떤 인격을 통해서 낙착된 소유물로서 표현될 수는 없는 것이니, 교양이란 말하자면 운동이요, 생성이요, 과제이기 때문이다. 그것은 이미 있었던 것, 이미 되어 있는 것에 대한 동화·순응이 아니요, 항상 새로이 쇄도하는 많은 재료의 섭취, 소화에 의한 자기변혁(自己變革)이요, 자기 성장인 것이다.

그리하여 참된 정신적 교양이 무엇임을 아는 사람은 개성적으로 필연히 규정되는 명확한 선택본능에 의하여 그에 필요한 것만을 섭취하면 그 뿐이요, 모든 것에 대한 유희적, 중성적 흥미란 무릇 그와는 거리가 먼 물건이다.

진실한 교양은 가능성으로 광범한 범위의 다채로운 지식의 수용만으로 만족할 수는 없는 것이니, 이와 같이 해서 얻은 지식을 동시에 개인적, 직업적, 사회적 제(諸) 생활의 요구에 응하여 심화하며 확고화(確固化)함으로써 비로소 그것은 확보되며 견지될 수 있기 때문이다. 그러므로 교양인은 개인적 이해력과 판단력이 허용하는 한도 내에서 자기가 살고 있는 시대의 제반 문제—즉 정치적, 경제적, 예술적,

종교적인 산 현실 문제에 대하여 혹은 수용도 하며, 혹은 비판도 하며, 혹은 형성도 해가는 그런 열렬한 직접 관여자가 아니어서는 안 된다.

물론 교양인은 최초부터 자기와 자기의 이해력의 한계를 잘 이해하고 있는 까닭으로, 자기의 영역을 넘어서는 그 같은 경망한 행동은 그의 극히 염기(厭忌)3)하는바 사실에 속한다. 그는 그의 역량이 미치는 범위 내에서만 겸허한 확신을 가지고 항상 움직이는 것이다.

일찍이 시인 쉴러에 의하여 창도(唱導)된 이래 현재는 '예술 교육'이란 이름 밑에 널리 지지를 받고 있는 저 미적 취미교육(美的趣味敎育)은 자연과 예술이 가지고 있는 미를 감상함으로써 우리의 내적 생활을 풍부하게 하는 점으로 보아, 다른 것으로서는 대신할 수 없는 하나의 교육가 치임에는 틀림없으나, 교육의 이상으로서 추양(推揚)할 수 있는 최선의 것이라고는 말할 수 없으니, 왜 그러냐 하면 이

---

3) 싫어하고 꺼림.

다분히 향락적인 성질을 띠고 있는 취미 배양은 걸핏하면 그 정도를 지나치기 쉽고, 그 정도를 넘어서는 때 그것은 사람의 건전해야 할 생활과 정신을 부자연스럽게 왜곡시키는 일이 적지 않기 때문이다.

그러므로 교양의 이상인 종합적·전체적 인간 형성을 조성하는 취미만이 오직 교양 가치로서의 의미를 가질 수 있을 것이요, 파행적인, 고답적인, 향락적인 취미 편중은 건전한 정신적 견지에서 볼 때는 유해무익(有害無益)한 유한인(有閑人)의 과잉행동이라 할밖에 없다. 앞에서도 말한 것같이 가치적으로 균형을 얻은 모든 종류의 교양적 성분의 음악적 조화와 혼연일체화만이 오직 참된 교양인을 만들어 낼 수 있다.

이러한 의미에서 8.15 해방이후, 씩씩한 신정신(新精神)과 불타는 듯한 향학심, 지식욕을 가지고 학창에서 연학(研學)에 힘쓰고 있는 많은 학생 제군에게 충심으로 일언(一言)하고 싶은 것은, 지식의 갈구도 물론 좋으나 이와 병행하여 전체적인 인간수양을 등한히 하여서는 안 된다는 점이다.

우리는 일찍이 오랜 압박과 학대 밑에 여러 가지 이유로 혹은 살기에 바쁘고, 혹은 모든 조건의 불여의(不如意)에서 얼마나 '사람으로서 자기를 교양하는 의무'를 회피해 왔으며, 태만히 해왔는가! 그리하여 우리 조선에 각계를 막론하고 참된 교양인이 희소하다는 것은 우리들의 건국을 위하여 심히 유감스러운 일이다.

우리 조선에는 진정한 의미에서 일면적인 교양인조차 많지 않은 현상이 아닌가. 여기서 진정한 교양의 이상을 향하여 자기완성의 길 내지는 국가 재건의 길을 걸어가고 있는 청년 학도 제군의 사명과 책무가 얼마나 중차대함을 제군은 명심해야 할 것이다.

일언으로 요약하면 교양이 없는 사람은 마치 광택을 잃은 거울과도 같은 것이다.

(1946년 8월 『국학』)

청빈에 대하여

해방 후 조선에서 소위 모리배의 도량(跳梁)처럼 우리들의 원대해야 할 건국정신을 좀먹는 것은 아마도 없을 것이다. 이욕의 추구에 여념이 없는 사람들에게 금전 이상 소중한 것이 무엇이 있으랴! 생각할수록 참으로 통한 막심한 일이라 하겠다.

사람이 사람으로서 행세할 수 있는 근본조건은 두말할 것 없이 사람이 눈치, 코치를 알고 염치가 있으며, 양식(良識)과 양지(良智)를 가져야 한다는 것이니, 이 모든 요소―즉 눈치, 코치, 염치, 양식, 양지는 말로 요약한다면, 이 세상에는 자기만이 홀로 살고 있지는 않는 것이며 자기와는 여러 가지 의미에서 다른 많은 사람이 또한 살고 있다는 것의 참된 인식에서 시작되는 것이다.

　말하자면 우리들 각자가 이 간단한 인간적 조건을 구비하지 못하는 한, 다시 말하면 무지막도(無知莫道)한 이욕주의(利慾主義)가 천하를 횡행하는 한, 우리 민족의 통일, 우리 조선의 건국은 그 전도가 요원하다 할밖에 없다. 자기사복(自己私腹)만 부르면 그만이라 하는 그러한 심보는 하루바삐 청산해야 할 것이다.

　'나도 나도.' 하고 어지간한 사람이면 의례히 이권을 추구하는 이 주목할 모리배 시대에 이것은 또 뭐라 할 궁상이 뚝뚝 흐르는 사상이뇨 하고 독자 제씨는 혹은 크게 놀랄지도 모른다. 확실히 사람이 이 황금만능의 천하에서 청빈을 예찬할 만큼 곤경에 빠져 있다는 것은 비참한 일이다. 그러나 이왕 부자가 못된 바에는 빈궁은 도저히 물리칠 수 없는 사실이니, 사람이 청빈을 극구 예찬함은 우리들 선량한 빈사(貧士)가 이 세상을 살아가며 또 나라를 이룩하는데 있어 그것은 절대로 필요한 한 개의 힘센 무기요, 또 위안이기 때문이다.

철인(哲人) 세네카는 일찍이 말하기를 "항해자가 순풍을 환영하듯이 군자 역시 불의 아닌 부를 거절하지는 않는다."고 하였다. 물론 우리 역시 무조건하고 부 자체를 배척함은 아니로되, 우리는 사람들이 흔히 현혹되기 쉬운 배금주의(拜金主義)의 미오(迷誤)를 타파하기 위해서라도 빈부에 대한 가치평정이 하나의 긴요사(緊要事)가 아닌가 한다.

혹은 부유하다 하며 혹은 빈곤하다 하나 대체 부유는 어디서 시작되는 것이며, 또 빈곤은 어디서 시작되는 것이냐? 사람이 부자이기 위해서는 대체 얼마나 많이 가져야 되고 사람이 가난키 위해서는 대체 얼마나 적게 가져야 되느냐? 그러나 물론 이 한계를 아는 이는 없으리라. 보라! 이 세상에 부자임에도 불구하고, 실로 대단한 부자임에도 불구하고 자기를 가난하다 생각하며 사실에 있어 이 느낌을 항상 지니고 다니는 도배(徒輩)1)는 허다하지 않은가? 그들은 어느 날에 이르러도 자족함을 알지 못

---

1) 함께 어울려 나쁜 짓을 하는 패거리.

하고 전연 필요치 않은 많은 것을 요망한다.

말하자면 위에는 위가 있다고 할까, 도달할 수 없는 상층만을 애써 쳐다보곤 아직도 자기에게 없는 너무나 많은 것을 헤아리는 것이다. 포만함을 알지 못하고 '충분하다' 하는 아름다운 말을 이미 잊은 바, 그러한 탐욕스러운 도배를 사람은 구제해 줄 도리가 없다.

그런데 또 보라! 이 세상에는 극도로 어려운 처지에 있음에도 불구하고 자기를 넉넉하다 생각하며 사실에 있어 이 느낌을 항상 지니고 다니는 사람은 허다하지 않은가? 이 사람들에게 명색이 재산이라 할 만한 것이 없음은 물론이요, 대개는 손으로 벌어서 입으로 먹는 생활이 허락되어 있을 뿐이다.

그러나 이들은 정말로 필요한 것조차 필요하다 여기지 않고, 말하자면 밑에는 밑이 있으니까 밑만 보고, 또 이 위에도 더욱 가난할 수 있는 모든 경우를 생각하고, 그리하여 얼마나 많은 사람이 절박된 곤궁 속에 주리고 있는가를 생각한다. 이리하여 이 절제의 천재, 위안의 명류(名流)들은 마치 그들이 그들의 힘과 사랑, 다시 말하면 존재의 의미를 어딘지 다른 곳에다 두는 듯한 느낌을 우리에게 주는 것이다. 이러한 의미에서 원래가 빈부의 객관적 표준은 있을 수 없으므로 빈궁의 문제를 쉽사리 규정해 버릴 수는 없다. 문제는 다만 조그마한 주머니가 곧 채워질 수 있음에 대하여, 뚫어지고 구멍 난 대낭 (大囊)이 결코 채워지지 않는 물리적 이유에만 있을 따름이다. 그리하여 결국은 빈부의 최후적 결정자는 그 사람 자신일 따름이요, 주위에 방황하는 제삼자가 아니다.

그러므로 또한 사람이 참된 부유를 자손을 위하여 남기려거든 드디어 한이 있고 끝이 있는 물질보다는 차라리 밑을 내려다보는 재주와 결핍에 견디는 기술을 전함에 지남이 없을 것이다. 자족의 취미와 자기의 역량을 어딘지 다른 곳에다 전치할 수 있는 정신적 재능이야말로 사람을 부자 되게 하는바 최대요소다.

그러면 이 세상에는 과연 빈궁이란 있을 수없는 것일까? 아니다. 우리든 여기 두 가지 종류의 빈궁을 지적할 수가 있다.

그 하나는 물질적 빈궁이라 할 수 있으니, 이제는 벌써 할 일이란 없고 그러므로 소용없는 존재가 된 사람이, 그보다 밑바닥에 있는 사람은 없는 까닭으로 활동과 생존에 대한 권리를 이미 잃고 여기는, 영구히 자족과 질소(質素)의 어떠한 예술도 적용될 수 없을 때 실로 그때 그는 참으로 가난하며 실로 거기 참된 빈궁이 있다.

다른 하나는 정신적 빈궁이라 할 수 있으니 그것은 사람이 그의 참된 역량과 그의 참된 사랑을 바칠 수 있는 하나의 정당하고 또 아름다운 '다른 곳'(事業)이 세상에는 존재한다는 것을 이해하지 못하기 때문에, 이러한 '다른 곳'을 어리석은 지역(行爲)로 조소함으로써 자기 자신을 무용의 장자로 만들 뿐 아니라, 그의 생존과 활동이 드디어 의미를 상실할 때 이 결핍을 맛보려 하지 않고 지향 없이 탐욕만 추구하는 그 사람이야 말로 참으로 다른 의미에서 가난한 자라 아니할 수 없으며, 또 우리는 이곳에 다른 하나의 참된 빈궁을 발견하지 않을 수 없다.

그리하여 여기 우리가 가장 슬퍼하지 수 없는 것은 제2 유형에 속하는 빈자(謀利者)가 냉담하고 거만한 태도로 제1유형에 속하는 빈자(廢殘者) 옆을 지나간다는 사실이다. 일찍이 디오게네스는 그의 조그만 통 속에서도 극히 쾌활하게 살았다. 그러나 세계의 정복자 알렉산더 대왕에게는 이 세계 전체가 한없이 작은 것이었다. 사람다운 사람을 찾기 위하여 백화에 등불을 켜 들고 거리를 쏘다녔다하는 코린트의 철인 디오게네스는 그가 어느 때 컵을 입수했을 적에 물은 손으로 넉넉히 떠먹을 수 있다는 것을 알게 되자, 서슴없이 그 잔을 버려 버렸다.

어느 날 위대한 정복자인 알렉산더 대왕이 빈한한 철인 디오게네스를 우정 심방하여 무엇이든지 소원을 말해보라 했을 때, 그의 대답은 볕을 가리지 않도록 옆으로 좀 물러서달라는 것이었다. 여기 만일에 어떤 사람이 무욕담백(無慾淡白)한 철학자 디오게네스의 부를 위대한 세계 정복자 알렉산더 대왕의 그것보다도 더욱 큰 것이라 단언할 수 있다면, 그의 청빈은 확실히 적은 재산은 아니다.

(1947년 1월 『동아일보』)

병에 대하여

　문득 어쩐지 몸에 이상이 있음을 느낀다. 몇 차례씩이나 근심스레 손을 머리에 대어본다. 그렇다면 머리도 좀 더운 것 같다. 드디어 병은 찾아온 것일까? 한동안 앓지 않았으니 병도 올 때가 되었을지도 모른다. 약간 억울하기는 하나 조용히 누워서 몸을 풀어버리는 것도 무방하겠지. 진실로 병은 나를 찾아온 것일까? 아무리 생각하고 따져보아도 그럴리가 없는데 이 이상은 그러나 어인 까닭인가?

　여하간 병의 심방(尋訪)이 틀림없음을 우선 확증하는 것이 절대 필요하므로 여러 가지 방법에 의하여 이전의 건강 상태와 현재의 증상을 혼자서 묵묵히 비교하여보곤 한다.

원래 인생이란 순순하지 못할 뿐 아니라, 흔히는 괴롭고 또 재미조차 없는 물건인데, 이 위에 병까지 뒤집어쓴다면 어이하나? 생각할수록 여러 가지가 마음에 걸려 실로 걱정이 아닐 수 없으나, 일단 찾아온[1] 병은 일종 불가항력에 속하므로 내 힘만으로 물리칠 도리는 도저히 없는 일이다.

　　병은 여기 찾아 왔는지라 백사(百事)를 제지하여 관념의 눈을 감고, 여하간에 병상에 몸을 이끌어 털썩 누우매, 일시에 셸러[2]의 이른바 '형이상학적 경쾌'가 퇴각을 개시함은 물론이요, 또 공동생활에 의하여 연계되었던 이제까지의 사회적 관련으로부터 졸연(猝然)한 이탈을 강요되는 데서 유래하는 병상의 기묘한 고독과 무력을 통감하게 되는 것이다.

　　그러나 고통 속에서도 일종의 향락이 성립될 수 있다는 것은 병자를 위하여 다행한 일이니, 오슬오슬 오한에 떨리는 몸과 뼈근히 저리는 사지 속에서

---

1) 원문에는 '찾임을 받은'.
2) 막스 셸러(Max Scheler, 1874~1928). 생철학적인 경향을 보인 독일의 철학자. 후설의 현상학을 도입하여 전 인격을 기초로 하는 선천적이고 실질적인 윤리학의 건설을 시도하였다. (네이버 지식사전 참조.)

잔잔한 세류(細流) 비슷이 한 갈래 흘러오는 병적 쾌감은 말할 수 없이 유수(幽邃)3)하고 몽환적인 나라로 병자를 인도하여 간다.

영영축축(營營逐逐), 악착한 이 세상에 초연히 누운 이 통쾌한 묵살, 이 초현실적 안정, 이 풍부한 시간, 장차 어찌 될지 병의 귀추가 물론 적이 걱정이야 걱정이지만, 이왕 걸린 병인지라 할 수 없는 일이 아니잖은가. 불평불만의 정을 품는 것도 어리석기 짝이 없는 일이므로 오로지 미지의 친구4)인 병, 그 자체의 음성에 경청하기로만 결심한다.

병은 실로 한 심방자와도 같으니, 그는 대체 나로부터 무엇을 요구하려는 것일까? 또 병은 한 여행과도 같으니, 대체 나는 어디로 향발(向發)5)하여야 하는 것일까? 또 병은 무엇을 경고하려는 한 친구와도 같으니 그는 말하는 것이다. "주의를 해야 되네. 이러한 곳에 자네의 결함이 있는 것이니 잘 좀

---

3) 깊숙하고 그윽하다.
4) 원문에는 '友'.
5) 목적지를 향하여 출발함.

생각하고 반성해야만 된단 말일세!"라고.

우정 찾아 와서 병우(病友)에게 이 같은 충고를 하며 또 여행의 길로 나서게 하는 한 친구의 정의(情誼)를 우리는 물리쳐야 될 것인가? 아니다. 우리는 그의 심방을 진심으로 감사하여야 될 것이니, 우리는 다만 여장(旅裝)을 준비하고 조용히 길을 떠나기만 하면 좋은 것이다. 그러나 그것이 목적지가 어디며, 거리가 어느 정도이며, 또 방향이 어느 쪽인가를 모르는 아득한 꿈길의 출발임은 두말할 것이 없으니, 우리는 알지 못하는 인도자의 뒤만 따를 수밖에 다른 도리는 없다.

사람은 병이 무엇인가를 안다. 그리하여 이 병에 대한 인식, 그 속에 실로 건강 시에는 예상하지 못하였던 비극적 생존은 놓여있다.6) 병이 침입자의 인상을 주며 병자를 문득 습격할 때 모든 근친자의 동정이 또한 무력한 것이니, 병실의 문이 닫히는 순간 병자의 고독과 적막을 위무(慰撫)할 방법이라고

---

6) 원문에는 '누어있다'.

는 전무하기 때문이다.

이 고립적이요, 독자적인 영원한 격투와 고민 속에서 그가 어렴풋이 보는 것은 이곳에 두 방문자가 있음이니, 하나는 본능이란 자요, 다른 하나는 정신이라 자이다. 이 순간에 무엇을 하자고 본능과 정신, 이 양자(兩者)는 문득 각성하여 나를 심방한 것일까?

본능과 정신, 이 양자는 말하자면 병자에 대하여 의사 이상의 역할을 하는 자이니, 그들은 상호 제휴하여 무엇인지는 알 수 없으나, 나에게 중대한 발언을 하여야 되는 것이요, 병자의 치유를 위하여 일치 협력하지 않으면 안 되는 것이다. 본능은 육체를 치유하여야만 되는 것이요, 정신은 영혼을 병으로부터 구출하지 않으면 안 되는 것이다. 왜 그러냐 하면 참된 건강이란 진실로 육체적 건강을 말하는 동시에 영혼도 역시 건강함을 의미하기 때문이다.

본능은 육체를 치료한다. 원래가 이것은 그러한 것으로 조금도 의심할 여지가 없는 사실이니, 왜 그러냐 하면 모든 치료는 자기 치료 이외의 아무 것도 아니기 때문이다. 어떠한 명의, 어떠한 신약도 이 신비로운 업무를 대행할 수는 없다. 의사와 검제(劍劑)는 결국 본능이 수행하는 치료를 보조하며, 가호하며 고무함에 불과하고, 무릇 치유 과정은 그 자신의 충동에 의하여 저절로 자발적으로 자연히 성수되는 것이다.

그리하여 그 때에 본능은 병을 제거하기 위하여 그 병적 징후에 직접으로 작용하는 방법을 취하지 않는 것이니, 원시 병세는 합목적적으로 진행하는 법이며, 그[7] 자체가 치유에 봉사하는 것이기 때문이다. 그러므로 병적 증상은 진행될 때까지 진행되면 자연히 없어진다.

본능의 자기치료는 그보다 새로운 구성과 조직 속에 성립되는 것으로 병자와 의사는 이 새로운 구성과 조직을 향하여 가장 신중히, 또 가장 완곡히 보조를 맞추어 걸어가는 것이니, 이 새로운 구성과 조직에 필요한 것은 무엇이냐 하면 그것은 물론 휴양

---

7) 원문에는 '其'.

이요, 안정이요, 정력의 절약이요, 영양이요, 공기요, 일광이요, 쾌활한 기분 등이다. 여타 지물(餘他之物)은 그 후에 비로소 필요하다면 필요한 것이다.

그리하여 환자에게 만일에 경청하는 능력이 있다면 그는 곧 본능이 전연히 단독으로 병에 대하여 유용한 것을 염원하고 유해한 것을 염기하는 사실을 인식할 것이니, 대개 병중에 환자의 좋아하는 바가 병에 이로우며, 환자의 싫어하는 것이 병에 독이 되는 이유는 실로 본능의 엄격한 명령, 그 속에서 탐지되어야 한다.

본능은 신뢰를 굳이 의욕 한다. 본능이 확호(確乎)한 자신을 가지고 나타나면 나타날수록, 그리하여 그에 대하여 순종적인 태도를 취하면 취할수록 보다 신속히 자기 치료의 효과는 발생하는 것이니, 이것이 실로 치료방법 의 근본원리임은 다시 말할 필요가 없다.

본능이 육체를 치료함과 같이 정신은 영혼을 치료한다. 여기서도 치료가 자기 치료를 의미함은 물론이니, 다만 여기에서는 그 치료의 방향이 '하부에서' 오지 아니하고 '상부로부터' 오는 점이 다를 뿐이다. 그러므로 병자에게 가장 중요한 것은 아무리 중병 상태에 처하여 있는 경우에라도 불평과 원한과 절망을 품어서는 안 되고, 일종의 철학적 달관을 가져야 된다는 것이다.

병에는 평온한 영혼, 쾌활한 기분, 부동의 신념이 절대로 필요하다. 병이란 흔히 뻗대는 성질의 것이므로 병의 치유에는 어느 정도로 유장한 시간과 공간(병원·온천·요양지)이 필요한 것이다. 이 모든 조건은 병에 대하여 은혜를 끼치는 가능성을 제공하는 것이다. 그러나 물론 중대한 투병의 단계는 이 모든 조건을 구비한 후에 비로소 시작되는 것이다.

이 진격한 투병에서 본능과 정신 양자가 병을 통하여 우리에게 전하는 중대한 발언은 대체 무엇인가? 그것은 내가 평상시에 심신을 잘 조정할 줄을 몰랐다는 것이요, 또 내가 건강을 하늘이 주신 선물로 높이 평가하지 않았다는 것이요, 그러므로 병에 대한 책임은 내 자신이 져야만 된다는 것이다. 그리하여 건강은 그 자체가 이미 행복과 열락을 의미한다는 것 등이니, 사실 내가 아름다운 것으로 충만한 이 인생에 대하여 눈을 감고 무관심하게 지내 왔다는 것, 그리하여 애(愛)와 선(善)과 희생과 영웅적 행동에 대한 무수히 많은 가능성이 면전에 제공되어 있음에도 불구하고 무지의 탓으로 하여 그대로 간과하여 버리고, 그와는 반대로 내가 이제까지 가장 훌륭한 선물의 낭비자로서만 살아왔다는 것은 얼마나 슬픈 일이냐!

우리는 병석에 누워 흔히 내일부터는 이 인생을 다시 시작할 것을 결심하는 것이니, 병고가 우리에게 주는 교훈은 결코 적은 것이 아니다. 사람이란 원시 반평생을 아니, 일평생을 고생으로 산다는 것, 그리하여 사람이 고뇌를 통하여 자각과 청정과 개선에 이를 수 있으며, 모든 고뇌로부터 일편의 참된 혜지(慧智)를 급취(汲取)할 수 있다는 것을 병은 여실히 가르쳐 주기 때문이다.

병은 참으로 우리들 사람을 위하여 다행한 교도자다. 병은 사람의 새로운 육성을 위하여, 휴양을 위하여, 또 그 순화를 위하여 막대한 진력을 하는 자이기 때문에 그 위에 우리는 장차 병으로부터 해방되어 쾌유의 즐거운 날을 가질 것이 아니랴! 이 위에 더 여하(如何)한 위안이 우리에게 필요할까?

병은 흔히 사람을 신경질로 만든다. 환자의 이 애처로운 심리를 우리는 승인하지 못할 바 아니나, 이것은 그가 아직도 정신의 그윽한 소리를 듣지 못한 탓이라 할지니, 환자가 명심해야 할 것은 병에 구이(拘泥)[8]함이 없이 병으로부터 초월하여야 된다는 것이다. 그리하여 어디서 왔는지 알 수 없는, 대개는 자기 자신에게서 온 이 시련을 감수하여 자기를 육성하는 한 좋은 수단으로 삼지 않으면 안 된다. 확실히 사람은 병에서 크는 것이다.

아이들이 병으로 울 때 우리는 보통 '자고 나면 낫는다.'고 말한다. 수면은 병에 있어서 약이다. 수면이 경과의 양불호(良不好)를 결정하는 신묘한 복선이 되는 것도 우리들이 잘 알고 있는바 사실이다. 수면이라면 병중에 우리를 부단히 습격하는 저 수

---

8) 어떤 일에 필요 이상으로 마음을 쓰거나 얽매임.

마는 대체 어디서 오는 것일까?

병자에게 허락된 유일한 위안은 독서다. 그런데 시력이 쇠하고 팔 힘이 부족한데다가 책을 보기만 하면 우리의 정신이 잠들어버리는 데는 감당할 도리가 없다. 무엇을 생각하다가도 곧 잠드는 것인데, 다시 잠을 깨고 나면 무슨 생각을 했는지를 알지 못할 경우가 많다.

병중에 가장 우울한 시간은 식사 시간이니, 식사래야 미음 아니면 죽 등으로 가히 언설할 나위가 못 되거니와, 구미가 쓰고 혀는 깔깔하여 그것일망정 약을 먹듯이 먹어야 되고 달게는 도저히 먹을 수 없는 것이 유감이기 때문이다. 병자는 식전식후에 누워서 한가함에 맡겨 자기가 일찍이 맛본 진수성찬의 한 가지 한 가지를 입 위에 가만히 얹어[9] 보는 것이나, 단 한 가지라도 구미에 당기는 것이 없는 데는 삭연(索然)한[10] 감(感)을 품지 않을 수 없다. 병으로 누워서 사람은 더욱이 먹는 재미가 얼마나

9) 원문에는 '입우에 가만이 얹여'.
10) 흥미가 없는.

큰 것인가를 통감하게 되는 것이다. 그러므로 사람은 흔히 병중에 못 먹은 분량의 음식을 병후에 결국은 다 찾아 먹고야 만다.

또 병석에 누워 있으면 자기가 일어나서 직접 나가 볼 수 없는 까닭으로 자기와 완전히 격리된 이 세상은 사실 이상으로 지극히도 멀어 보이는 법이다. 그 먼 세상에서 아는 사람들이 찾아와서 그 먼 세상의 소식을 전할 때, 병자가 받는 인상은 예상 이상으로 신선하고도 강렬하다. 이 사실은 사람이 공동생활을 떠나서는 하루라도 살 수 없다는 것을 여실히 말하는 것밖에 없다.

사람이 병에서 크는 그와 동일한 근거에서, 사람은 또한 병 때문에 늙기도 하는 것이다. 이 사실은 나이를 먹은 후에 병을 앓아본 경험이 있는 사람이면 누구나 다 곧 수긍할 것이다. 나는 이것을 이번의 병에서 통절히 경험하였다.

여하간 병을 하나의 위안으로 삼는 기술을 체득한다는 것—이것이야말로 병자에 대하여 가장 중대한 생명 철학인 것이다.

(1947년 6월 병상에서)

문화 조선의 건설

　문화조선의 구상에 착수하기 전에 순서상 문화라고 하는 말의 개념부터 규정하여 가기로 하자.
　원래 문화라는 말은 독일어 '쿨투르'의 역어(譯語)다. 물론 영어와 불어에도 이 말은 사용되고 있지만, 영불(英佛) 두 언어에서 이 말은 우리가 문화라는 말 속에 포함시키고 있는 그와 같은 넓은 의미는 없고 경작한다든가, 배양한다든가, 정신적 교양이라든가, 품성의 수양이라든가 하는 그러한 좁은 의미 외에는[1] 사용되지 않는 것이 보통이다. 따라서 영어와 불어에서는 독일어인 '쿨투르'를 번역해서 우

---

　1) 원문에는 '의미로서 밖에는'.

리가 현재 사용하고 있는 문화와 대강 동일한 의미를 갖는 것으로 '시빌라이제이션(Civilization)', 즉 문명이란 말을 써서 이것을 가지고 물질문명과 같이 정신문화까지도 포함시켜서 사용하고 있다.

우리는 보통 문명이란 말 속에서 물질적인 것을 이해하고 문화라는 말 속에서는 정신적인 것을 이해하고 있지만, 문명과 문화, 이 두 개념의 구별은 간단한 것이 아니므로 그것은 다른 기회에 밀기로 하거니와 문화의 원어인 '쿨투르'는 영·불어의 그것과 같이 라틴어의 '쿨투라(Cultura)'란 말에서 전화된 것으로, '돌본다', '이룬다', '배양한다'라는 의미를 가지고 있다. 이것은 우리가 농업이란 말을 영어로 '애그리컬처(Agriculture)'라고 하는 것으로 보아서도 알 수 있거니와 이것 역시 라틴어의 '쿨투스·아그리(Cultura-agri)'라는 말에서 온 것으로 '아그리(Agri)'는 토지, '쿨투스(Cultura)'는 경작, 배양 등의 의미를 갖는 말이다. 이리하여 이 '쿨투스'라는 말은 최초에는 토지를 경작한다는 의미를 가지고 있던 것이 차차로 넓은 의미를 가지게 되어서 후에는 일반적으로 동식물의 배양과 양성을 의미하는 동시에 정신적 의미의 마음의 양성, 수양, 교양까지도 포함하는 말이 된 것이다. 그리하여 사실상 지금도 영어·불어에서 '컬처(Culture)'라는 말은 상술한 바와 같은 의미밖에는 없고, 문화라는 말은 순전히 독일어의 '쿨투르'에서 온 것이다.

문화라는 말같이 여러 가지 의미가 상호간 착종되어 있는 말도 많지 않거니와 결국 문화라는 말은 대체에 있어서 자연이란 말에 대립되는 말이니, 토지를 경작한다는 것은 벌써 자연이 아니요, 거기는 사람의 힘이 가하여진 것을 의미한다. 자연, 그것이 얼마나 아름답고 풍부한 실과를 우리에게 제공한다 하더라도 그곳에 사람의 힘이 가공되지 않는 한, 우리는 그것을 문화라고 부르지 않는 것이다. 문화란 자연이란 소재에 대하여 사람이 자기의 힘으로 무엇을 기른다거나 만들어 낸다거나[2]하는 것을 말하거니와, 그러나 우리가 오늘날 문화라고 할 때는 단

---

[2] 원문에는 '무엇을 기룬다던가 맨들어 낸다던가'.

순히 자연에 대한 인공적 형성이랄지 또는 개인적 교양만을 지칭하지 않고 대개는 일반적으로 사회현상으로서의 문화를 가리켜 말하는 것이 통칙(通則)이다.

전술한 바와 같이 문화는 자연에 대립되는 것으로서 사람들이 자기의 힘으로 만들어낸 모든 것을 불러서 문화라고 하는 것이거니와, 그러므로 아무런 영향을 무릅쓰지 아니하고 어떠한 교육도 받지 아니한 사람 자체는 아직은 그 몸에 인간적 노력이 작용되지 않았으므로 적어도 문화가 될 수 없고, 자연의 일편(一片)에 불과한 그가 인간 자체의 목적에 즉(卽)하여 부단히 창조하고 발전하는 것이 아니면 아니 된다. 그러므로 원래 문화란 것은 반드시 모든 종류의 역사와 경력 속에서만 찾을 수 있는 것이다.

우리는 우리 자신을 그려서 문화인이라 하고 문화 민족이라고 한다. 이 문화인과 문화 민족에 대하여 원시인이라는 것이 있고 자연민족이라는 것이 있음은 다 아는 바이어니와, 원시인과 원시 민족이란 것은 문화인, 문화 민족과 같은 그러한 창조와 발전을 갖지 못하는, 따라서 역사라고 할 만한 것을 갖지 않는 자연 속에서 살고 있는 사람들을 불러서 하는 말이다. 이와 반대로 문화인·문화민족이란 것은 반드시 어떠한 창조과정과 발전과정의 도정에 있는 사람들, 즉 다시 말하면 역사다운 역사를 가진 민족을 가리켜서 하는 말이다. 문화가 역사 속에만 있을 수 있고 역사가 문화 속에만 있을 수 있음은 사람이 살아가는 과정에 있어서 가지가지의 활동을 한 결과에서 오는 사실에 불외(不外)하거니와, 그러므로 가령 여기 어떤 문화가 있다면 그 문화라고 하는 것은 결국 발전 과정에 있는 그 사람들의 본질적 표현이라고 볼 수 있으니, 여기서 우리는 문화를 다음과 같이 규정할 수가 있다고 생각한다. 곧 문화란 사람이 그의 온갖 요구에 의하여 스스로 지어 올린 모든 것, 그리하여 그것은 물론 사람에게 대하여 가치 있는 것이 아니면 아니 된다고. 여기서 우리는 우리들이 지어 올린 문화 가치의 표현을 우리들이 지금 가지고 있는 학문, 예술, 도덕, 종교, 법률, 공업, 사회 규범 그밖에 여러 가지의 문화재 속에서 용이하게 찾을 수 있는 것이다.

문화가 모든 종류의 역사와 경력 속에서만 찾을 수 있음은 상술한 바와 같거니와, 문화가 곧 역사 요, 역사가 곧 문화인 점에 대하여 일찍이 엠마누엘 빠르는 간명한 비유법을 사용하여 다음과 같이 지적한 일이 있으니, 그에 의하면 문화란 어떠한 결합 가족 내에서 쌓이고 쌓여[3] 가족 전원의 공동 재산이 된 특수한 지식의 총괄과 같은 것이라는 것이다. "너 아가사는 큰아버지의 귀통을 기억하고 있느냐? 그리고 월리는 어떤 모양으로 술에 담근 모이를 앵무새에게 먹였지?[4] 그리고 또 저 그 에티브 호수에서의 야유회 말이야. 보트가 뒤집혀서 포프 큰아버지가 자칫하면 돌아가실 뻔 했지? 기억하고 있지?" 하고 다들 모여서는 이런 지나간 일을 생각하곤 재미스럽게 웃는 것이다. 그런 까닭으로 운 나빠서 그 자리에 잠시 참여하게 된 외래객(外來客)은 대단히 어색한 꼴을 당하고야 만다.

---

3) 원문에는 '싸이고 싸여'.
4) 원문에는 '鸚에게 메겼지?'.

그런데 그러한 것이야말로 사회적 측면에서 본 문화라고 하는 것이다. 대문화가족(大文化家族)의 일원인 우리들이 서로 만나면 호메로스 할아버지라든가, 저 무시무시한 존슨 박사라든가, 사포 아주머니라든가 가련한 조니 키츠라든가의 추억담을 이야기한다. 그처럼 문화가족의 일원에 있어서 이 일족의 이야기를 주고받는 것은 즐거운 일이다. 그러므로 우리가 그 자리에서 잘 알고 있어야 할 것인데 조금도 변명할 여지가 없을 만큼 전연(全然)히 알지 못하는 조상의 이야기에 걸리게 되면 쥐구멍에라도 들어가고 싶을 만큼 창피스러운 경험을 하게 되는 것이다. 그나마 이 이야기의 주인공들은 사상에 찬연히 빛나는 분들이다. 그러므로 만일에 우리들이 그들의 언행을 말할 수가 있다면 그것은 우리들이 결국은 그 일문이 되는 근거다. 그런데 그러한 사연을 우리들이 알지 못할 때 우리들은 명백히 불명예스러운 문외한이 되는 것이다.

올더스 헉슬리는 그의 논문 「역사의 매력에 대하여」 속에서 빠르의 말을 인용하여 이상과 같은 의미의 문화관을 피력하고 있다. 그것은 일언이요약(一言而要約)하면, 역사가 곧 문화요 문화 곧 역사라는 오인(吾人)의 견해에 일치한다고 할 수 있는 것으로, 막연한 문화의 개념을 어느 정도로 명확히 파악한 것이라고 볼 수 있다.

반만년의 역사라면 결코 짧은 역사가 아니다. 그 짧지 않은 역사에 예비 되는 가지가지의 아름다운 문화를 우리도 말하자면 가지고 있는 셈이다. 여기서 우리는 우리들에게 한없는 영광과 자부를 주는 우리들의 허다한 문화 조상의 이름을 일일이 열기(列記)할 필요는 없을 것이다. 그러나 모든 방면에 있어서 우리들은 우리들 고유의 역사를 지어 올린 문화 가족의 후손의 일원임에도 불구하고, 응당 쥐구멍 차지라도 해야 될 만큼 우리의 문화와 역사에 대하여 문외한 이상으로 무지하였으니, 우리는 일방(一方)으로 놀라고 일방으로 통탄하지 않을 수 없다. 일정(日政) 36년간은 말하자면 우리에게 문화적으로 계승에 있어서나 또는 섭취에 있어서나 완전히 공백의 시대를 강제한 것이다. 우리들의 문화 조상에 대한 동경과 지식욕은 상상 이상으로 지극하고 심각하였으나, 학정(虐政)은 그것을 결코 용서하지 않았던 것이다.

문화적으로 문외한이던 우리가 해방의 기회를 획득하자 상실하였던 모어를 찾고 어두웠던 역사를 밝히고자[5] 전 민족의 노력이 그 일점에 집중된 것은 차라리 당연한 일이라 할지니, 문화가 역사인 한, 조상을 찾음이 없이 어찌 우리는 문화가족의 일원이 될 수 있으랴! 나는 여기서 문화 계승의 문제는 행동적으로 그 단서에 나아간 것으로 보고, 우리 문화 가족 일문(一門)의 명예와 번영을 위하여 경하하여 마지않는 바이다.

나는 최근에 각 대학에 국어·국문 및 국사 관계의 전공생이 거의 없어져 감을 개탄하는 식자(識者)의 소리를 수차 듣고, 나 역시도 동감 불기(同感不己)한 바 있었으나, 이것은 해방 직후의 민족적 흥분이 식어진 결과의 하나로 그렇다고 하여서 이것이 곧 자

---

5) 원문에는 '어두었던 歷史를 밝히고저'.

국 문화에 대한 멸시를 의미한다고는 할 수 없으니 관심이 곧 연구가 아니라는 점과 외국 문화 내지 일반 학문의 영역은 순수한 자국 문화의 그것 보다 훨씬 넓다는 점을 생각할 때 과히 실망할 것이 없다고 보는 것이 지당할 것이다.

국경 없는 '한 개의 세계'가 유엔(國際聯合)에 의하여 현실의 서(緖)에 취(就)한 오늘날에 있어서 생활의 국제화와 각국 문화의 교환은 벌써 한 개의 상식선을 넘어섰다. 그러므로 문화 섭취의 문제는 물론 여러 가지로 관련되는 부면(部面)6)도 있으려니와 주로 그것은 외국의 찬란한 문물의 충실한 기록인 무수한 도서를 우리의 모어로 번역·이식함으로써7) 언어의 장벽을 제거하는 일대 업무에 의존할 것이며 귀착될 것이라고 나는 생각한다. 나는 비교적 그 범위가 협애(狹隘)8)하다고 볼 수밖에 없는 자국 문화의 계승과 계발 보다는 외국 문화의 수입에 난관

---

6) 어떤 대상을 나누거나 분류하여 이루어진 몇 개의 부분 혹은 측면 가운데 하나.

7) 원문에는 '飜譯 移植하므로'.

8) 범위가 좁고 제한되어 있음.

이 횡재(橫在)[9]하고 있음을 인식하지 않을 수 없는 자이다.

현하(現下) 조선에 있어서의 번역 및 번역가의 문화사적 사명에 대하여서는 일찍이 수차에 긍(亘)하여[10] 발표한 바 있으므로 이곳에서는 중복을 피하고자 하거니와, 번역 문화적으로 거의 백지상태에 처하여 있는 조선에 있어서 무엇을 번역하는 것이 문화를 섭취하는 위에 가장 긴요하냐 하는 의문은 번역 행동에 나아가려하는 문화 중개자에게, 말하자면 어학력 이외에 창조적인 문화 일반에 대한 통찰력을 요구하는 데서 필연 유래하는 중대한 번민이라 하겠다.

즉, 번역가는 아무리 정력적이라 하더라도 일시에 많은 것을 이식할 수 없기 때문에 반드시 이러한 의문에 봉착할 것은 자연지세(自然之勢)라 할밖에 없다. 현하 조선에 있어서 번역가는 단순히 번역가에 그쳐서는 아니 되고, 그는 동시에 문화의 좋은 중개

---

9) 가로 놓임.
10) 수차례에 걸쳐서.

자요, 문명에 대한 좋은 비평가의 임무를 겸하지 않으면 안 된다. 다시 말하면 문화의 모방이 아니요, 비판적인 문화의 섭취가 필요하다는 말이다. 문화 조선의 건설에 명심하고 유의(留意)하는 지식인 내지 문화인의 고심은 앞으로 상당히 크리라고 나는 생각한다.

다음으로 문화 조선의 건설에 대하여 일반적인 성찰을 약간 가하여 본다면, 문화 조선의 건설은 문화인의 독력(獨力)11)에 의하여 성수(成遂)12)될 수 없을 것임은 물론이니, 거기에는 문화를 창조하는 자에 대한 정부와 후원자와 민중, 이 삼자(三者)의 절대적인 옹호와 지원과 애호가 반드시 요청된다. 정부는 좋은 시책을 가지고 문화의 계발과 향상을 위하여 일정한 방향을 지시하여야 할 것이요, 후원자는 그의 큰 재력과 좋은 흉도(胸度)13)를 가지고 문화와 문화 창조자를 위하여 헌신 노력하여야 할 것

---

11) 혼자의 힘.
12) 어떤 일을 이루어내다.
13) 마음의 도량.

이요. 민중은 항상 문화를 애호함으로써 문화의 씨를 배양하고 육성하는 비옥한 토양을 준비하지 않아서는 아니 되기 때문이다. 아무리 좋은 문화 정책과 많은 문화 보호자가 이곳에 있다 할지라도 토양을 준비할 처지에 있는 민족이 문화 창조의 종자를 거부할진대 그 성장은 절망이 아닐 수 없다.

그러므로 일찍이 게오르그 프란테스는 사옹(沙翁)에 관한 그의 저서 속에서 페리클레스 시대에 있어서는 모든 희랍인이 한 개의 조각을 만들 수 있었고, 영국 엘리자베스 시대에 있어서는 영국의 모든 제 2인자 들이 한편의 희곡을 쓸 수가 있었고, 현대에 있어서는 모든 사람은 한 편의 신문문예를 초(草)할 수 있다고 말한 일이 있지 않은가. 이것은 문화에 대한 일반적 애호정신이 얼마나 잘 시대적 문화 창조를 돕는가를[14] 말하는 예증으로 볼 수가 있다. 모든 사람의 열렬한 관심 하에 페리클레스의 위대한 조각, 엘리자베스 조(朝)의 찬연한 문학은 출

---

14) 원문에는 '도읍는 가를'.

현한 것이다.

17세기 네덜란드의 회화는 미술사상의 최고봉을 의미하거니와, 이렇게 되기에는[15] 물론 하나의 참된 애호주의가 없을 수 없었다. 실로 그 시대의 모든 화란인은 화필을 들 수 있는 예술가에 다름없었다. 18세기의 유명한 건축이라 할지라도 우리는 궁연에 있어서의 기사들의 건축 취미를 잊어서는 아니 된다. 제1차 세계대전 이전까지의 독일 국민의 음악 애호열은 우리들이 잘 아는 바이지만 이 관심, 이 애호가 있었으므로 비로소 많은 작가의 출현을 촉성시키는 동시에 음악의 대가와 명가수의 다량배출을 가져올 수[16] 있었던 것이다.

그러나 현하 조선의 민중은 여러 가지 민생 문제의 미해결로 인하여 문화 일반에 대한 관심을 상실하고 있는 듯 보인다. 그렇다고 또 완전한 정부가 있어서 적극적인 문화정책이 확립 되었는가 하면 그렇지도 못한 처지다. 문화 창조의 재능을 가진 인

---

15) 원문에는 '이것이 있기 때문에는'.
16) 원문에는 '결과시킬 수'.

사 역시 안정된 토대를 갖지 못하였으니[17] 앞으로 신문화의 수립은 요원한 감이 없지 않다.

완전 자주 독립의 날과 함께 조선 문화 수립의 날이 하루 바삐 성숙하기만 기다릴 뿐이다.

(1948.1.21)

---

17) 원문에는 '土臺를 되지 못하였으니'.

문화와 정치

　문화란 한 마디로 요약하건대 자연의 일편(一片)인 인간이 자연에 대립하여 그의 모든 요구와 이상을 실현하는 부단한 정신적 완성을 의미하는 것이거니와, 이 경우에 무릇 사람의 요구와 이상이란 스스로 자연히 실현되는 것이 아니요, 거기에는 반드시 그와 같은 이상을 인식하고 인정하여 그것을 현실 속에 도입하며, 그것에 생명을 부여하는 어떤 주체가 개재하지 않아서는 안 될 것은 물론이다.

　그리하여 이 새롭고 보편타당적인 이상의 출현과 이 이상에 대한 헌신 귀의(獻身歸依)는 언제나 개별적인 인격 속에서만 성립되는 것이요, 일반 사회 대중은 대개는 너나없이 그들의 선조가 생활하던 그 모양 그대로 전통에 의지하여 살아 나가기만 원하는 것이다.

이곳에 문화와 정치의 교섭은 시작되는 것이니, 이상을 가진 어떤 주관이 그의 이상을 민중 속에 도입함으로써 그 이상은 민중 속에서 운동과 생활을 비로소 약속하게 되기 때문이다.

인류를 앞으로 추진시키는 이상이 이곳에 있을 때, 그 이상을 실현하기 위하여 역사상 허다한 영웅걸사(英雄傑士)는 배출된 것이니, 민중은 결코 인도하는 법이 없고, 민중은 민중 속에서 민중에 의하여 그들의 이상을 실현하려 하는 이념적 인격에 의하여 항상 인도되는 법이다.

지도자와 민중의 양자는 상호 의존을 필수 조건으로 하는 것이니, 지도자가 없는 민중은 가치적으로 맹목자요, 민중이 없는 지도자란 대저 무의미한 허무적 존재다.

그러나 지도자가 그의 이상의 실현을 위하여 민중을 획득할 수 있는 유일한 근거는 원래 민중 자체가 동류 동질의 용해체가 결코 아니요, 각자가 개성적으로─물론 그 개성이라는 것이 비교적 저급하고 대개는 동일비등(同一比等)한 교양 정도의 것임은 두 말할 것이 없으나, 여하간 개성적으로 존립할 수 있는 그러한 사실 속에 있다. 그러나 인간적 개성으로써 그들을 부단히 보다 높은 교양과 문화의 단계에까지 끌어올릴 수 있고, 또 끌어 올려야 될 것은 물론인데, 이러한 문화적 행위를 실행하는 것이 실로 정치적 지도자의 기능이니, 지도자는 민중이 총체적으로 전진하여야 할 일정한 방향과 노정을 항상 지시하지 않으면 안 된다. 그러므로 일찍이 역사적으로 모든 위대한 문화 가치의 형성에 있어서 지도자와 민중, 이 양 요소의 상호 협력은 반드시 있었고 또 절대로 필요하기도 하였던 것이다.

이와 같이 문화의 씨를 뿌리는 자는 반드시 한 개인이지만, 그것을 배양하며 형성해가는 토양은 언제나 민중이다. 이 사실은 우리가 전날에 일정시대(日政時代)의 압제로 인하여 얼마나 우리들 마음의 완성이어야 할 문화가 조상(阻上) 되었는가를 한번 생각하여 볼 때 일시에 요연(瞭然)하게 되려니와,

그러므로 또한 앞으로 좋은 지도자의 정치는 우리들의 저속한 문화의 계발과 향상을 위하여 시급히 요망되는 바이다.

좋은 이상과 적절한 목표와 현명한 통찰력을 겸지(兼持)한 정치가의 헌신적 시책이 없이는 모든 방면에 긍(亘)하여 우리들의 문화적 향상은 무릇 절망이 아닐 수 없다.

나는 앞에서 교양과 문화의 정도가 저급한 민중의 개성을 보다 높은 자각적 단계로 끌어올리는 것이 정치가의 신성한 임무임을 지적하였거니와, 이것은 민중이 문화 가치의 실현자라는 의미에서만 중요할 뿐이 아니라 소위 석일(昔日)의 '가사유지 불가사지 지적정치(可使由之 不可使知 之的政治)'를 완전히 버리고 참된 민주정치의 조속한 실현을 위하여서도 절대로 필요한 것이니, 민주정치란 민중 자신이 정치를 운영한다는 것이 아니요, 정치를 운영하는 사람을 민중 자신이 선택하고 평가한다는 것을 의미한다. 그러므로 민주정치의 실현에 대하여 가장 중요한 일은, 어떠한 인물과 정당에 정치의 운영을 위탁할 것인가를 아는가는 민중의 좋은 판단력이다.

좋은 정치가 좋은 민중과 상호 제휴할 수 있을 때 주권적 정신과 객관적 정신의 유일한 종합이요, 구명(究明)에 있어서 모든 사람의 정신적 완성을 의미하는 이 문화는 가장 완전한 발(發)을 제시할 것이다.

(1948년 1월)

고독에 대하여

다른 분의 의중은 알바 없거니와, 일찍이 단결할 기회가 없었던 우리 민족이 오늘날 완전 해방의 혜택을 입어 이제야말로 온 겨레가 당연히 한 뭉치로 통일되어야 할 중대한 시기에 제회(際會)하여 서로 단결은 하지 못하고, 반대로 자꾸만 갈등 분열(葛藤分裂)을 보기만하고 있는 까닭일까. 나는 때때로 불행한 전일(前日)에서 경험하지 못했던 기묘한 고독을 느끼는 일이 있기로 새삼스러운 일이나, 고독에 대하여 한번 생각해보기로 한다.

내가 보는 바에 따르면 사랑하는 많은 동포들은 막혔던 물이 강렬히 터져 흐르듯 여하한 장애도 있을 수 없는 이 요행적 기회를 놓쳐서는 안 된다 하고, 또 이런 판이므로 한몫 꼭 보아야 한다 하고 옆은 둘러다볼 사이도 없이 자기 욕심만 차리고 다른 동족은 어찌되건 혼자서 줄달음질만[1] 치고 있는 것 같기 때문이다. 그러므로 뒤에 처진 나는 물론 고독하거니와 앞에 달아나는 동포는 더욱 외로워 보인다.

사람이 세상에 생기매 모든 사람은 의식하지 않고 암흑리(暗黑裡)에 한 개의 무거운 과제를 짊어지고 나오게 된다. 어느 사람도 그것이 과연 무엇인지를 그에게 일러줄 이는 없다. 모든 사람은 제각기 그 과제가 무엇인가를 스스로 체험해야 되고, 스스로 이해해야 되고, 스스로 해명해야 된다. 그러나 사람이 그것을 석연(釋然)히 이해할 수 있기에는 상당히 긴 시일을 요하지 않을 수 없는 것이니, 그것에 대한 통찰은 흔히 너무나 늦게 이르러 경우에 따라서는 사람은 죽는 순간에 활연 대오(豁然大悟)하는 일도 없지 않으므로, 때는 이미 늦어 어찌할 수 없는 일도 있는 것이다.

---

1) 원문에는 '줄다름박질만'.

그러면 그 과제란 대체 무엇일까?

그 과제란 다름 아니다. 너는 네 독자의 생활양식에 의해서 살되, 너는 모든 다른 사람과 같이 이 세상에서 외롭게 살지 않아서는 안 된다는 것이다. 그래서 너는 이 고독을 네 자신의 힘으로 이해하고 포용하고 그와 친화함을 꾀하여 그것을 정신적으로 극복하지 않아서는 안 된다는 그것이다. 그러나 고독이란 사람의 힘으로서는 영원히 배제할 수 없는 물건이므로, 결국은 그 고독에 의해서 그 고독의 힘을 빌어서 너는 네 성격을 보다 굳세고, 보다 품위 있고, 보다 사랑스러운 것으로 도치(陶冶)하라는 것이다.

사람은 고고(呱呱)의 곡성과 더불어 이 세상에 외롭게 나와서 심심의 탄식과 함께 이 세상을 외롭게 떠난다. 물론 우리 인생이 생길 때나 죽을 때나 다 같이 주위로부터 만반의 간호와 조치는 받는 것이지만, 사람이란 결국은 육체라 하는 감방 속에 영원히 유폐된 고독한 은자의 숙명을 물리칠 도리는 없다.

그래서 그가 사는 동안 이 감방 속에서 무엇을 보

고 무엇을 느꼈으며 무엇을 동경하고 무엇을 생각했는지 아무도 그것을 속속들이 추궁해서 알아내고, 또 그것을 함께 체험하는 길은 없는 것이요, 또 그가 고독한 가운데 무엇을 택하고 결심하고 실행하며 어떤 것을 위해서 노력하고 초사(焦思)하고 희생할 것이며, 혹은 불면과 질병과 실패와 절망 속에서 장차 얼마나 고뇌와 번민과 인내를 거듭해야 할지, 이 모든 것은 다른 사람과는 절대로 나눌 수 없고, 그 혼자만이 운명적으로 짊어지고 가야할 무거운 부담에 속한다.

이리하여 사람이 생활해 나가는 동안 모든 중대한 사건에 부딪칠 때, 즉 다시 말하면 혹은 첫사랑이라든가, 혹은 가족의 죽음이라든가, 혹은 중대한 결의라든가, 혹은 자기가 져야할 책임 문제라든가, 혹은 기타 모든 종류의 고민에 봉착하게 되었을 때 특히 사람은 절실히 자기의 고독을 통감하게 되는 것이니, 우리가 죽기까지 계속해서 끌고 가야할 이 고독은 참으로 우리에게 있어서 하나의 무거운 짐이라 아니할 수 없다.

그러나 우리가 다시 한 번 돌이켜 생각할 때, 이 고독이라 하는 무거운 짐은 단지 저주할 밖에 없는 무거운 짐에 그치는 것이 아니요, 그것은 동시에 우리에게 있어서 고귀한 축복을 베푸는 아름다운 거울을 의미하는 것이라 할 수 있다. 왜 그러냐 하면 사람은 고독 속에서 자기 자신을 발견할 수 있고, 자기 자신을 발견할 수 있음으로써 자신 이외에 자기를 도와주는 사람은 없으며, 바른 길을 걷기만 하면 하늘이 도와준다는 좋은 인식에서 차츰차츰 강하게 된 자기의 굳은 성격을 또한 그 속에서 발견할 수 있고, 그리해서 된 철석같은 성격이 장차 지어 올릴 터인 그의 생활의 신성한 원천을 역시 사람은 고독이란 거울 속에서 찾을 수 있기 때문이다.

사람이 자기의 고독을 알 뿐이 아니라 다른 사람의 고독까지를 알 때─즉 다시 말하면 모든 사람은 결국 홀로 외롭고 쓸쓸하게 자기의 길을 걸어갈 수밖에 없는 것이요, 그러므로 많은 사람들은 불행히도 아직 고독이란 무엇인지 그 좋은 점과 나쁜 점을 확실히 인식하지 못하고 있다는 것을 어떤 사람이 알 때, 여기 비로소 동포에 대한 동정과 사랑-구체적으로 말한다면 약자에 대한 동정과 강자에 대한 사랑이 그의 가슴을 완전히 점령하게 된다.

그때 그는 참으로 고독의 압력과 축복을 아는 까닭으로 자기의 쓰린 고독을 통해서 고달픈 고독에 우는 많은 동포의 고민을 몸소 이해하고, 외로운 동포를 돌봐주지 않고는 못 배기는 것이니, 이 상호부조 속에 진실로 정신적 애정, 동족애, 그리고 참된 사회성의 탄생은 있는 것이다.

사람은 모두 외로운 존재다. 그러나 사람이 자기의 고독을 안다는 것은 결코 쉬운 발견이 아니다. 그러므로 더군다나 불행에 우는 동포의 고독을 이해한다는 것은 더 어려운 일이다.

그런데 해방이 되자, 우리 민족은 문득 자기 자신을 상실하고, 또한 옆에서 망연자실하고 있는 외로운 동포의 존재까지를 망각하지나 않았는지, 그렇지 않으면 전날의 저 은밀한 우리들의 동포애조차 이제 어느 곳으로 그 자취를 감추었을까. 운명을 같이할 동포에 대한 정신적 애정, 민족적 포용력이 없이 어찌 우리는 독력으로 나라를 세울 수 있으리오.
어째서 우리는 이리도 서로들 고독한 것인지 알 수
없다.

(1946년 『우리공론』)

범생기

이력서란 원래 비밀에 속하는 것이라 방문을 닫고 사람을 피하여 약간 흥분된 마음을 가지고 모필로 묵흔(墨痕)[1]이 선명하게 쓴 후에 떨리는 손으로 남 모르게 취직처에 삼가 바쳐야 할 성질의 물건인데, 이제 『조광』지는 과연 무슨 심담(心膽)[2]을 가지고 나에게 이력서를 청하여서 천하에 공개하려는 것인지 그것은 좋은 곳에 취직을 시켜줄 작정인가, 혹은 단순히 독자의 호기심을 낚을 작정인가는 요량하기 어렵되, 여하간 나의 이력서는 장차로 별로 용처도 없을 듯 하니 이제 요구에 응하기는 하나, 나의

---

1) 글씨를 쓴 붓의 자국.
2) 심지와 담력.

Curriculum vitae(이력서)는 극히 평범하여 일독의 가치도 없을 것을 나는 유감으로 생각한다.

나의 현세적 우울은 1903년 8월 24일로 시작된다. 원래 고향은 경상도 안동이었지만 나는 멀리 떨어져 전남 목포에서 생을 받았으니 선친은 당시 그곳 감리서의 일관리(一官吏)였기 때문이다. 나와서 보니 나는 제2차의 산물로 이미 두 살 위의 형이 있었다. 아버지는 한학자로 상당히 고명하였고, 어머니는 여가만 있으면 유원 산록(儒遠山麓)을 파는 습관이 있었다. 우리 집은 바로 그 산 밑에 있었기 때문이다. 유원산록

우리들 형제가 간간히 아버지 손에 잡혀 감리서를 가게 되면 친절하고 어여쁜 일본 부인이 우리를 환대해 주는 것도 큰 재미였지만, 우리 이웃집에는 더 마음에 끌리는 아름다운 부인이 있었으니 우리 형제는 그 집에서 거의 살다시피 하였다.

유치원서는 아무것도 배운 것이 없었으나 우리는 이 부인께서 흡연하는 것을 봐왔다. 나는 그때 일곱 살이요, 형은 아홉 살이었다.

바로 애연가가 된 이 해에 우리는 배를 타고 제주도로 건너가 다시 가마와 말을 타고 정의(旌義)에서 내렸으니, 아버지는 이곳으로 부임하게 되었기 때문이다. 때마침 나는 학령(學齡)이었으므로 이곳 보통학교를 다니게 되었다. 동백꽃이 피고 귤이 열리며 소와 말과 처녀와 어물이 흔한 이 땅의 목가적 공기는 오늘도 아직까지 잊을 수 없다.

　내가 열한 살 되던 해 즉, 보통학교를 졸업하려던 해에 아버지는 다시 나주로 전근이 되었던 것이니 제주서는 사랑하는 누이동생을 지하에 묻은 대신 남동생을 다시 얻었다. 나주서는 나는 의미 없는 세월을 새해나 보냈던 것이니, 나이가 어려서 고보 입학 자격이 없었기 때문이다.

　열네 살에 상경하자 양정 고보에 들어가 1916년에 별로 실력도 갖추지 못하고 엉터리로 동교를 졸업했다. 보통학교서나 양정서나 공부는 하지 않았지만 성적은 비교적 좋은 편이었고, 특히 나로서는 이상한 일로 수판(數盤)이 내 득의의 과목이었다. 나를 아는 사람들은 이것을 거짓말이라 하지만 아직까지도 이 수판만은 자신이 있다.

부모 말씀대로 돈 없는 집안에 태어났는지라 그만 공부는 치우고 다른 짓을 했더라면 만사가 편했을 것을, 공연히 고집을 세워 무리하게 동경 재학생이 되었던 것이니, 양정을 마치던 이듬해 9월에 도일하자, 법정대학 전문부 법과에 보결 입학한 것까지는 그래도 좋았으나 어쩐지 법률이 딱딱해서 압증(壓症)이 없지도 않던 차에 어느 친구가 동대학(同大學) 예과로 같이 들어가기를 종용함을 못 이겨, 법대 1년을 수업한 끝에 동예과로 전학하고 말았다.

예과를 마치고는 공부나 좀 해보겠다고 독문학과를 택하고 말았으니, 물론 책권이나 읽자면 독일어도 알아두는 것이 필요했겠지만 그것의 사회적 효용가치를 생각할 만한 실제적 두뇌는 없었으니 나는 드디어 변호사도 영어교사도 중간에 놓치고 만 셈이다.

스물다섯에 같은 대학을 졸업하고, 1년을 집에서 놀며 생각하니 대단히 억울하여 이력서를 단 한번 써서 낸 곳이 성대 도서관인데 불행히도 채용되고

말았다. 공부나 해볼 작정으로 얼른 들어간 것이 함
정이 될 줄이야 몰랐다. 공부 안 되는 사실을 들어
간 첫날에 깨닫고, 그날부터 그만둔다는 것이 어언
간 10년이 지나도 내버리지 못하고 있다.

　독문학 전공자로서 나를 평하지 말고 누가 나의
다른 재주를 인정해 줄 사람은 없을까. 독일어 이외
에 나는 수판도 잘 놓고, 또 물론 특기할 만한 사실
은 없다 해도 보통 사람에게 떨어지지 않을 정도면
다른 재주도 충분히 있다고 나는 생각하니까.

(1935년 9월 『조광』)

나의 자화상

제 음성을 제가 모른다는 것은 확실히 현명한 사
람들의 비애가 아니면 안 된다. 그것은 우리가 말을
할 때, 우리 자신의 귀가 진동할 뿐이 아니라 두 개
가 또한 함께 울리는 까닭이다. 축음기 같은 것을
통하여 외부로부터 들려오는 우리 자신의 음성을
우리가 들을 때, 그것이 퍽이나 소원한 것으로 들리
는 것은 저간의 소식을 무엇보다도 잘 말하는 것이
라 할 수 있을 것이다.

그러나 우리가 모르는 것은 물론 우리 자신의 음
성뿐만이 아니다. 실로 우리는 다른 사람이 우리의
얼굴을 인식하듯이 그와 같이 공명정대하게 우리
자신의 외관을 인식할 수는 도저히 없다. 거울이 우

리 자신의 외관을 여실히 영사하여 주는 사실을 우리는 확신하고 있다 하더라도, 우리는 거울 속에 비로소 보이는 이 형상이 다른 사람이 우리에게서 본 형상과 부합한다는 것을 주장할 수는 없는 일이다. 이 진묘(珍妙)한 착종감(錯綜感)에서 우리가 거울을 들고 번민치 않을 수 없는 것은 거울에 대한 우리의 신앙이 진리를 구하는 마음에서 유래하느냐, 혹은 허영을 탐내는 마음에서 유래하느냐는 문제에 놓여 있는 것이 아니면 안 된다.

철학자 에른스트 마하1)는 일찍이 이에 대하여 그 자신의 체험을 고백한 일이 있다. 우리들이 또한 도회의 거리를 지날 때면 반드시 쇼윈도에 나타나는 각양 각태(各樣各態)의 자기의 기묘한 형상에 시시로 놀라는 경험을 가지고 있지만, 철학자 마하는 어느 날 호텔용 마차에 올라 마침 자리를 잡으려 할 즈음에 자기 앞 의자에 어느 손님 한분이 역시 그와 같이 자리를 잡으려 거동을 하고 있었다. 얼핏 보기

---

1) 에른스트 마흐(에른스트 마흐, Ernst Mach, 1838~1916). 오스트리아의 물리학자이자 철학자. 물리학의 기초적 분석과 체계화에 이바지하였다.

에 마하는 "웬, 털털한 촌 학교 교장 선생님이 타시는군?" 하였다. 그러나 알고 보니 그것은 실로 거울 속에 나타난 철학자 자신의 영상 이외의 아무것도 아니었다는 것이다.

호텔용 마차의 체경이 우연히 제공한 이 기회에 의하여 철학자 마타는 그의 용모가 반드시 촌 학교 교장은 아니었을 것이라 하더라도, 적어도 그가 그의 외모에 대하여 극히 근시안적이었다는 사실을 활연(豁然)[2]히 깨달음에 이른 것이다. 어찌된 까닭인지 모르되 항상 우리는 거울 앞에선 한없이 관대하여가는 자기를 본다.

우리는 있는 그대로의 우리 자신을 인식하려고 하지 않고, 우리의 외관과는 스스로 구별되지 않으면 안 될 하나의 다른 외관을 소원한다. 하나의 보철(補綴)과 가공은 미용술의 원리가 되는 것이지만, 정신 미학적 견지에 있어서도 이것은 또한 아름다운 얼굴을 더욱 아름답게 할 수 있을 뿐 아니라, 망

---

2) 의문을 밝게 깨달은 모양.

측하기 짝이 없는 풍경일지라도 그것을 망측하기 짝이 없는 경지에서 건져낼 수 있게 하는 것이다. 그러나 결국 사실에 있어서 우리 자신의 음성이 알 수 없는 바, 음성으로서 마이크를 통하여 세인의 귀에 방송됨과 같이 우리 자신의 얼굴이 세상에 나타날 때 철학자 마하의 예와 같이 뜻하지 아니하고 어느 누구의 조롱을 받을지 그것은 알 수 없는 것이다.

여기서 마하는 그 자신의 근원적 감각적 인상을 보지(保持)하기 위하여 다시 한 번 거울이라 하는 기물의 작용을 완전히 물리치고 자기의 육체를 자기의 눈으로 직접 인식하려 하였던 것이지만, 자기 눈으로 본 자기 자신이란 한 개의 무두 인간(無頭人間)에 불과하다 자화상의 중심이 되어야 할 주체를 얻을 수 없으매 이 어찌 자화상이라 이름 할 수 있으랴! 참으로 무두(無頭)의 초상화사(肖像畵史)에 있어서 하나의 신기(新奇)가 아니면 안 될 것이다.

이리하여 만일에 우리가 거울을 유일한 진리의 통고자(通告者)로서 신빙하지 않는다면 우리는 우리의 얼굴을 영원히 잃어버리고 말 것이다. 그러나 우리가 거울이란 다른 사람이 우리에게서 보는 것같이 우리의 외모를 그대로 보이는 것이라는 사실을 믿으려 할 때, 저 마하의 촌 학교 교장은 우리의 낭만적 허영심에 항상 한 개의 넘기 어려운 구덩이를 파고야 만다. 그러면 결국 참된 인간의 얼굴이란 거울의 외부에서만 살 수 있는 것인가? 그리하여 우리는 영원히 우리 자신의 얼굴을 정당하게는 평가할 수 없는 것인가?

서설이 끝나기도 전에 벌써 약속한 지면은 찼다. 사람은 무조건하고 본론을 바랄지 모르겠지만, 나는 이러한 서론이 없이 나의 자화상을 그릴 수는 없었다. 나는 나의 얼굴을 모른다고는 하지 않는다. 허영에 뜬 얼굴을 그리기 두려워함이라고는 하고 싶지 않다. 내 얼굴이 어떻게 생겨먹었던가 하고 보면, 여전히 꿰매기조차 어려운 얼굴, 혼자서는 절대 필요 이상 사진 찍어본 일이 없는 얼굴, 내 보기가 부끄러우니 소개하기야 더욱 말할 수 없이 부끄러운 이 얼굴. 이것이나마 웃음거리가 된다면 본론으로 들어가겠는데 지여(紙餘)가 없으니 희극은 다음

기회로 돌릴 수밖에 없다. 물론 이도 한 개의 자화
상임에는 틀림없지만.

(1937년 2월『조선일보』)

없는 고향 생각

이 지상에서 가장 장엄한 것이 있다면 그것은 고향일 것이요, 사람 마음속에서 소멸되지 않는 것이 있다면 그것 또한 고향일 것이다. 그러므로 우리가 고향을 생각하고 고향을 사랑하는 것같이 가장 신성하고 가장 무사(無私)한 것은 아마도 이 세상에는 없을 것이니, 왜냐하면 고향은 원래 인간적 이기주의를 떠난 존재요, 시간을 초월하여 언제까지든 우리의 영원한 소년 시대 내지는 청춘 시대를 속 깊이 보호해주는 존재이기 때문이다.

우리네 부모와 우리네 애인의 머리는 드디어 백발이 되고야 마는 때가 있어도, 고향 산천의 얼굴은 옛 모양 그대로 청청한 것이니, 우리들에게 있어 검은 수풀의 속삭임은 영원히 없어질 수 없는 음악이 되는 것이요, 전야에 빛나는 황금색의 물결, 흐르는 시내의 고요한 노래, 땅에서 솟아나는 샘의 맑은 빛, 우리를 두 팔로 안아주는 힘차게 뻗친 산줄기. 이 모든 것은 실로 놀랄 만한 단조로움을 가지고 우리의 기억 속에 항상 새롭게 빛난다. 그것은 우리가 어느 곳에 있게 되건 간에 기회 있을 적마다, 혹은 초승달 혹은 봄 잔디에 번져 우리의 마음은 흔히도 고향산천으로 멀리 달음질치는 것이지만, 나는 불행히도 고향에 대해서는 극히 산만한 인상 밖에 가질 수 없기 때문에, 고향에 두고 온 이야기 역시 기억하는 바가 없다. 아니, 기억하는 바가 없다기보다 아주 그런 이야기는 없을지도 알 수 없다.

아버지가 벼슬인가 한다고 이곳저곳을 전전하였기 때문에, 나는 내 고향인 경상남도 안동을 다 큰 뒤에 겨우 몇 번 여름휴가를 이용해서 가보았을 뿐이므로, 그곳을 고향으로 체험할 수 없었다.

나는 목포 태생으로 일곱 살까지 그곳에 있다가 아버지가 전근되는 바람에 제주도 백성이 되었고,

보통학교를 겨우 졸업하던 해에 나주로 온 후 얼마 되지 않아서 서울로 공부를 가게 되었다. 또 동경에 몇 해 있다가 다시 서울에 있게 되었으니, 반생을 거의 객지에서 살았다 해도 과언이 아니다. 사정이 이렇고 보니 나는 어느 곳을 내 고향으로 삼아야 할지, 어느 곳에 대해서도 고향다운 신뢰를 느낄 수가 없다. 일찍이 앞날에 한 고장의 자연 속에 깊이 친근할 수 없었다는 것은 나로서는 큰 불행이었으니, 아버지의 관직에 따라 전전하는 동안에 나는 고향을 완전히 잃어버리고 만 것이다.

어머니 말씀으로 종종 생각나는 것은, 내가 어려서 목포에 살 때에 우리들 형제를 극진히 사랑해주던 이웃집의 나이 젊은 부인의 일이다. 형과 나 둘이는 이 고운 부인의 무릎 위에 거의 살다시피 하면서 자녀 없는 젊은 어머니의 사랑과 환대를 받을 대로 다 받았던 것이니, 이 부인이 우리에게 준 인상은 컸다. 이 부인이 준 인상은 아직까지도 우리의 생활 속에 남아 있다고 할 수 있으니, 오늘까지 충실히 계속되는 끼연은 이 아름다운 부인이 장난삼

아 우리에게 심어준 습관으로 나는 일곱 살, 형은 아홉 살 때 우리는 부인에 응대하는 애연가였던 것이다.

제주도로 건너갈 때의 슬픔은 물론 이 나이 많은 벗과 작별하는 것이었을 것이다. 제주 4년간의 나의 소년 생활은 이 특이한 환경 속에서 퍽이나 목가적이었을 줄 생각하나, 그다지 굳센 인상을 얻지 못한 것이 이상하다.

여기서 나는 나의 사랑하는 누이동생을 잃은 것, 달밤에 계집애들과 강강술래를 했던 일, 바닷가에서 전복을 잡고 놀던 일, 풍부하게 열린 귤을 따 먹던 일, 제주도를 떠날 때 많은 사람들과 작별하고 가마를 타던 일, 놀러 가면 의례히 주는 조밥과 메밀국수가 맛없던 일, 그 때는 비석치기가 대유행이어서 매일 밥만 먹으면 알뜰히도 비사를 치던 일이 생각난다. 아차 잊었군. 대체 우리들이 그때 붙들고 놀려 먹던 우편소장의 따님 하루짱은 어떻게 되었을까?

그 후 나는 몇 번인가 나의 제2의 고향을 찾으려

하면서도 아직 들르지 못하고 있다.

(1938년 11월 『여성』)

무형의 교훈

　세상에 나쁜 사람은 많아도 원래 악한 부모란 것은 없는 것이니까, 나 역시 다른 모든 이들과 마찬가지로 나의 부조(父祖)로부터 물론 여러 가지 교훈을 받았다고는 생각합니다만, 교훈이래야 그 경우 경우에 따라 내려진 자잘한 것입니다. 그것은 지금 일일이 기억할 수도 없고, 또 여기 적을 필요도 없습니다.

　그러므로 내가 부조에게서 받은 교훈이랍시고 여기서 특서 대필할 것은 가지고 있지 않습니다만, 부조가 우리들에게 주신 무형적 교훈은 무슨 유형적인, 또는 도덕적, 설교적인 교훈보다도 차라리 경홀(輕忽)히 할 수는 없는 귀중한 교훈이라고 할 수 있을까 생각합니다.

그러면 대체 여기서 말하는 무형적 교훈이란 무엇을 가리켜서 말하느냐 하면, 그것은 한 마디로 혈통이 그것이요, 가풍이 그것이라 할 것입니다. 나는 물론 귀천, 상반(常班)을 가리는 귀족주의자가 아닙니다.

옛말에도 신언서판(身言書判)이라 해서 첫째로 몸가짐을 치고, 둘째로 언변을 들며, 셋째로 가문을 들어 인물을 봄에 무엇보다도 먼저 그 사람됨을 무겁게 보는 것 같이, 자기 자신만 똑똑해서 그 처신이 얌전하고 보면 그 위에 다시 더 볼 것 없음은 두말할 것이 없습니다만, 그러나 사람이 부조에게서 받은 좋은 유전의 힘을 떠나 후천적으로 완전한 자립을 바라기는 극히 어려운 것이니, 이런 점에서 사람이 선조의 좋은 전통, 또는 선조의 좋은 풍습에 의뢰하는 바, 여덕(餘德)은 결코 적은 것이 아닙니다.

그래서 이와 같이 부조의 무형적 교훈은 우리들이 안 배우고도 스스로 가질 수 있는 것, 가르치지 않아도 자연히 무의식중에 배울 수 있는 것으로, 자질(子姪)[1]과 후손의 인격과 기풍을 만들어가는, 위에 있어서 이것이 얼마나 중요한 기초가 되는가 하는 것은 여기 여러 말로 설명할 필요까지 없을 만큼 명백한 사실일까 합니다.

그런데 나로 말하면 후천적 노력이 불충분하였기 때문에 결국은 이와 같은 평범한 사람이 되고 말았습니다만, 그러나 내가 현재 가지고 있는 비교적 좋은 점들은, 가령 그 성질이 온후한 점이라든가, 물리적으로 과욕(寡慾)[2]한 점이라든가, 또는 내가 어느 정도까지 예의염치는 짐작할 수 있다는 점이라든가 하는 이 모든 것은 실로 내가 나의 부조에게서 받은 무형적 교훈이라고 해도 틀림이 없는 것으로, 나는 이런 성질을 내게 주신 선조께 언제든지 감사해 마지않는 바이올시다.

나의 선친도 일대의 한학자로 기회 있을 적마다 한학의 교육을 신학도(新學徒)인 우리 형제에게 내리심으로 우리는 무겁고 헛된 짐으로 여기고, 한학을 맹렬하게 반대하는 처지에 있게 되었습니다만,

---

1) 아들과 조카.
2) 욕심이 적음. 또는 그 욕심.

그러는 중에도 그 감화가 적지 않은 것을 생각하고 한문이 우리들의 교양에 대해서 얼마나 중대한 요소가 되는가 하는 것을 이제 와서 깨닫게 될 때, 그 귀중한 교훈까지 마저 받지 못한 것이 큰 후회거리가 되었습니다. 그래서 오늘에 와서는 내리시는 교훈이면 무엇이든지 받아야 된다는 것이 나의 굳은 사상이라고 할 만치 되어버렸습니다.

(1939년 7월 『가정지우』)

인간 김진섭

(글쓴이: 홍구범)

청천(聽川) 김진섭 선생은 나의 아버지뻘 되는 연장자이다.

해방 직후 나는 신문사에서 일을 보았다. 어찌된 셈인지 나는 기자로서 외근을 모르고 지냈기 때문에 언제나 편집실 안에서만 일을 했다.

그때, 나의 상전은 이산(怡山),[1] 석천(昔泉) 등의 분들이었다. 이런 진용(陣容)의 신문사가 발족하던 당시부터 가끔 낯 모르는 손님 하나가 나타났다. 물론 이 손님은 상전들을 찾아 왔다. 그것도 시간의 한정이 있는 듯, 사로서는 한참 바빠야 할 오후에만

---

1) 김광섭(金珖燮, 1905~1977). 호는 이산(怡山). 한국의 시인, 언론인.

찾아 왔다. 사실 이런 시각에 찾아오는 손님이란 무슨 긴급한 일이 있어서 할 수 없이 온다거나 그렇지 않으면 괴로움을 끼치는 손님이 아닐 수 없는 것이다.

그런데 이 문제의 주인공은 내가 생각하기에 긴급한 일이 있어 오는 것도 아니요, 그렇다고 남의 직무 수행에 괴로움을 주는 그런 염치없는 사람도 아니었다.

쥐같이 남의 눈을 살피는 사람도 아니었다. 또한 편집실 안이 금방 더나가도록 웃음을 토하며 활기 당당하게 악수하고 인사하는 그런 사람도 아니었다.

그 주인공은 중간 이상의 큰 키를 점잖게 움직여 발소리도 내지 않고 걸어 들어 왔다. 비대하지 않은 알맞은 몸에 신품은 아니지만 양복 깃을 단정히 여미고, 웃음 한번 웃는 법 없이 상전들과 악수를 치른 후, 굵은 테 안경 너머로 어디라는 목표도 없이 그저 묵묵히 무엇을 바라보고만 있었다. 그 모양이 찾아 왔다느니보다 불려 온 사람의 태도, 바로 그것이었다.

이런 그를 나는 여러 번 만나는 중에 '누군가?' 하

는 생각이 번쩍 들었다.

그것은 일종 특이한 면이 있는 씨의 이러한 태도에 나는 자못 흥미를 가지게 되었다.

조연현 형이 나의 옆에 늘 있었기 때문에 그에게 물어 본 듯하였다. 그래서 나는 씨가 곧 청천 김진섭 씨임을 알 수 있었다. 이와 함께 김진섭 씨의 직장이 대학이라 틈을 내서 찾아올 수 있는 것이 오후임을 알았다.

해방 전 나는 김진섭 씨의 글을 읽어본 적은 없었지만, 이름만은 지상(誌上)에서 많이 대한 적이 있어 직접 이렇게 만나고 보니 반가웠다. 이 반갑다는 것은 김진섭 씨라는 인간에 대한 나의 느낌이었을 것이다. 그러나 나는 인사를 하지 않고 지났다. 원래가 나는 경의를 가지면 가질수록 개인 간의 교섭은 점점 더 멀어지는 버릇이 있어, 인사를 스스로 청한다는 건 더욱 어려운 일이었다. 그러니까 어쩌다 노상에서 우연히 단 둘이 서로 마주치는 때가 있더라도 목례도 하지 않고 다만 모르는 척 함이 나에게 종종 있는 버릇이다. 인사 없이도 목례를 하는 것은 예의상으로나 경의의 표시로서 좋은 일이다. 헌데 나는 이것도 되지 않는다. 왜냐하면 만약 나의 목례가 상대편으로부터 나를 모르고 묵살이나 하지 않을까 하는 의구심이 앞서는 때문이리라. 그리하여 김진섭 씨에 대해서도 실히 2년이 넘는 동안 만날 적마다 그저 모르는 사람같이 지냈다.

김진섭 씨가 사에 나타남을 발견 할 때엔 나는 언제나 혼자서

'저 신사 또 나타났군! 조용히 걸어 들어온다…… 그를 석천이 본 모양인데 웃는군…… 자— 그런데 이 신사가 웃느냐 안 웃느냐…… 물론 웃지는 않고 다만 악수도 석천에게 맡겨 버린 듯 딸려 손이 흔들어 지는군…… 헌데 이번엔 말이 있을 테지…… 석천은 오래간만이라고 씩씩히 대하는데 신사의 말소리는 도무지 들리지 않는군…… 입은 한두 번 놀리긴 놀린 모양이나 침난 중이라서 그런지 영 들리지 않는다. 저것 봐…… 의자에 가만히 앉아 도를 닦는지 굵은 테 안경 너머로 어딘지 저렇게 무엇을 바라보나?……'

이렇게 신이 나서 관찰을 하게쯤 까지 되었다. 이러면서 나는 정숙 묵언의 인간이라고 저렇게 철저할 수가 있을까 하는 생각을 하곤 하였다. 그런데 어느 때엔 나도 이 태생부터 신사의 탈을 쓰고 나온 김진섭 씨가 간혹 민망스러울 적이 있었다. 석천 같은 분은 너무나 쾌활한 편이기 때문에 김진섭 씨가 아무 소리도 없이 찾아와도 본래와 같이 인사를 치를 수 있으나 이산 같은 분은 그렇지 못했다. 왜냐하면 이산은 원래가 안존한 분이다. 주인공이 찾아오면 그는 반갑다는 순간적 충동에서

　　"야- 오래간 만이로군!"

하고 외마디 소리를 내며 손을 내미는 것이다. 이쪽 김진섭 씨는 과하게 말하면 네 덕을 내 먹었냐는 표정 그대로이며, 적게 평한다면 지금 인사를 치를 것은 염두에도 없이 시계라도 잊어버려 그것을 찾으려고 더듬거리는 바로 그런 식의 표정이니 도무지 조화가 잡히지 않는 것 같았다. 결국엔 이산은 그렇게까지 정에 넘치는 목소리가 오므라든 듯 그렇지 않아도 인사를 하려면 얼굴이 벌거니 하는 이산이

더욱 무안해 하는 모양을 나는 몇 번이고 본 기억이 있다.

어쨌든 꿰다 놓은 보리자루라는 말이 있다면 나는 구태여 이 말을 쓰지 않을 수 없다. 이것은 분명 김진섭 씨에 대한 적합한 비유의 말일 것이다. 그 즈음 나는 이런 생각도 했다. 그것은 어떤 악한이 눈에서 불이 번쩍 나도록 김진섭 씨의 뺨을 후려친다면 그는 어떤 태도를 가질 것인가, 그리고 어떤 늙은 기생이 그에게 죽어라 하고 사랑을 청한다면 또 어떻게 처리할 것인가 하고…….

악한 침입의 경우엔 그는 한참 정신없이 서 있다가
"사람을 잘못 본 모양이오."
하고 아무런 노여움도 띄우지 않고 맞을 사람은 자기가 아니란 말을 할 뿐이라고 생각했다. 그리고 늙은 기생이 덤벼들면 어색하게 이리 피하고 저리 피하다가 결국엔
"아아니…… 아아니……."
하며 소극적인 입장에서 모를 말을 되풀이 할 뿐일 것이라고 나는 또한 짐작 했다.

그런데 이러리라고만 생각했던 나에게 새로운 충동을 느꼈던 것이다. 그것은 김진섭 씨에게도 비범한 노여움과 또한 중심이 꽉 잡힌 요지부동의 심장을 가지고 있음이다. 이것은 내 자신이 직접 김진섭 씨로부터 겪어 알았던 것이다. 내가 당한 것은 그야말로 날벼락이었다. 그것도 우연한 기회에 또한 생각지 않든 자리에서 생겨진 일이다. 이때, 그는 나에게 문자 그대로 날벼락을 여지없이 내렸다.

바로 지금으로부터 3년 전 여름인가 싶다. 신문사 일로 어느 일요일에 석천 씨를 찾아 헤매다가 그때 경향신문에 직을 둔 우승규 씨 댁에까지 갔다. 거기에서 석천 씨를 우리는 만났다. 그들은 술을 마시고 있었는데, 그들 중 의외에도 김진섭 씨가 의젓이 앉아 있음을 나는 보았다. 그는 우리들을 한번 보자 물론 아무 소리도 없이 눈만을 껌뻑 껌뻑 움직이며 술만을 마시고 있었다.

그래, 조연현과 나는 석천 씨와 주인의 권(勸)으로 같이 술상 머리에 앉게 되었다. 나는 이제야 김진섭 씨와 인사를 하게 되는가 보다고 약간 미안한 태도

로 있으려니까, 석천 씨가 참말 인사를 시켰던 것이다. 나에게

"왜 아직 저 선생 모르나…… 인사 하지……."

하며 이번엔 김진섭 씨를 보고

"이 청년은 홍구범 군이야!"

했다. 석천 씨가 이렇게 말하자 아주 정중한 태도로 허리를 구부리려고 하는데 갑자기 호된 음성이 났던 것이다. 나는 허리를 구부리려다 말고 깜짝 놀라서 머리를 드니 김진섭 씨는 벌써 나를 보지 않고 있었다.

호된 음성의 주인공은 바로 이 김진섭 씨였다. 그는

"난 벌써 다 알고 있어!"

하는 말 한마디로 인사를 일축했던 것이다. 나는 당황했다.

그제야 나도 새삼스럽게 이제까지 인사를 드리지 못했음을 뉘우치지 않을 수 없었다. 김진섭 씨는 나를 알고 있었다.

그러나 한편 나는 그의 이러한 급작스러운 언사가 귀에 거슬리기도 했다.

그는 내가 경유(經由)를 채 말하기도 전에

"난 다 알고 있어! 젊은 사람이 어째 그렇담, 오늘 처음 만난 것인가? 지금 와서 인사가 무슨 인사야!" 하며 뚜벅뚜벅 흥분해서 중얼거렸다.

나는 그에 대하여 너무 심하다고 여겼다. 아무리 그런 불만이 있더라도 인사는 해 놓고 나서 천천히 입을 열수도 있지 않은가, 그리고 또 장소가 어떠한 술집도 아닌 여염집이며, 주인과도 나는 처음으로 만나는 터인데 무작정 이렇게 사정없이 벼락을 내린다는 데는 실로 어리벙벙했다. 어쨌든 나는 그날 고스란히 패망의 고배를 마시지 않을 수 없었다.

이렇게 되고 보니 나는 그에 대하여 처음부터 죄를 지은 사람이었다.

그때의 김진섭 씨는 주정도 아니었다. 원래가 주정 않기로 유명한 그였다. 그리고 만성 치질을 가지고 있으면서도 술은 못 금한다는 그로, 또한 평상시나 음주시나 몸가짐이나 말가짐이 조금도 다르지 않다는 것이 또한 정평이 있는 그다. 이러한 그가 나에게 조금도 틈이 없이 후려쳤다.

나는 그 후 김진섭 씨를 만나면 우선 인사 할 것

부터 생각한다.

내가 혼자 가만히 있을 때 김진섭 씨가 생각나면
"만나 뵈면 선생이 웃으며 맞도록 인사를 한번 멋
드러지게 해 보자!"
하고 생각 했던 것이다. 그러나 몇 번 만날 적마다
나는 마음먹었던 대로 반갑게 인사를 치렀으나 아
직까지 그의 얼굴에서 웃음을 찾아본 적은 없다. 그
저 덤덤히 고개만을 끄덕 하고는 어디라는 목표도
없이 무엇을 바라보고만 있었다.

요즈음 나는 도통 그를 뵙지 못하고 있다. 그러나
나는 그를 가져다가 웬일인지 엄격한 아버지 같다
고 생각한다. 그는 꼭 아버지가 머리 큰 아들을 대
하는 그런 엄함이 없는 믿음직한 분이다.

(1949.11.10)

큰글한국문학선집: 김진섭 수필선집

생활인의 철학

© 글로벌콘텐츠, 2015

1판 1쇄 인쇄_2015년 07월 30일
1판 1쇄 발행_2015년 08월 10일

지은이_김진섭
엮은이_글로벌콘텐츠 편집부
펴낸이_홍정표

펴낸곳_글로벌콘텐츠
　　　　등　록_제25100-2008-24호

공급처_(주)글로벌콘텐츠출판그룹
　　　기획·마케팅_노경민　　**편집**_김현열 송은주　　**디자인**_김미미　　**경영지원**_안선영
　　　주소_서울특별시 강동구 천중로 196 정일빌딩 401호
　　　전화_02-488-3280　　**팩스**_02-488-3281
　　　홈페이지_www.gcbook.co.kr

값 37,000원
ISBN 979-11-5852-025-0 03810